BEINAHE DRÜBER WEG

KYLIE GILMORE

Übersetzt von
ANNA DRAGO

Übersetzt von
KATRIN DOLLE

Alle Rechte vorbehalten.

Kein Teil dieses Buches darf ohne schriftliche Genehmigung der Autorin in irgendeiner Form oder mit irgendwelchen elektronischen oder mechanischen Mitteln reproduziert werden, inklusive Datenspeicherung und Suchmaschinen, ausgenommen ist die Nutzung kurzer Zitate in Buchbesprechungen.

Dies ist ein fiktionales Werk. Namen, Charaktere, Orte, Marken, Medien und Vorfälle sind ein Fantasieprodukt der Autorin oder werden fiktiv verwendet. Die Autorin erkennt den Markenschutz und die Rechte der verschiedenen Produkte, auf die in diesem fiktionalen Werk verwiesen wird und die ohne Genehmigung verwendet wurden, an. Die Publizierung / der Gebrauch dieser Marken wurde nicht autorisiert, in Verbindung gebracht mit oder gesponsert von den Inhabern der Marktrechte. Jegliche Ähnlichkeit mit tatsächlichen Ereignissen, Orten oder Personen, lebend oder tot, ist rein zufällig.

Beinahe drüber weg: © 2015 Kylie Gilmore

Covergestaltung: Sweet 'N Spicy Designs

Veröffentlicht von: Extra Fancy Books

Übersetzung: Anna Drago und Katrin Dolle

ISBN-13: 978-1-64658-067-5

1

———————

Will Levi konnte an einer Hand die Dinge abzählen, die gut in seinem Leben liefen. Es waren, um genau zu sein, zwei – er war erfolgreicher Kieferorthopäde mit einer gut gehenden Praxis, und er besaß ein eigenes Haus. Die andere Liste – die mit allem, was schieflief – war zu lang, um noch zu zählen. Selbst sein Golfspiel war daneben. Sagen wir nur so viel: er war sich sicher, dass sein Blutdruck erhöht war und er im reifen Alter von dreiunddreißig auf dem besten Weg zu seinem ersten Herzinfarkt.

Er hatte bereits heute Morgen, als er im Badezimmer seine Hose hatte fallen lassen, fast einen Herzinfarkt bekommen, weil sein Kater, Sweetie, ihm an sein nacktes Bein gesprungen war und dabei einen sehr empfindlichen und wichtigen Teil seiner Anatomie nur haarscharf verfehlt hatte. Seine Unterarme brannten immer noch von den tiefen Kratzern, die Sweetie ihm beigebracht hatte, als Will den Kater aus dem Badezimmer beförderte.

Er hatte Sweetie (der Name stammte vom Tierheim) vor acht Monaten in einem missglückten Versuch adoptiert, dafür zu sorgen, dass sein Haus sich weniger leer anfühlte, nachdem Carrie ihn für den einen Menschen hatte fallen lassen, von dem er niemals gedacht hätte, dass er ihn verraten würde. Was soll's. Er lebte einfach weiter. Jedenfalls war der

Kater ein grässlicher Gefährte. Sweetie sprang ihn unentwegt von hinten an – im Bett, auf dem Sofa, auf der Toilette. Kratzer waren seine Belohnung dafür, dass er versuchte, Sweetie zu streicheln, der, um die Sache noch grausamer zu machen, ein wunderschöner grauweißer Kater mit extrem weichem Fell war. Was hatte man von einem Kuscheltier, wenn man nicht damit kuscheln konnte? Doch Will hatte ein zu schlechtes Gewissen, um Sweetie zurückzubringen. Niemand, der noch ganz bei Trost war, würde ihn jemals adoptieren, und am Ende würde er für immer in einem Käfig festsitzen oder eingeschläfert werden.

„Zur Hölle mit dir, Sweetie!", rief er auf seinem Weg zur Tür hinaus. Aus Rache würde der Kater mit Sicherheit in seine besten Lederschuhe pinkeln.

Er fuhr die kurze Strecke zu seiner Praxis auf der anderen Seite von Clover Park und stellte fest, dass das neue Clover Park Dance Studio, das die andere Hälfte des Gebäudes einnahm, offensichtlich zum ersten Mal geöffnet hatte. Jemand lief darin herum. In seiner Pause sollte er sich vorstellen und sich vergewissern, dass die neue Pächterin die Parkplatzsituation verstand. Er stellte seinen silbernen BMW auf den für ihn reservierten Parkplatz ab und ging zur Hintertür des Gebäudes hinein und zu seiner Praxis. Ein rosa-farbener Blitz fiel ihm ins Auge. Durch die Glastür des Tanz-studios sah er, wie die Frau sich in einem rosa Body mit rosa Gymnastikhose hinabbeugte, ihr süßer Hintern zeigte in seine Richtung, fest und rund, gerade für Männerhände gemacht. Er wurde hart und entschied sich spontan, ihre Unterhaltung auf später zu verschieben. Er machte eine Kehrtwende und ging zurück zum Parkplatz, wo er sich ein paar Minuten nahm, um sich abzukühlen, bevor er zurück zu seiner Praxis ging und sich bemühte, nicht nach nebenan zu sehen.

„Guten Morgen, Hillary", sagte er beim Reingehen zu seiner Empfangsdame. „Wie war Ihr Wochenende?"

Sie strahlte. „Großartig, Dr. Levi! Wie war Ihrs?"

„Kann mich nicht beschweren."

Er ging weiter in sein privates Büro, zog den weißen Kittel an, auf dem sein Name eingestickt war, und sah sich auf seinem Laptop den Terminplan für heute an. Doch er starrte auf die Termine, ohne sie wirklich zu sehen. Wer war die Frau in Rosa? Er würde sich angemessen vorstellen, sobald er Gelegenheit dazu hatte. Dieses Mal sah er sich seinen Terminplan richtig an. Er hatte eine halbe Stunde vor seinem ersten Termin. Vielleicht konnte er –

„Guten Morgen, alle zusammen!", rief Dr. Tony Russo, sein Kollege, gut gelaunt.

Will knirschte mit den Backenzähnen, als Tony mit einer Yankees Kappe, die er falsch herum trug, dazu einer Sonnenbrille und einem nur halb zugeknöpften Hemd, unter dem eine Menge dunkler Brusthaare durchblitzte, seinen Kopf zur Tür hereinsteckte. Eine dicke goldene Halskette, von der ein riesiger goldener Backenzahn baumelte, lag eingekuschelt in seinen Haaren. „Hey, Dr. Will!"

„Dr. Russo, was glauben Sie da eigentlich zu tun?" Seine Kleidung ging auf keinen Fall als Business-Kleidung durch.

Tony hielt seine Hände hoch und drehte sich von einer Seite zur anderen. „Gefällt es Ihnen?"

„Nein."

„Da braucht aber jemand dringend seinen Morgenkaffee." Tony grinste. „Für Sie habe ich auch eine Kette." Aus einer Tüte zog er eine weitere Goldbackenzahnkette, dazu eine identische Yankees Kappe. Will war ein Red Sox Fan, und das würde er bis zu seinem Todestag auch bleiben.

„Das können Sie behalten", sagte Will so höflich wie möglich.

Tony hockte sich auf den Rand von Wills Schreibtisch und begrub dabei einige Patientenakten unter sich. Will bedeutete ihm aufzustehen, worauf Tony eine Pobacke hob und ihm die Akten reichte.

„Danke", brachte Will zähneknirschend hervor.

„Dr. Will –"

„Ich heiße Dr. Levi."

„Dr. Levi", korrigierte Tony sich mit leichtem Lächeln. „Die meisten unserer Patienten sind Teenager, richtig?"

Will sagte nichts. Er weigerte sich, rhetorische Fragen zu beantworten. Er hatte Tony vor zwei Monaten mit an Bord geholt, da er ihm bei dem zunehmenden Patientenstrom unter die Arme greifen sollte, und bereute seine Entscheidung seit jenem Tag. Anfangs hatte Tony so normal gewirkt. Zum Bewerbungsgespräch hatte er eine Fliege getragen, wie Will sie täglich trug, und war begeistert davon gewesen, Fehlbisse zu korrigieren. Tony hatte außerdem vor kurzem seinen Abschluss in einem äußerst angesehenen Kieferorthopäden-Absolventenprogramm gemacht und kannte sich bei Rückfrage mit den neuesten Techniken wie auch den bewährten Methoden aus.

Und dann hatte Tony zu arbeiten begonnen. Als er allem seinen fragwürdigen „Tony Touch" verpasste, folgte ein Albtraum dem nächsten. Er und Will hatten bereits fünf Runden zu der Frage hinter sich, warum ein Kapuzineräffchen in einem Glaskäfig für eine Kieferorthopädiepraxis nicht angemessen war. Tony meinte, es hätte einen therapeutischen Effekt und wäre eine nette Ablenkung für die Patienten, wenn sie lange Termine hatten, bei denen Klammern eingestellt werden mussten. Will hielt es für krank.

Tony legte die Kette und die beleidigende Kappe auf Wills Schreibtisch. Als würde Will jemals wie Tweedledee und Tweedledum vor seinen Patienten auftreten.

„Wir könnten die rappenden Ärzte sein", sagte Tony. „Die Teenager stehen auf sowas, wissen Sie, was ich meine?"

Will musste übermenschliche Willenskraft aufbringen, die beleidigenden Geschenke nicht in den Müll zu werfen. Stattdessen sagte er mit einer Geduld, die ihn sicherlich als Heiligen auszeichnete: „Tony, ich bin Ihnen dankbar für Ihre Idee, aber die Patienten kommen nicht her, damit wir rappen. Sie erwarten Therapie und Ergebnisse auf höchstem Niveau. Das ist es, was wir hier in der Levi Kieferorthopädie bieten." Den letzten Teil hatte er hinzugefügt, um Tony daran zu erinnern, dass er hier nur Junior Kieferorthopäde war und nicht derjenige, der Entscheidungen traf.

Unglücklicherweise begann Tony zu rappen.

Mit mehreren Klicks und Spuckgeräuschen atmete er kräftig in seine Hand, bevor er losbellte:

„Zähne safe.

Mit Klammern.
Kein Gum, Bro.
Nix Süßes.
Bleib fly, yo!
Fame.
Isso."

Tony beendete seinen Rap mit einer ausladenden Criss-Cross Armbewegung und wartete auf Wills Reaktion. Wills Blutdruck stieg in die rote Zone. Und dann schallte wirklich grässliche Boyband-Musik durch den Raum. Er schickte Tony los, Hillary zu bitten, die Musik leiser zu drehen, doch er musste feststellen, dass sie nicht aus seiner Praxis kam. Sie kam von der anderen Seite des Flures aus dem Tanzstudio. Jetzt mussten sie über die Parkplatzsituation und annehmbare Lautstärkepegel in einem geteilten Gebäude reden.

Er marschierte über den Flur und wollte gerade schon an die Glastür klopfen, als er drinnen die Frau entdeckte und erstarrte. Er konnte sie durch die großen Fenster des Wartebereichs ganz deutlich sehen. Ihre Handflächen lagen flach auf dem Boden, während sie sich in der Hüfte hinunterbeugte und ihre langen Beine und ihr sehr süßer Hintern wieder in seine Richtung zeigten. Er spürte, wie im wärmer wurde, als er zusah, wie sie mehrere Dehnübungen durchging. Sie drehte ihm immer noch den Rücken zu, also beobachtete er sie weiter. Ihr dunkelbraunes Haar hatte sie zu einem festen Knoten zusammengefasst, ihre gebräunte Haut glänzte, ihr Körper bewegte sich wie ein Traum, und er konnte den Blick nicht abwenden. Sie schüttelte ihre Arme und Beine aus, dann drehte sie eine fröhliche Pirouette in der Luft. Er stellte fest, dass er lächelte, und ohne noch ein weiteres Mal darüber nachzudenken, öffnete er die Studiotür. Ein Glöckchen verkündete sein Eintreten, und sie unterbrach ihren Solotanz und drehte sich zu ihm um. Sein Lächeln versiegte.

Jasmine Davis. Die unangenehme Frau, mit der er sich den ganzen Sommer über im Eastman Laientheater bei der Produktion von *Die Piraten von Penzance* herumgestritten hatte. Der letzte Sommer war der perfekte Sturm von Dingen gewesen, die schiefgegangen waren, und Jasmine war das

Sahnehäubchen gewesen. Das klang zu köstlich. Sie war der Tropfen gewesen, der das Fass zum Überlaufen gebracht hatte – ein wohlgeformter, erfrischender … wunderschöner Tropfen. Nein, sie war nur ein weiterer, nerviger Faktor zu allen anderen gewesen. Die Frau war zu aggressiv, zu direkt und viel zu unbekümmert, was die Musik anging, die der Autor für das Stück vorgesehen hatte. Warum gab es Partituren, warum komponierte man überhaupt irgendetwas, wenn man es dann nicht richtig spielte?

Sie betrat den Warteraum und sah ihn mit verengten dunkelbraunen Augen an. „Spionieren Sie mir hinterher, Will Levi?"

Na also, von vornherein auf Konfrontation aus.

„Sie", brachte er hervor.

Sein Dad hatte versäumt zu erwähnen, dass er den Raum an Jasmine verpachtet hatte. Er hatte bloß gesagt, er habe ihn einer wundervollen jungen Dame überlassen. Ha! Der war gut, Dad.

Sie neigte den Kopf zur Seite. „Kann ich Ihnen bei irgendetwas helfen?" Sie sah hinter ihn. „Haben Sie sich verlaufen?"

„Ich habe mich nicht verlaufen. Ich arbeite auf der anderen Flurseite, und ich bin hergekommen, um Sie zu bitten, die Musik auf ein leiseres Dröhnen runterzudrehen."

Sie murmelte einen leisen Fluch, machte auf dem Absatz kehrt und verringerte die Lautstärke so wenig wie möglich. „Glücklich?", rief sie über den grellen Bebop von Jungs mit zu langen Haaren und zu viel Teen Spirit.

Er trat an ihre Seite und drehte die Musik auf ein akzeptables Maß. „Ja."

Sie drehte sie wieder auf. „Das hier ist ein Tanzstudio. Ich brauche Musik."

Er drehte sie wieder herunter. „Ich muss mir nicht den ganzen Tag Ihren Musikgeschmack antun, während ich mit Patienten arbeite."

Sie drehte sie wieder auf. „Das wird ihnen gefallen."

Er drehte sie wieder herunter. „Mir wird es aber nicht gefallen. Das nennt man Lärmbelästigung."

Sie stieß ihm einen Finger in die Brust. „Das nennt man

verlassen Sie mein Studio, bevor ich Ihnen in den Hintern drehte."

Seine Lippen zuckten. Die Vorstellung, wie Jasmine ihm in den Hintern trat, war absurd. Klar, sie war athletisch, doch er war ihr um zehn Zentimeter und mindestens fünfzig Pfund überlegen. Nicht nur das, er hob auch Gewichte. Mit ihren dünnen Armen konnte sie vermutlich nicht mehr als eine Drei-Pfund-Hantel heben. Doch das behielt er für sich, denn Frauen hassten es, wenn man solch offensichtliche Tatsachen ansprach.

„Jazzy", sagte er, um sie zu ärgern. Das war ein alter Spitzname, den ihre jüngere Schwester Zoe für sie benutzen durfte und sonst niemand. So hatten sie im Sommer alle ihre Streitereien beendet. Es war pures Glück gewesen, dass er Zoe ihn bei der Probe hatte benutzen hören. Sie sah auf seinen Schritt hinunter, von dem er wusste, dass er dort eine Beule hatte, da er ihren Hintern bewundert hatte (bevor er wusste, dass sie es war). Verdammt. Er wünschte, sie würde damit aufhören. Auch im Sommer hatte sie anscheinend fast jedes Mal seine Beule bemerkt; es war so verdammt unangenehm, wie sein Körper gegen seinen Willen auf sie reagierte.

Sie wirbelte herum und ging zurück zur Mitte der Tanzfläche.

Sie tanzte Freestyle.

Ohne es zu wollen, musste er zusehen.

Sie erwischte ihn dabei, wie er sie beobachtete, und schenkte ihm ein wissendes Lächeln, dazu eine Ganzkörperwelle, bei der ihre Hände an ihrem Oberkörper hinunterstrichen, eine Bewegung, die mit Tanz und Vorspiel flirtete.

Er drehte sich um und marschierte zurück in seine Praxis, sein Blutdruck pochte an der einen Stelle, von der er nicht wollte, dass sie für diese Frau versorgt wurde, und knallte die Tür zu.

2

Jasmine beendete ihren ersten Kurstag und war ganz beschwingt von der Erfahrung. Seit Jahren hatte sie davon geträumt, ihr eigenes Tanzstudio zu besitzen. Sie hatte eine Pause gebraucht von dem ständigen Kreislauf aus zermürbendem Vortanzen, Ablehnungen und mörderischem Wettbewerb um die Hauptrollen am Broadway. Um ehrlich zu sein hatte sich der Glanz bereits nach einem Jahr abgenutzt, als sie mit neunzehn ein Engagement bei ihrer ersten Broadway Show ergattert hatte und sich naiv mit dem Choreografen der Show eingelassen und naiv gedacht hatte, sie wäre zum ersten Mal verliebt. Der Fehler hatte ihr die grausame Lektion eingebracht, Leute nicht zu schnell an sich ranzulassen.

Sie schloss ab, verließ das Gebäude und ging die hintere Treppe zu ihrem Apartment über dem Studio hinauf. Die Miete für die Wohnung war ein wahres Schnäppchen, und sie wusste, dass das an ihrer Freundschaft mit Brian Levi, dem Vermieter, lag. Jahrelang hatte sie mit ihm beim Sommertheater gearbeitet, wo er der Pianist war, bis im letzten Sommer sein Sohn, Will, seinen Platz eingenommen hatte.

Sie schloss auf und ging in die Küche, um sich zum Abendessen ein Thunfisch-Sandwich zu machen. Gleich am ersten Tag, an dem sie ihn kennengelernt hatte, hatte sie gewusst, dass Will Probleme machen würde. Zuerst hatte sie ihn für irgendwie niedlich gehalten, wie er da am Klavier gestanden und mit ihrem Direktor, Toby, geredet hatte. Er trug eine Vintagebrille mit dunklem Gestell, eine rote Fliege, ein weißes Hemd und eine gestärkte beigefarbene Hose. Das Outfit schrie geradezu cooler Hipster, ein Look, den sie nur allzu gut von ihren Freunden in der Stadt kannte. Sie hatte sich ihm genähert, war eifrig gewesen, Brians Sohn kennenzulernen, und hatte gewartet, bis Toby seine Unterhaltung mit Will beendet hatte. Sie senkte den Blick, bemerkte, dass Will gut bestückt war, und wandte den Blick rasch ab. Sie war ja nicht vollkommen pervers. Da sie jahrelang mit Männern in Strumpfhosen zusammengearbeitet hatte, wusste sie mit einem Blick, was sie zu bieten hatten. Und obwohl die Größe angeblich keine Rolle spielte, sagte ihre persönliche Erfahrung, dass sie das sehr wohl tat.

Toby hatte sie einander vorgestellt.

„Ich freue mich sehr, Sie kennenzulernen", hatte sie freundlich gesagt.

Will hatte auf ihre Haare gestarrt, die sie in ihrer gesamten ungezähmten lockigen Pracht offen getragen hatte. Dann hatte er ihren Mund betrachtet, ihren Hals, ehe er endlich gemurmelt hatte: „Freut mich auch."

Toby ließ sie allein.

„Ich bin für die Choreografie zuständig", sagte sie, „deswegen schätze ich, werden wir diesen Sommer eng zusammenarbeiten. Wie geht es Ihrem Dad?"

Endlich sah er ihr in die Augen und sprach, und es war in diesem schicksalsträchtigen Moment, dass sie feststellte, dass er viel zu steif und verkrampft war, um jemals als cooler Hipster durchzugehen.

„Meinem Dad geht es gut", sagte er knapp. „Er lässt es sich bei einer Last Minute Kreuzfahrt auf dem Atlantik gut gehen, während ich für diesen Job hier eingespannt wurde." Er verzog das Gesicht. „Als hätte ich nicht eine Million anderer Dinge diesen Sommer zu tun."

Jasmine ging die Luft aus. Das Sommertheater sollte Spaß machen. Nur deshalb machten die Leute mit. Bezahlt wurden nur sie und der Direktor; alle anderen waren Freiwillige. Es war nicht mörderisch und auch nicht kompetitiv wie die meisten Shows am Broadway. Wills Haltung würde alles dämpfen.

Sie versuchte es erneut. „Die Musik macht dieses Jahr so viel Spaß. Hatten Sie schon Gelegenheit, sie zu spielen?"

„Nein, aber ich werde sie akkurat spielen", sagte er. „Ich bin ein kompetenter Pianist."

Vielleicht war nur sein Blutzucker im Keller. Da konnte jeder unleidlich werden. „Hätten Sie gerne ein Karamellbonbon?", fragte sie. „Ich habe welche in meiner Handtasche."

Er starrte auf ihren Mund. Sie deutete auf die erste Reihe im Zuschauerraum, wo sie ihre Handtasche hingelegt hatte. „Soll ich eins holen?", fragte sie.

„Lassen Sie mich kurz erläutern, wie Ihr Mund auf feste Süßigkeiten reagiert." Und bevor sie noch *Nein, danke, Loser*, sagen konnte, hatte er bereits einen langen Vortrag darüber gestartet, dass, wenn man schon unbedingt Süßigkeiten essen musste, ein Riegel vorzuziehen wäre, denn wenn man an festen Süßigkeiten lutschte, sorgte das für einen Zuckerbelag auf den Zähnen, und weiterer Humbug über Speichel und Chemie und Zahnschmelz.

Sie hob eine Hand. „Vergessen Sie es."

Er grinste, und ihre Nackenhaare sträubten sich. Sie machte auf dem Absatz kehrt und ging davon, bevor sie ihn am Ende noch anschrie, er solle verdammt noch mal lockerer werden.

Während die Probe sich in die Länge zog, trieb er sie in den Wahnsinn. Er weigerte sich, langsamer zu spielen, damit sie die Polizeibrigade – eine Gruppe extrem unkoordinierter Männer – dazu bringen konnte, wenigstens die grundlegenden Tanzschritte hinzubekommen, ohne übereinander zu stolpern. Er weigerte sich auch, anzuhalten, damit sie diejenigen korrigieren konnte, die nicht im Takt waren. Lassen wir sie einfach weitermachen und alles durcheinanderbringen. Sein Dad hatte immer *mit ihr gearbeitet.* Will schien es sich zur Mission gemacht zu haben, sie noch mehr in Rage zu bringen.

Und dass er sie auch noch Jazzy nannte. Ugh! Zoe nannte sie so, weil sie das S in Jasmine nicht hatte aussprechen können, als sie noch klein gewesen war. Das war eine Sache zwischen Schwestern. Niemand sonst durfte sie so nennen. Der Spitzname erinnerte sie an einen übereifrigen Welpen und war besonders lächerlich für eine Tänzerin, die tatsächlich Jazz tanzte. Jazzy Jazztänze. So dumm. Das, was an Will am nervtötendsten war – je wütender sie wurde, desto ruhiger wurde er. Und grinste. Wenn man das so sagen konnte. Er war definitiv ein Grinser.

Brian hatte es unterlassen zu erwähnen, dass Will seine Kieferorthopädiepraxis in Clover Park übernehmen würde. Wenn sie so zurückblickte, hätte sie es erwarten sollen, doch sie war so aufgeregt über ihre neuen Tanzstudiopläne gewesen, dass die Räumlichkeiten nebenan das Letzte waren, woran sie dachte. Außerdem hatte sie gehört, dass Will in einer großen Praxis mit drei weiteren Kieferorthopäden in der Stadt ungefähr eine halbe Stunde von hier arbeitete. In den drei Wochen, in denen sie ihr Studio eingerichtet hatte, war die Praxis über den Sommer für drei Wochen geschlossen gewesen.

Sie atmete kräftig aus. Wills Nachbarin zu sein würde nicht leicht werden. Sie konnte es nicht fassen, was er für einen Aufstand wegen der Musik gemacht hatte. Es war doch klar, dass ein Tanzstudio Musik brauchte! Davon würde sie nicht abweichen. Sie ging nie einer Konfrontation aus dem Weg. Und sie gab niemals auf. Das war etwas, das die Tanzwelt sie gelehrt hatte – tough zu sein und weiter zu drängen, komme was wolle. Sie hatte auf die harte Tour gelernt, wie sie eine schützende Hülle um ihre wahren Gefühle legte, um sich vor den manchmal verletzenden Kritiken beim Vortanzen zu schützen – der Kopf war zu groß, der Hintern zu breit, die Haare zu lockig – und beim nächsten Vortanzen wieder fröhlich und lächelnd aufzutauchen. Ihre Scheiß-auf-sie-alle-Haltung gestattete ihr, im Laufe der Jahre so gut wie ohne Narben zu arbeiten.

Sie setzte sich an ihren kleinen Küchentisch und aß vor ihrem Laptop, auf dem sie eLoveMatch aufrief, die Online-Dating-Seite, bei der sie sich impulsiv letzte Woche angemeldet hatte. Sie hatte keiner Menschenseele davon erzählt.

Es war ihr ein wenig peinlich, neunundzwanzig zu sein und zu hoffen, zum ersten Mal die Liebe zu finden. Na ja, es hatte da dieses eine Mal gegeben, doch, wie sie schmerzlich hatte feststellen müssen, hatte es diese Liebe nur in ihrem Kopf gegeben. Jedenfalls war sie mit ihrem erschöpfenden Zeitplan aus Tanztraining und Vortanzen zu beschäftigt gewesen, um sich über ihr fehlendes Liebesleben Sorgen zu machen. Klar, sie hatte hin und wieder Freunde gehabt, meistens aus dem winzigen Anteil männlicher Tänzer, die nicht schwul waren, und manchmal auch einen Schauspieler. Doch das hielt nie länger als ein paar Wochen.

Sie hatte erst angefangen, sich über diesen ganzen Liebeskram Gedanken zu machen, nachdem sie mitbekommen hatte, wie ihre Freunde Bare und Amber sich vor den Augen der gesamten Besetzung und der Crew verliebt hatten. Es war einfach greifbar gewesen. Jetzt waren sie verlobt und wahnsinnig glücklich.

In ihrem Postfach lagen mehrere potentielle Kandidaten. Oh, sieh mal einer an, ein älterer Herr, der eine Begleitung in den Zwanzigern suchte. Das Bild eines weißhaarigen Mannes in Muskelshirt neben einem roten Ferrari schrie ja geradezu Vorzeigefrau. Der nächste, Opa!

Abenteuerlustiger Mann sucht eine Frau, die für neue Erfahrungen offen ist. Das konnte alles heißen. Mountainbikefahren oder Sexclub. Der nächste!

Hart arbeitender Profi, der dasselbe sucht. Mundhygiene ist ein Muss. Ihre Gedanken flogen gleich zu Will. Nur ein Kieferorthopäde oder Zahnarzt würde Mundhygiene ganz oben auf die Liste setzen. Adrenalin rauschte durch sie. Sie klickte darauf. Nö. Jemand namens Anthony.

Sie lehnte sich zurück und seufzte. Sie war *nicht* enttäuscht. Sie hätte nur gern Will mit seinem Profil aufgezogen. Trotz der Herausforderung, die er als Mann darstellte, der dringend mal etwas lockerer lassen musste, täuschte er sich vollkommen in ihr. Er war steif, verkrampft, ein totaler Regelbefolger. Der Mann trug eine verdammte Fliege. Okay, ja, seine Haare waren etwas wild, dunkelbraun und standen irgendwie ab, als könnte er sie nicht kontrollieren, weil sie so dick waren. Sie spürte, wie sie rot wurde. Heilige Kuh, warum dachte sie denn an Wills Dicke? Es war wirklich zu lange her, wenn sie tatsächlich daran dachte, was in dieser gestärkten Hose wohl so los war. Schon wieder.

Sie löschte ihr Konto und war froh, dass sie nie jemandem von ihrem schwachen Moment der Einsamkeit erzählt hatte.

Am nächsten Nachmittag ging Jasmine eifrig zu ihren beiden Nachmittagskursen hinunter. In Clover Park gab es viele Familien, und es hatte sich herumgesprochen, dass eine ehemalige Broadwaytänzerin die Lehrerin war. Natürlich kannten die meisten in der Stadt sie bereits. Sie war hier aufgewachsen.

Heute wollte sie Jazz und Hip-Hop unterrichten, deswegen ließ sie ihre Haare mit ihren wilden Locken offen. Es gefiel ihr, ihre Haare bei bestimmten Tanzstilen herumzuwirbeln. Sie machte ihr übliches Stretching und erinnerte sich daran, wie Will sie gestern ausspioniert hatte. Sie fragte sich, ob er heute wohl wieder auftauchen würde. Die Musik war nicht zu laut, jedenfalls leiser als gestern. Sie drehte sich um und dehnte sich, dabei sah sie zum Fenster des Warteraums. Kein Will. Gut. Sie musste nicht jeden Tag mit einem Streit beginnen. Sie dehnte sich zu Ende und tanzte nur so zum Spaß, verloren in der Musik und der Freude an der freien Bewegung, während die Energie durch ihren Körper strömte. Sie tanzte noch zu ein paar weiteren Liedern, dann bereitete sie den Jazzkurs vor.

Kurz darauf fuhren vorne langsam die Autos vor und parkten. Manche fuhren auch nach hinten. In ihrem Kurs für Acht- bis Zwölfjährige hatten sich fünfzehn Mädchen angemeldet. Sie wippte auf ihren Fersen. Das würde toll werden. Sie hieß jedes Mädchen willkommen, stellte sich den Eltern vor und lud sie ein, im kleinen Warteraum zu warten, wo sie Zeitschriften ausgelegt und mehrere Stühle aufgestellt hatte.

Die Mädchen waren ganz eifrig zu lernen, manche waren fasziniert und erinnerten sich daran, wie sie letztes Jahr im

König der Löwen getanzt hatte. Viele Familien in der Stadt waren in die City gefahren, um diese familienfreundliche Produktion zu sehen. Eine Stunde später beendete sie den Kurs und nahm sich ihr Wasser, um sich zu rehydrieren. Der nächste Kurs ging in fünfzehn Minuten los.

Sie hörte das Glöckchen, das ihr anzeigte, dass die Tür zum Studio geöffnet worden war. Da waren wohl einige Schüler zu früh gekommen. Sie ging in den Warteraum, um sie zu begrüßen, und blieb abrupt stehen, als sie Will dort stehen sah, der aufgebracht wirkte. Heute waren seine Haare sogar noch wilder, als hätte er beide Hände hineingesteckt und daran gezogen. Er trug einen weißen Kittel, auf dem auf einer Tasche sein Name eingestickt war, Dr. med. dent. Levi. Eine gelbe Fliege lugte oben aus seinem zugeknöpften Kittel.

Sie grinste. „Ich vermute, Sie sind für den Hip-Hop-Kurs hier?"

Ein Muskel zuckte in seinem Kiefer. Er war wegen irgendetwas angepisst. Das sollte gut werden.

„Wir müssen über die Parkplatzsituation reden", sagte er zwischen zusammengebissenen Zähnen.

Der Mann brauchte einen Drink oder eine Massage oder musste mal wieder flachgelegt werden oder so. Ihre Wangen erwärmten sich. Bei nichts von dem Genannten würde sie ihm helfen.

Sie hob ihre Haare im Nacken, um sich abzukühlen. „Ich habe auf meinem reservierten Parkplatz geparkt."

Er starrte auf ihren Hals. Das tat er oft. Dass er starrte. Sie wusste nicht weshalb, denn es schien ihn immer nur wütender zu machen.

Er sah sie finster an. „Ich habe Patienten, die hier parken müssen. Sie können nicht alle Plätze für ihre Kurse in Beschlag nehmen. Sie müssen die Eltern bitten, in einer Reihe ordentlich vorzufahren und dort ihre Kinder abzusetzen und abzuholen."

„So, muss ich das, wie?"

„Ja, müssen Sie."

„So hat es das Yoga-Studio auch gemacht?" Ihr Tanzstudio war zuvor ein Yoga-Studio gewesen.

Er starrte auf ihre Beine, die in einer Gymnastikhose steckten, die bis zu ihren Knöcheln ging; dann blieb sein Blick an ihren nackten Knöcheln hängen. Er sprach leise. „Ich war nicht hier, als das noch offen war, aber ich vermute mal, dass sie auf der Straße geparkt haben. Ansonsten hätte mein Dad das mir gegenüber als potentielles Problem erwähnt."

Sie zuckte die Schultern. „Manchmal sehen die Eltern sich die Kurse gerne an. Mal im Ernst, wie viele Parkplätze brauchen Sie denn wirklich? Sie können doch immer nur an einem Mund gleichzeitig arbeiten."

Sein Kopf zuckte wieder hoch, um ihr in die Augen zu sehen. „Lassen Sie sie nur nicht vorne parken", brachte er hervor. Er würde seine Zähne noch zu kleinen Stümpfen abarbeiten, wenn er nicht aufhörte, so darauf herumzubeißen und mit ihnen zu knirschen. Sie fand es nur fair, das einem Mann gegenüber, der besessen von Zähnen war, zu erwähnen.

„Sie sollten mal Ihren Kiefer lockern", sagte sie. „Sie werden noch ein ernsthaftes Zahnproblem bekommen."

„Also, das ist frech." Er schob beide Hände in seine Haare und zog. Sie blieben so wild und standen jetzt in jede Richtung. Es war ein wenig beunruhigend, dass er dadurch weniger steif und mehr wie ihr Typ aussah. „Ich habe vier Jahre für mein Zahnmedizinstudium investiert, drei Jahre im Aufbaustudium für Kieferorthopädie, und *Sie* erzählen *mir* etwas über Zahnheilkunde."

Sie setzte ein Lächeln auf. „Ich halte meinen Kiefer immer schön locker. Sehen Sie sich mal diese Hauer an." Sie öffnete ihren Mund zu einem breiten Grinsen. Sie erwartete, dass er wütender und ruhiger wurde, doch stattdessen näherte er sich ihr.

Sie trat einen Schritt zurück. Er bewegte sich mit ihr, und seine Hand umfasste ihren Kiefer.

„Aufmachen", sagte er.

Ihr Herz gab Gas. „Will, ich bin nicht Ihre Patientin." Seine Hand war warm und fest. Sie sollte seine Berührung verabscheuen, sich losreißen, doch sie stellte fest, dass sie erstarrt war. Er hatte sie noch nie angefasst. War ihr nie so nahe gewesen. Er hatte so einen warmen, würzigen Duft, der sich um sie legte.

Er starrte auf ihren Mund. „Ich würde gern Ihre Hauer sehen."

Das hier war merkwürdig, dachte sie, öffnete aber dennoch ihren Mund. Er starrte darauf und wirkte sehr ernst.

„Zubeißen", sagte er.

Sie legte für einen Biss ihre Zähne aufeinander. Sein warmer Finger streichelte ihren Kiefer, während er murmelte: „Ein perfekter Biss. Die Arbeit meines Vaters?"

Sie sah ihm in seine braunen Augen und war überrascht, als sie das Feuer durch seine Brille brennen sah. „Ja."

Er nickte einmal, bevor sein Blick sich auf ihren Mund senkte. Es fiel ihr schwer, einen zusammenhängenden Gedanken zu formen, während seine warme Hand sich jetzt an ihre Wange legte.

„Jaz?", fragte er, ehe er langsam seinen Kopf senkte.

„Ja?", hauchte sie, und ihr Herz hämmerte wie wild.

„Dr. Will! Da sind Sie ja!", rief eine Stimme.

3

Jasmine war hin- und hergerissen zwischen Enttäuschung und Erleichterung, als Will sich von ihr losriss. Nein, definitiv Erleichterung, sagte sie sich. Sie hatte keine Ahnung, wie es zu diesem Beinahekuss gekommen war. In der einen Minute hatten sie sich noch gestritten, in der nächsten Minute wurden ihre Zähne untersucht und dann BOOM – Seltsamkeit. Sie sah Will an, der genauso überrascht wirkte wie sie. Er drehte sich zu dem Mann im weißen Zahnarztkittel um, der in der Tür stand. „Was ist?"

„Ich hätte gerne Ihre Meinung zu einem ungewöhnlichen Kreuzbiss." Der Mann – groß, schlank, mit welligen dunkelbraunen Haaren und einem breiten Lächeln – kam zu ihr und drückte ihr die Hand. „Hi, ich bin Tony Russo. *Doktor* Tony Russo."

„Jasmine Davis", sagte sie.

Er hielt weiter ihre Hand und lächelte sie an. „Sie kommen mir so bekannt vor. Sind wir uns schon mal begegnet?"

Er kam ihr auch bekannt vor. Sie zog ihre Hand weg. „Ähm … ich bin mir nicht sicher. Kommen Sie hier aus der Gegend?"

„Nein. Ich bin erst vor kurzem aus der Stadt hergezogen."

„Oh. Dann haben Sie mich vielleicht in einer Show gesehen. Gehen Sie gerne ins Theater?"

Er schnippte mit den Fingern. „Es sind die Haare. Sie sind Flirtygirl29, richtig? Bei eLoveMatch. Ich habe auf Ihr Profil geantwortet."

Jasmine sackte der Magen in die Kniekehle. Mist. Tony musste wohl Anthony sein, der fand, dass Mundhygiene ein Muss war. Ihre Wangen brannten. „Nein, das bin ich nicht."

„Doch, auf eLoveMatch." Tony drehte sich zu Will um. „Die Tänzerin." Er sah sich um. „Ich kann es nicht fassen, dass Sie gleich nebenan sind."

Will grinste. „Sie sind ein flirtendes Mädchen?"

Jasmine verschränkte die Arme. „Sie müssen sich irren. Ich bin nicht bei eLoveMatch."

Tony schüttelte den Kopf. „Wenn nicht, dann haben Sie einen Doppelgänger. Ich werde auf meinem Laptop nachsehen. Das müssen Sie sich ansehen."

Er ging.

Will grinste weiter. „Sie suchen also nach der passenden Liebe, nicht wahr?"

„Das war *nicht* ich."

„Streitendes Mädchen wäre passender gewesen. Sind Sie neunundzwanzig?"

Sie hob ihre Hand. „Ich werde nicht darüber reden. Tony irrt sich. Sie können ja selbst auf der Website nachsehen." Gott sei Dank hatte sie ihr Konto gelöscht.

„Ich würde gern sehen, wie Sie flirten", sagte Will. „Bestimmt besser als ihre sonstige Einstellung."

Sie stemmte die Hände in die Hüfte. „Ich bin nicht FlirtyGirl!"

Er stand einfach nur da und grinste sie an. Er genoss es so richtig, Mr. Grinsekatze.

„Bin ich nicht!"

Er setzte ein breites Lächeln auf, das sie noch nie an ihm gesehen hatte. Er sah beinahe … ansprechend aus. „Ich habe so das Gefühl, dass FlirtyGirl zu heftig protestiert."

Einige Schüler kamen. Gott sei Dank. Sie wandte sich von ihm ab und begrüßte ihre Schüler. „Herzlich willkommen, ich bin Jasmine. Ich freue mich, euch zu sehen." Sie begrüßte die Eltern und führte die Mädchen hinein.

„Wir werden später noch über die Parkplatzsituation sprechen!", rief Will über die plappernden Mädchen.

„Da gibt es keine Situation", sang sie mit breitem Lächeln.

„Bis bald, Flirty!", rief er winkend.

Am liebsten hätte sie ihn angebrüllt, doch das konnte sie
nicht, während alle ihre Schüler da waren. Endlich war er zur
Tür hinaus. Dieser nervtötende, vollkommen unanspre-
chende, dumm grinsende Mann.

~

Ein einziges Mal in seinem Leben war Will dankbar für Tonys
Auftauchen gewesen. Jasmines perfektes Gebiss hatte ihn so
fasziniert, und beinahe hätte er bei ihr eine Grenze überschritten. Das wäre ein Fehler gewesen. Er brauchte nicht noch eine
Verschlimmerung in seinem Leben. Tony hatte Jasmines Profil
auf der Dating Website nicht gefunden, doch Will hatte
gemerkt, dass sie genau gewusst hatte, wovon Tony sprach.
Vermutlich hatte sie in einem Wutanfall, weil ein potentieller
Kandidat sie angeblich beleidigt hatte, ihren Account
gelöscht. Das klang mehr nach der Jasmine, die er kannte. So
empfindlich, so allzeit bereit, plötzlich aus der Haut zu
fahren. Obwohl er zugeben musste, dass die Tatsache, dass
Jasmine jetzt zum online Daten übergegangen war, überraschend war. Er hätte gedacht, dass sie kein Problem damit
hatte, einen Mann auf sich aufmerksam zu machen. Wenn
man die Art Mann war, die auf graziöse Tänzerinnen mit
einem langen Hals, wildem Haar, glänzender Haut und dem
perfekten Gebiss stand. Ganz zu schweigen von ihren festen
Brüsten, ihrem trainierten Körper, den langen Beinen und
ihrem sü-üü-üüßen Hintern. Er wurde hart, als er nur daran
dachte. Er stieß einen Atem aus. Es war einfach zu lang her,
wenn er auch nur eine Minute an die Möglichkeit irgendeiner
körperlichen … Nein. Absolut nicht.

Er assistierte Tony bei dem Kreuzbiss. Er war insofern
ungewöhnlich, als der Unterkiefer vor dem Oberkiefer
vorstand, obwohl die Backenzähne perfekt aufeinanderlagen.
Das hatte er schon mal gesehen, und er nahm sich die Zeit,

Tony, dem Patienten und der Mutter des Jungen zu erklären, wie man das mit einer Nachtklammer und einem Mundstück korrigierte.

Eine halbe Stunde später bemerkte Mrs. Parks, die Mutter von Zwillingspatienten, dass sie einen ganzen Block entfernt hatte parken müssen.

„Was ist denn los?", fragte Mrs. Parks. „Irgendein besonderes Ereignis?"

Sein Blutdruck stieg. Er musste unbedingt mit Jasmine eine Einigung, was das Parken anging, ausarbeiten. Es ging nicht, dass seine Patienten einen Block entfernt parken mussten. Sollten doch Jasmines Schüler einen Block entfernt parken. Sie waren ohnehin da, um sich körperlich zu betätigen.

„Das ist das neue Tanzstudio", sagte er. „Machen Sie sich keine Sorgen. Das wird nie wieder vorkommen."

„Ach, ja, ich habe gehört, dass Jasmine es eröffnet hat. Wussten Sie, dass ihre Mutter in *Eye on Top* mitgespielt hat? Sie wissen schon, dieser Spionagefilm."

Er wusste sehr wenig über Jasmine, abgesehen davon, dass sie der Fluch seiner Existenz war. „Nein."

„Sie war Brocks Freundin."

„Oh." Das erklärte Jasmines Aussehen. Er hatte nicht gewusst, dass ihre Mutter Schauspielerin war, obwohl er wusste, dass die Band ihres Dads, The Davis Trio, die Hausband bei einer Latenight Talkshow gewesen war, *The Pete Macauley Show*. Sein Dad war ein großer Fan dieser Show gewesen, bevor sie abgesetzt wurde.

Als er mit seiner Arbeit fertig war, ging er aus dem einzigen Grund, die Parkplatzsituation zu richten, an Jasmines Tanzstudio vorbei. Geschlossen. Er sah sich den hinteren Parkplatz an. Ihr Wagen stand immer noch auf ihrem Platz. Das hieß, dass sie zu Hause war. Er wusste, dass sie das Apartment über dem Studio gemietet hatte, denn als er seinen Dad gestern Abend angerufen hatte, um sich über die Tatsache zu beschweren, dass er den Studioraum an genau die Frau vermietet hatte, mit der Will sich den ganzen Sommer über gestritten hatte, hatte sein Dad ihm erzählt, dass er ihr auch die Wohnung vermietet hatte. Will hatte seinem Dad im letzten Sommer von den Streitereien nichts erzählt, deswegen war es für ihn eine einzige, herzliche *Hahaha*-Überraschung. Will war nicht amüsiert.

Er rang kurz mit sich, ob er an ihre Wohnungstür klopfen sollte oder nicht oder bis zum Morgen warten, als er laute Musik von oben herunterdröhnen hörte. Sein Blutdruck stieg. Was, wenn er auch am Abend Patienten gehabt hätte wie an Dienstagabenden? Es war Mittwoch, aber trotzdem. Diese Musik war einfach zu laut. Sie beide mussten ein paar Dinge klarstellen.

Er marschierte die hintere Treppe hinauf und hämmerte gegen die Tür, damit sie ihn über den Lärm überhaupt hörte. Die Tür öffnete sich. Sie stand in einem blauen Tanktop und blau-weiß gepunkteten Leggins da. Sein Blick blieb an ihren Teddybärpantoffeln anhängen. Jeder niedliche Teddybärkopf hatte eine rote Schleife im Fell. Er war so überrascht, dass ausgerechnet Jasmine niedliche Bären mochte, die Fliegen trugen, dass er nicht einmal versuchte, über die Hip-Hop-Musik, die seine Ohren beleidigte, etwas zu sagen.

„Brauchen Sie noch einen Blick auf meine Hauer, Dr. Levi?", fragte sie.

Er riss seinen Blick von ihren Hausschuhen und starrte auf ihre nackte Schulter. Der Träger ihres Tanktops war heruntergerutscht. Er sah keinen BH-Träger. Er starrte auf ihre Brust. Direkt unter seinen Augen verwandelten ihre Nippel sich in spitze Punkte. Sein Mund wurde ganz trocken. Er konnte sich nicht daran erinnern, warum er an ihrer Tür aufgetaucht war.

Sie verschränkte die Arme vor der Brust. „Augen nach oben", blaffte sie.

Er blinzelte und sah ihr endlich in die Augen. „Ihre Musik ist zu laut."

„Was?"

„Ich sagte, Ihre Musik ist zu laut!", schrie er über die Musik.

Sie legte eine Hand an ihr Ohr. „Was?"

Sie machte sich auf seine Kosten lustig. Schon wieder. Er

drängte sich an ihr vorbei, lokalisierte die beleidigende Anlage und stellte die Musik leiser.

„Was zum Teufel meinen Sie eigentlich da zu tun?", schrie sie. „Sie kommen einfach in mein Apartment und stellen meine Musik leiser? M-hm. Auf keinen Fall. Ganz sicher nicht. Raus!"

„Was tragen Sie denn da?" Er starrte auf ihre gepunkteten Leggins. Er hatte sie nie zuvor Punkte tragen gesehen. Es war so niedlich und so untypisch für Jasmine.

Sie atmete vernehmbar aus. „Ich trage meinen Schlafanzug, weil ich schon zu Abend gegessen habe und vorhatte, im Haus zu bleiben. Wenn Sie jetzt also keine dämlichen Fragen mehr haben, dann auf Wiedersehen!"

Sie drehte sich um, ging zur Anlage und drehte die Musik sogar noch lauter als zuvor. Dann ging sie in die kleine Küche. Er folgte ihr.

„Was?", schrie sie. „Warum sind Sie denn noch hier?"

„Wir müssen reden", sagte er ruhig.

„Was? Ich kann Sie über die Musik nicht hören." Sie zuckte die Schultern und griff auf Zehenspitzen nach einem Weinglas im Schrank. Er starrte *nicht* auf ihren nackten unteren Rücken, als das Tanktop sich hob oder ihr süßer Hintern sich durch ihre engen Leggins zeigte, weil er mit einer Mission bei ihr war. Sie goss sich ein Glas Wein ein, nippte daran und beobachtete ihn über den Rand des Glases.

Sie deutete auf den Wein und bot ihm damit etwas an. Langsam schüttelte er den Kopf. Seit dreizehn Jahren hatte er nichts mehr getrunken. Die Glückszahl 13.

Sie verdrehte die Augen, dann ging sie zurück ins Wohnzimmer, um die Musik runterzudrehen. Sie setzte sich auf das schwarze Ledersofa und schob ein Bein unter. „Setzen Sie sich!"

Er setzte sich. Er achtete darauf, dass sie nicht in Armeslänge Reichweite war, dann würde ihr perfektes Gebiss ihn nicht wieder in Versuchung führen.

Sie hob ihre Brauen und starrte ihn erwartungsvoll an. „Also, was ist dieses Mal Ihren Hintern hochgekrabbelt und da gestorben?"

Er ignorierte ihren bissigen Kommentar. Er war nicht gekommen, um sich mit ihr zu streiten. „Wir müssen eine Vereinbarung zur gemeinsamen Nutzung des Gebäudes ausarbeiten."

„Ich habe bei ihrem Dad einen Pachtvertrag unterschrieben. Das war meine Vereinbarung."

„Ich meine die Musik. Ich denke, wir sollten einen Dezibelpegel vereinbaren."

Der Hauch eines Lächelns huschte über ihr Gesicht, und sie überdeckte es rasch, indem sie einen langen Schluck Wein nahm. „Welchen Dezibelpegel hätten Sie denn gern?"

„Ich denke, fünfzig wären angemessen."

„Abgemacht", sagte sie.

„Wirklich?"

„Wirklich!", äffte sie ihn in hoher Tonlage nach. Er klang nicht so, wenn er sich aufregte. „Fünfzig Dezibel wären, soweit ich weiß, genau die Lautstärke, bei der ich sie ohnehin hätte." Sie schnaubte. „Dezibel."

Er knirschte mit den Zähnen. „Ich kann ja ein Stück Klebeband dahin machen, wo es sein soll."

Sie verengte die Augen. „Sie sollten besser das Thema wechseln, bevor ich noch wirklich angepisst bin."

Sie starrten sich gegenseitig unverwandt an, während seine Gedanken zu der Tatsache zurückwanderten, dass sie keinen BH trug. Er wandte als erster den Blick ab, denn es gefiel ihm gar nicht, wohin seine Gedanken unterwegs waren. Sie waren allein in ihrem Apartment. Sie trug den dünnstmöglichen Schlafanzug und keinen BH. Er musste sich unweigerlich fragen, wie sie wohl schmeckte. Vermutlich fruchtig mit dem Hauch von Würze, wie ihr Duft. Vielleicht war das auch ihr Shampoo oder ihr Duschgel oder so etwas. *Nun reiß dich mal zusammen! Jasmine ist für dich nichts mehr als eine weitere Belastung und Ärger.*

Er sah ihr in die Augen und merkte, dass sie versuchte, nicht zu lächeln, was ihn ärgerte. Sie würde das Wettgucken nicht gewinnen. Es war allein die Schuld ihres BHs. Sie hätte ihn anhaben sollen. Das war eine unfaire Ablenkung.

Er atmete einmal tief ein und aus. Er musste die Unterhal-

tung zurück zum Gebäude und dessen Benutzung bringen.
Sein Blick blieb an ihren Brüsten hängen. Sie schienen ihn zu
mögen. Immer, wenn er sie anstarrte, nahmen sie Habacht-
stellung ein.

„Stört sie meine Brust?", fragte sie. „Sollte ich die auch
runterdrehen?"

Er konnte nicht darauf antworten, denn ihre Brüste waren
wie Scheinwerfer, und er konnte sich nicht davon lösen.

„Sie werden nicht gewinnen, wissen Sie", sagte sie.

Plötzlich misstrauisch zog Will seine Brauen zusammen.
„Was gewinnen?"

„Sie werden sich nicht durchsetzen, nur, weil Sie versuchen, mich dazu zu bringen, mich unbehaglich zu fühlen. So
leicht ist mir nichts unangenehm. Ich habe meinen Lebensun-
terhalt mit Tanzauftritten verdient." Sie hob ihr Kinn. „Ich
habe oben ohne in *Hair* getanzt."

Das war eindeutig zu viel. Sie hatte das Blatt gewendet
und versuchte jetzt, dass er sich unbehaglich fühlte, abgelenkt
und schmerzhaft hart. Er würde diesen Kampf nicht verlieren. Kämpften sie? Er starrte auf ihren Mund, wo ein leises
Lächeln ihre Lippen umspielte.

„Ich glaube Ihnen nicht", sagte er. „Sie würden niemals
oben ohne tanzen." Er hoffte, die Herausforderung würde in
ihr den Wunsch wecken, ihm zu zeigen, dass sie es konnte. *Ja,
Jaz, zeig es mir. Verweis mich auf meinen Platz.* „Sie sind viel zu
verkrampft dafür", fügte er hinzu und musste sich Mühe
geben, nicht zu lachen.

Sie konnte es nicht fassen. „Ich bin verkrampft? Soll das
ein Scherz sein?" Sie verengte die Augen. „Sie versuchen
bloß, mich wütend zu machen."

„Und Sie versuchen, Ihren sexy Körper zur Schau zu stellen, um Ihren Willen zu bekommen."

Sie nahm ihr Weinglas und einen Schluck, dabei beobachtete sie ihn über den Rand. „Sie halten mich für sexy?"

Er schnaubte. „Das ist doch wohl ziemlich offensichtlich."

„Danke", sagte sie leise.

Er hatte noch nie gehört, dass eine leise Stimme aus
diesem Mund kommen konnte. Er rutschte näher. Nur einmal

kosten. Ehrlich. Sie hatte solch ein perfektes Gebiss. Er hatte auch ein perfektes Gebiss, das hieß, dass sie perfekt zusammenpassen würden. Er wollte nur diese Theorie überprüfen –

„Was tun Sie denn da?", fragte sie alarmiert.

Er wollte diese leise Stimme wiederhaben. Er schob ihr die Haare über die Schulter. „Was denkst du denn, dass ich mache?"

„Will", sagte sie mit zitternder Stimme.

Er hob einen Mundwinkel. „Deine Stimme zittert." Reagierte sie so sehr auf ihn?

Sie verschränkte die Arme. „Tut sie nicht", protestierte sie hitzig.

„Mache ich dich nervös?"

Sie befeuchtete ihre Lippen, was ihn an genau der richtigen Stelle traf. Nur einmal probieren.

„Sie machen mich *nicht* nervös." Sie stand abrupt auf. „Sie sollten jetzt gehen."

Verdammt. Er hätte ihre zitternde Stimme nicht erwähnen sollen. Er musterte sie einen Moment, sie war ganz verkrampft und kurz davor, wirklich wütend zu werden. „Es tut mir leid, dass Sie sich meinetwegen unbehaglich fühlen." Er klopfte auf das Sofa. „Setzen Sie sich. Ich möchte mit Ihnen nur über das Gebäude reden."

„Nein."

„Fürchten Sie sich davor, neben mir zu sitzen?"

Augenblicklich nahm sie wieder neben ihm Platz. Er wusste, dass sie dieser Herausforderung nicht widerstehen konnte, mit der sie wie ein Feigling dagestanden hätte. Doch jetzt war sie ganz steif und wieder ihm gegenüber verschlossen. Ihre Arme hatte sie verschränkt, während sie geradeaus starrte.

Einige Augenblicke vergingen schweigend, während er darüber nachdachte, was er als Nächstes tun sollte. Widerwillig gestand er sich ein, dass ihre Botschaft laut und deutlich war. Sie wollte ihn nicht. Wenn doch, wäre ihre Stimme sanft geblieben, und sie hätte ihn seine Perfektes-Gebiss-Theorie überprüfen lassen. Dann konnte er jetzt auch den ganzen Grund ansprechen, weswegen er überhaupt hergekommen war. Er hatte sich von ihrem Schlafanzug ablenken lassen. Er war sich sicher, dass jeder Typ, der sie in diesem Pyjama gesehen hätte, genauso reagiert hätte.

„Wir müssen über das Parken reden", sagte er.

Sie stieß ein lautes Seufzen aus, als wäre er wahnsinnig nervtötend. Das änderte nichts an den Tatsachen. Die Parkplatzsituation war vollkommen außer Kontrolle.

„Ich sagte Ihnen doch schon, dass die Eltern gerne bleiben", sagte sie mit ein wenig gereizter Stimme, was gleich auch ihn reizte.

„Mrs. Parks musste einen ganzen Block entfernt parken", sagte er und musste sich bemühen, seine Stimme ruhig und ausgeglichen zu halten.

„Mrs. Parks parkt", sagte sie mit Singsangstimme.

Sein Blutdruck ging durch die Decke. „Ich meine es ernst!"

Ihre Augen blitzten. „Hören Sie zu, *William*, ich habe viele junge Schüler, die von ihren Eltern gefahren werden. Sie parken vorne. Sie parken hinten. Und wenn Sie damit ein Problem haben, würde ich vorschlagen, Sie gehen damit zu Ihrem Dad, dem das Gebäude gehört."

„Nein, Sie hören jetzt zu, *Jazzy*." Sie starrte ihn an, und das allein spornte ihn schon an. Sexy Schlafanzug hin oder her, er hatte hier recht. „Ich habe auch viele junge Patienten, die von ihren Eltern gefahren werden. Sie werden nicht gezwungen sein, einen Block entfernt zu parken." Sie nippte beiläufig an ihrem Wein, doch er sah ihren Augen an, dass sie sich herausgefordert fühlte. Sie würde ihn nicht schlagen. „Ich denke, eine proportionale Aufteilung der Parkfläche wäre sechzig zu vierzig, wenn man die Größe ihrer Kurse bedenkt."

„Achtzig-zwanzig", feuerte sie zurück.

„Fünfundsiebzig-fünfundzwanzig", schoss er zurück.

„Neunzig-zehn", sagte sie, stellte ihr Weinglas ab und starrte ihn an.

„Sie sind unmöglich!" Vor Wut sprang er auf. Alles an Jasmine war eine einzige große Provokation. „Mit ihnen kann man einfach nicht vernünftig reden!"

„Sie brauchen mal eine Chillpille. Im Ernst. Ich zähle bis

drei, dann sind Sie aus meinem Apartment raus, oder ich trete Ihnen in den Hintern."

„Ich habe keine Angst vor Ihnen."

Sie stand auf und stellte sich auf Zehenspitzen vor ihn. „Sollten Sie aber."

Ihr Duft umfing ihn. Er konnte sich nicht rühren. Sein Blick wanderte zu ihrem Mund. Ihre Lippen, voll und reif, ihr perfektes Gebiss. Er suchte nach einer schlagfertigen Erwiderung, um sie wirklich auf ihren Platz zu verweisen, doch was herauskam, war: „Ich habe auch ein perfektes Gebiss."

Sie stieß ihm einen Finger in die Brust. „Sie sprechen nicht kieferorthopädisch mit mir."

„Jaz", sagte er mit einer, wie er hoffte, neckenden Stimme.

„Eins", sagte sie. Als er sich nicht rührte, fügte sie hinzu: „Ich werde die Polizei rufen. Zwei."

„Wir sind noch nicht fertig", blaffte er, dann ging er zur Tür.

„Jetzt zittere ich aber in meinen Slippern!", schrie sie hinter ihm her.

Er knallte die Tür hinter sich zu, was sie nicht bemerkte, denn die Musik dröhnte bereits wieder. Alles an dieser Frau war ein einziger Krieg. Sie musste sich mal wieder um ihre sanftere Seite kümmern, wenn es so etwas überhaupt gab. Er dachte wieder an ihre niedlichen Teddybärpantoffeln. An diesen einen Moment, in dem sie leise gesprochen hatte, als ihre Stimme gezittert hatte. Vielleicht hatte sie doch eine sanftere Seite. Sie versuchte nur, sie vor der Welt zu verbergen.

Er war zu aufgebracht, um jetzt nach Hause zu fahren, und er erwischte sich dabei, wie er zur einen Block entfernten Main Street ging. Wie das Schild von Garner's Sports Bar & Grill leuchtete, ihn hineinlockte. Nur einen Drink. Er war so aufgebracht. Er musste sich irgendwie entspannen. Er ging hinein, starrte auf den Tresen und lungerte im Eingang herum, wo er so tat, als betrachte er das schwarze Brett, das voller Flyer war, während er noch mit sich rang, sich einen Drink zu genehmigen. Seit dem Autounfall, der seinen älteren Bruder, Charlie, in ein Koma verfrachtet hatte, war er so clean und geradeaus wie ein Pfeil gewesen. Will war am Steuer gewesen und bekifft bis zum Gehtnichtmehr.

Er und Charlie waren für die Feiertage aus dem College nach Hause gekommen. Will war in seinem zweiten Jahr gewesen und hatte lauter Zweien und Dreien bekommen. Charlie war im letzten Jahr gewesen und hatte nur glatte Einsen, war bereits an einer angesehenen Hochschule für Zahnmedizin angenommen worden. Charlie war auf einer Party gewesen, und, da er der Verantwortungsbewusste war, hatte er gemerkt, dass er zu viel getrunken hatte, und hatte zu Hause angerufen, um abgeholt zu werden. Will hatte den Anruf angenommen, war da aber schon ziemlich stoned gewesen, weil er bei einem Freund rumgehangen hatte, und hatte ihm angeboten, ihn zu fahren. Es war doch bloß eine zwanzigminütige Fahrt, dachte er sich. Was konnte da schon passieren? Seine Eltern hatten bereits geschlafen.

Er gelangte ohne Probleme hin. Auf dem Rückweg hatte er gelacht und herumgealbert und die rote Ampel gar nicht bemerkt. Er riss das Steuer herum, um einem sich nähernden Auto auszuweichen, geriet dabei auf ein Stück Eis, wirbelte herum und knallte in einen Baum. Der Aufprall traf die Beifahrerseite. Der Airbag löste aus, sein Bruder verlor das Bewusstsein, und Blut rann an seinem Kopf herunter. Will hatte Angst gehabt, ihn zu berühren, er war sich nicht sicher, wie schlimm der Schaden war. Will war vollkommen unverletzt geblieben.

Es war seine Schuld. Ganz allein seine Schuld. Der Refrain ging ihm die ganze Zeit durch den Kopf, während er Charlie im Krankenwagen begleitete. Während er bei ihm im Krankenhaus blieb, solange Charlie im Koma lag. Während er ihren Eltern alles erklären musste. Diese drei Tage, bevor Charlie aufwachte, waren die reinste Hölle. Seine Eltern machten ihm Vorwürfe. Will konnte nichts, aber auch gar nichts tun, um die Sache wieder geradezubiegen.

Und dann wachte Charlie auf. Seine Eltern vergaben Will. Das hätte genügen sollen, tat es aber nicht, denn Will konnte sich selbst nicht verzeihen. Er sah zu, wie sein Bruder sich von der Operation an seinem zertrümmerten rechten Bein erholte, sich durch die Krankengymnastik schwitzte, mit dem Schmerz der Verletzung kämpfte, die ihn nie wieder ganz sein ließ. Und als Charlie wieder auf seinen Beinen war, aber immer noch einen Stock benutzen musste, hatte er sich verändert. Er war Chaz, der Wanderer, der Kiffer, der Typ, dem alles egal war – sein Heim, die Zahnmedizin, die Arbeit. Alles.

Will hatte seinen Platz eingenommen. Er legte seine Sünden ab – keine Drogen, kein Alkohol, keine Feiern, nie mehr. Er arbeitete hart daran, seine Noten zu verbessern, und bewarb sich an genau der gleichen Hochschule für Zahnmedizin, an die Charlie hatte gehen wollen. Er belegte Kieferorthopädie, war versessen darauf, die Familienpraxis zu übernehmen. Er hatte seinem Vater damit eine Freude gemacht, seinen Bruder würdig ersetzt und mochte am Ende seine Arbeit wegen der Ergebnisse. Er förderte die Gesundheit und das Selbstvertrauen seiner Patienten und half ihnen dabei, ein perfektes Lächeln zu bekommen.

Doch jedes Mal, wenn er daran dachte, dass sein Bruder jetzt am Stock ging, einen spezialangefertigten Van mit Handschaltern anstatt Pedalen fahren musste und auf dem Behindertenparkplatz parkte, brachte sein Schuldbewusstsein ihn beinahe um. Es hätte Will sein sollen, der litt. Sein nie enden wollendes schlechtes Gewissen war wie eine Zwangsjacke, die ihn zwang, sein Fehlverhalten wiedergutzumachen, indem er sich an Regeln hielt.

Er stieß einen Atem aus und entschied sich, den Drink ausfallen zu lassen. Er hatte keine Erleichterung verdient. Sein Blick fiel auf einen fettgedruckten Flyer, der verkündete ‚Entspannung garantiert'. Er trat näher, um sich auch das Kleingedruckte durchzulesen. Es war ein Strickclub. Der Flyer sagte, dass alle Level und jede Altersklasse willkommen seien. Er schnaubte. Stricken war etwas für Mädchen. Er drehte sich um und ging zur Tür hinaus.

Als er nach Hause kam, kam Sweetie ihm an der Tür entgegen. Er bückte sich, um den Kopf des grauen Katers zu streicheln. Sweetie fauchte und zeigte scharfe Fangzähne. Will zog seine Hand zurück und richtete sich auf, merkwürdig verletzt von der Ablehnung.

Vielleicht sollte er doch diesem Strickclub beitreten, um überhaupt jemanden kennenzulernen. Schließlich hatte dagestanden, dass jede Altersgruppe willkommen war. Vielleicht wäre auch jemand in seinem Alter da, der bereit war, Sex mit ihm zu haben. Das würde ihn definitiv entspannen. Garantiert. Es war schon eine Weile her. Acht Monate, um genau zu sein, seitdem seine Freundin, Carrie, mit der er zwei Jahre lang zusammen gewesen war, mit ihm Schluss gemacht hatte. Auch das hatte sich wie eine kosmische Vergeltung angefühlt, denn Carrie hatte ihn für seinen Bruder, Chaz, verlassen.

Der Verrat hatte ihn tief verletzt. Er hatte sie geliebt, hatte gehofft, sie zu heiraten. Sie waren über Neujahr nach Kalifornien geflogen, um Chaz zu besuchen. Carrie war dageblieben, weil, wie sie sagte, Chaz lustiger war. Trotz all der grässlichen Verbitterung, die Wills Herz verrotten ließ, verzieh Will Chaz einige Monate später, als klar wurde, dass sein Bruder glücklich und die beiden wahnsinnig verliebt waren.

Hauptsächlich, weil Will wusste, tief in seinem Inneren, dass er jeden Dreck, den das Leben ihm in den Weg warf, verdient hatte.

4

Nachdem sie eine Woche lang mit Will über die Musiklautstärke und den Parkplatz gestritten hatte, und Jasmine musste schon zugeben, dass es ihr mittlerweile Spaß machte, da er in seinen Reaktionen so vorhersehbar war (am liebsten mochte sie es, wenn er den wilden Mann gab, der an seinen Haaren riss), entschied sie sich, dass es an der Zeit war, die Lage ein wenig zu ändern. So gerne sie auch zusah, wie Will sich aufregte, es würde ihnen beiden das Leben erleichtern, wenn der Mann einfach mal etwas lockerer wurde.

Sie entschloss sich, ihm per E-Mail Witze zu schicken. Es war albern und unorthodox und genau das, was er nicht erwarten würde. Sie kicherte vor sich hin und stellte sich vor, wie er über einen Kalauer rätselte. Sie würde ihn liebend gern öfter lächeln sehen. Er hatte ein wirklich nettes Lächeln. Mit Sicherheit besser als sein wütendes Gesicht oder wie er so nervtötend Stellen ihres Körpers anstarrte, die auch noch peinlicherweise unter seinem Blick darauf reagierten.

Am Montagmorgen ging sie zum Empfang seiner Praxis, stellte sich der Sprechstundenhilfe, Hillary, vor und nahm sich eine Visitenkarte.

„Ist das hier die beste E-Mail-Adresse, über die man Tony erreichen kann?", fragte sie.

Hillary deutete auf die Karte. Jasmine reichte sie ihr zurück und sah zu, wie Hillary seine Mailadresse auf die Rückseite schrieb. „Das hier ist die, die wir für ihn benutzen. Die andere ist nur für allgemeine Anfragen. Auf die antworte ich."

Jasmine grinste. „Großartig! Ganz herzlichen Dank, Hillary."

„Kein Problem", zwitscherte Hillary.

Jasmine eilte zurück zu ihrem Apartment und lächelte vor sich hin. Die E-Mail-Adresse war simpel: DrRusso@LeviOrthodontics. Sie war sich sicher, dass Wills E-Mail-Adresse ähnlich wäre. Sie ging an ihren Laptop und legte einen neuen E-Mail-Account an, um ihre Identität geheim zu halten. Er würde es nicht lustig finden, wenn die Mail von ihr kam. Sie entschied sich für Glamstick, da sie ein wenig Farbe in das Leben dieser Schlaftablette Will bringen wollte, und tippte schnell:

Lieber Dr. Levi,
Was macht ein Kieferorthopäde bei einem Erdbeben?
Er klammert sich fest. :p
Von
Ihrem GRÖSSTEN Fan

Kurz darauf sah sie nach, ob die Mail zurückgekommen war. War sie nicht. Das hieß, sie hatte richtig geraten, was seine E-Mail-Adresse anging. Vielleicht würde sie ihm das nächste Mal einen schmutzigen Witz schicken. Sie konnte sich gut seinen Blick vorstellen, wenn er den dann las.

Will aß gerade am Schreibtisch zu Mittag und sah nach seinen Mails. Das war merkwürdig. Eine Mail von Glamstick. Er wollte die Mail gerade schon löschen, als die Betreffzeile ihn aufmerken ließ – Wichtige Kieferorthopädische Neuigkeiten Hm. Vielleicht war es ein neues Produkt. So etwas bekam er manchmal. Er klickte auf die Nachricht. Dann zog er die Augenbrauen zusammen, als er die merkwürdige Mail las. Ein alberner Witz? Sein größter Fan? Klang nach einem seiner Teenager Patienten. Genau das, was er brauchte, um noch etwas mehr Stress und Aufregung in seinem Leben zu haben – ein Mädchen, das noch nicht volljährig war und für ihn schwärmte und ihm unangemessene Mails schickte. Er löschte sie und hoffte, dass die Sache damit abgehakt war.

Er stand auf und überlegte sich, dass ein Spaziergang an der frischen Luft seinen Ärger vielleicht etwas beruhigen konnte.

Tony verdunkelte seinen Durchgang. „Hey, Dr. Will!"

„Hallo, Dr. Russo. Womit kann ich Ihnen helfen?"

Tony grinste. „Hillary sagt, dass Jasmine nach meiner E-Mail-Adresse gefragt hat."

Will versteifte sich.

„Meinen Sie, sie würde mit mir ausgehen?"

Will war sich nicht sicher, wie er darauf antworten sollte. Ein Ja hätte Tony nur ermuntert. Was, wenn Tony und Jasmine anfingen, miteinander auszugehen? Dann würde Will ihr perfektes Gebiss regelmäßig auf Tonys perfektem Gebiss sehen müssen. Aber ein Nein würde Tony ebenfalls ermuntern. Der Mann hatte seine eigenen lächerlichen Vorstellungen. Erst heute hatte Tony seinen zahmen Leguan mitgebracht und behauptet, den Patienten würde es gefallen, ihn vor ihrem Termin mit Heuschrecken zu füttern. Will hatte ihn das unpassende Ding gleich nach Hause bringen lassen. Bei Tony gab es keine richtige Antwort.

„Ich weiß nicht," sagte Will schließlich. „Aber ich muss Sie warnen, sie ist eine schwierige Frau. Letzten Sommer beim Laientheater habe ich festgestellt, dass man unmöglich mit ihr zusammenarbeiten kann."

Tony rieb seine Hände aneinander. „Ich mag Herausforderungen. Und, falls es Ihnen nicht aufgefallen ist, sie ist heiß wie ein Supermodel."

Will räusperte sich. „Sie ist zu klein für ein Supermodel. Ich gehe jetzt spazieren."

„Großartig! Ich werde Sie begleiten."

Will unterdrückte ein Ächzen. Er wollte eine Pause von den Leuten, die ihn wütend machten, keinen weiteren Anlass dazu.

„Also, wie ist sie so?", fragte Tony eifrig. „Geben Sie mir Insiderinformationen."

Will ging rasch vorne an Jasmines Tanzstudio vorbei, denn er wollte keinen Blick auf sie in einem weiteren hautengen Tanzoutfit riskieren. Sie bevorzugte Bodys und enge Gymnastikhosen, die an ihren Knöcheln und Ballettschläppchen endeten. Manchmal trug sie ihr Haar fest zu einem Knoten gebunden, doch manchmal war es auch offen und wild, und es fiel ihm dann viel schwerer, es zu ignorieren.

„Sie ist wie ein Krokodil, das jederzeit zuschnappen kann", sagte Will. „Wenn man ihr zu nahekommt, beißt sie einem den Kopf ab." Er warf Tony einen Blick zu. „Oder ein anderes wichtiges Teil", fügte er geheimnisvoll hinzu.

Tony lachte herzlich. „Klingt, als hätten Sie Angst vor ihr."

Will schnaubte. „Es ist eher so, dass sie mich in Rage bringt."

„Ich glaube, mit ihr würde es viel Spaß machen, wissen Sie, was ich meine?" Tony stupste ihn mit dem Ellbogen an.

Wills Hände ballten sich zu Fäusten. Er blieb stehen, um Tony ins Gesicht zu sehen, und knurrte: „Überschreiten Sie bei ihr keine Grenze."

Tony bekam ganz große Augen. „Mal ganz cool bleiben, Doc. Ich spreche doch nur von ein wenig Spaß. Für was für einen Typen halten Sie mich?"

Will ging weiter und wünschte sich, er könnte Tony loswerden und einfach weit, weit weg von allem gehen, was ihn wütend machte. Ein paar Minuten gingen sie schweigend Richtung Main Street. Will konnte sich nicht an das letzte Mal erinnern, dass er Spaß gehabt hatte. Vielleicht als er mal ein Hole-in-One gelandet hatte, doch es war lange her, seitdem das passiert war. Seit jenem vergangenen Sommer war es mit seinem Golfspiel bergab gegangen.

„Hey, ich hole mir einen Kaffee", sagte Tony und deutete

auf das Something's Brewing Café. „Möchten Sie auch einen?"

„Nein, danke Ihnen. Ich sehe Sie dann in der Praxis."

Tony salutierte und ging hinein. Will ging weiter und nahm einen langen Umweg zurück, denn er brauchte etwas Raum für sich. Es ging ihn nichts an, ob Tony Jasmine um eine Verabredung bat. Sie würde ohnehin vermutlich Nein sagen. Er hatte so den Verdacht, dass Jasmine auf jemanden stand, der mehr wie sie war – ein Freigeist. Jemand, der alles locker nahm, wie ein Künstler oder ein Tänzer. Natürlich ging Tony ein wenig aus sich raus. Vielleicht würde ihr das gefallen. Bei dem mysteriösen Mann-Frau-Kram wusste er nie. Offensichtlich, sonst wäre er nicht so sehr davon überrascht gewesen, dass sein Bruder und Carrie etwas miteinander angefangen hatten.

Er ging zurück zum Büro. Er konnte nichts dagegen tun, dass Tony und Jasmine eventuell zusammenkamen. Es sei denn, er feuerte Tony. Die Idee hatte so ihre Vorzüge. Doch dann wäre seine Praxis unterbesetzt, und Tatsache war, Tony kannte sich im Bereich Zahnheilkunde gut aus. Nein, es wäre besser, Jasmine vor Tony zu warnen. Als er sich dazu entschlossen hatte, machte Will sich an die Arbeit bei seinem nächsten Patienten.

Nach Feierabend ging er zu Jasmines Tanzstudio, wo sie gerade den Tanzboden wischte. „Haben Sie niemanden, der das für Sie macht?", fragte er.

„Ich habe me, myself, and I", erwiderte sie. „So eine große Sache ist das nicht."

Einen Moment lang sah er ihr beim Putzen zu. Selbst bei einer solchen Arbeit sah die Frau graziös aus. Sie wischte weiter, und er sah sich weiterhin nicht ihren Ausschnitt an, wenn sie sich nach vorn beugte.

Sie hielt inne und atmete schwer. „Was wollen Sie, Will?"

„Ich wollte Sie nur wissen lassen, dass Tony, wenn man mit ihm allein ist, ziemlich nervtötend sein kann, und er steht auf exotische Tiere. Soweit ich weiß, hat er einen Leguan, eine Tarantel und eine Schlange. Er interessiert sich auch sehr für Kapuzineräffchen."

Sie starrte ihn an. „Und Ihr Punkt ist?"

„Das war mein Punkt."

Sie schüttelte den Kopf und machte sich wieder ans Wischen, ignorierte ihn. Er sah sie auch weiterhin nicht an.

Sie sah auf. „Bye, Will."

Er verstand den Hinweis. „Bye, Jasmine."

Will fuhr an jenem Abend nach Hause und entschied sich, dass die beste Art, sich mit Jasmine abzugeben, Distanz war. Er entwarf per Mail ein Memo an die Nutzer des Gebäudes 101, die aus ihm, seinen Angestellten und Jasmine bestanden. Detailliert zählte er die Anzahl an Parkplätzen vorne und hinter dem Gebäude auf und benannte genau, wer wo packen sollte. Er wollte Jasmines E-Mail-Adresse von ihrer Clover Park Dance Studio Website nehmen, wurde aber abgelenkt.

Sie war zur Manhattan Performing Art Highschool mit Hauptfach Tanz gegangen und in vielen bekannten Broadway- und Nicht-Broadwaystücken aufgetreten. Vor fünf Jahren hatte er mit seiner Familie *Chicago* am Broadway gesehen, was sie als eine ihrer Engagements benannte. Vielleicht hatte er sie auftreten gesehen, bevor sie einander offiziell kennengelernt hatten. Er blieb bei dem Bild, auf dem sie lächelnd direkt in die Kamera blickte. Sie lächelte ihn so selten an, was sehr gut war, denn sie war bezaubernd. Er wollte sich nicht von ihrer Schönheit blenden lassen, um dann ihren scharfen Krallen und ihrem knurrigen Verhalten zum Opfer zu fallen.

Er setzte seinen Dad ins CC seiner Mail, für den Fall, dass Jasmine bezweifelte, dass er tatsächlich bei solch einer wichtigen Frage mit dem Vermieter kommunizierte. Die prompte Antwort seines Dads, dass es beim Parken schon immer so war, wer zuerst kommt, mahlt zuerst, war überhaupt nicht hilfreich, deswegen schickte Will eine zweite Mail hinterher, die diesmal nicht an seinen Dad ging, und in der er schrieb, dass von jetzt an genau sechs Parkplätze für Levi Orthodontics auf dem hinteren Parkplatz zur Verfügung standen und die restlichen zehn Plätze dem Clover Park Dance Studio überlassen wurden. Das war die sechzig-vierzig Aufteilung, die er ihr zuerst vorgeschlagen hatte, und er hielt sie für mehr als fair. Er entschied sich spontan, einen Maler zu engagieren, der die Plätze nummerierte, und schickte auch das noch hinterher. Reservierte Plätze würden dieselben bleiben. Wer darüber hinaus kam, musste sich einen Platz auf der Straße suchen.

Bevor er zu Bett ging, sah er noch einmal nach seinen Mails, für den Fall, dass Jasmine irgendwie auf sein Memo reagiert hatte, und war enttäuscht, als er nur eine weitere Mail von Glamstick fand. Wieder stand in der Betreffzeile: Wichtige Kieferorthopädische Neuigkeiten Er klickte darauf. Es war das Bild zweier Katzen, die mit Laserschwertern kämpften. Darüber stand: „Die Macht ist mit dir, junger Kater."

Will war nicht amüsiert. Das Letzte, was er gebrauchen konnte, waren wütende Eltern, die das Gerücht verbreiteten, dass er unangemessen mit Patienten umging. Er antwortete auf die Mail: *Wer bist du? Wie alt bist du? Ich werde dich finden, wenn du es mir nicht sagst. Ich kann E-Mail-Adressen nachverfolgen.*

Das Letzte stimmt nicht, doch er fand, dass es stark genug klang, um ein Mädchen im Teenageralter in ihrem Wahn zu entmutigen.

Keine Antwort. Gut. Problem gelöst.

Im Laufe der nächsten drei Wochen fand Jasmine eine nette Routine – Tanzunterricht, am Marketing arbeiten, um ihr Geschäft zu verbessern, und Will in den Wahnsinn treiben, indem sie seine Parkplatznummerierung ignorierte und Musik spielte, die nicht wirklich laut war, aber definitiv über seinen geforderten fünfzig Dezibel, wie laut auch immer das war. Sie hatte aufgehört, ihm lustige Mails zu schicken, weil sie seine Stimmung kein bisschen aufheiterten. Es war ohnehin albern gewesen.

Tony kam häufig vorbei, um zu plaudern. Er war ein netter Typ, immer sehr an ihrem Tanzstudio interessiert. Als sie ihm erzählte, dass sie darüber nachdachte, einen Stepptanzkurs für Erwachsene anzubieten, erklärte er, er wäre der erste, der sich dafür anmelden würde. Und dann sagte er, er würde für sie Werbung bei den Moms machen, die in seine Praxis kamen. Und kaum hatte sie sich's versehen, hatte sie bereits zwanzig Schüler in ihrem neuen Dienstagabendkurs. Tony hatte es voll drauf.

Der erste Abend ihres Kurses war ein grandioser Erfolg. Tony war ein wenig schwerfällig, doch das machte er durch seinen Enthusiasmus mehr als gut. Die Frauen liebten es, ihn in ihrem Kurs zu haben, da er stets zu einem Scherz aufgelegt war. Das Beste daran war, wie gut ihren Schülern das Steppen wirklich gefiel. Sie zeigte ihnen immer neue Bewegungen, und sie hielten mit.

Sie beendete den Kurs und schickte alle mit einem Lächeln nach Hause. Dann putzte sie ihr Studio und ging in den Wartebereich, um aufzuräumen. Tony war noch da.

„Oh, hi, Tony. Der Kurs war großartig heute Abend."

„Du warst umwerfend. Es hat mir viel Spaß gemacht."

„Gut."

Die Tür öffnete sich, und ein sauer dreinblickender Will kam herein.

„Sie haben gerade den besten Stepptanzkurs verpasst, Dr. Will", sagte Tony.

„Darf ich unter vier Augen mit Ihnen reden?", fragte Will Jasmine.

„Man sieht sich", sagte Tony, dann beugte er sich vor und drückte Jasmine kurz einen Kuss auf die Wange.

„Bye!", sagte Jasmine lächelnd. Küsschen zur Begrüßung und zum Abschied war sie gewohnt. Die Leute vom Theater waren immer sehr körperbetont.

Will stand einfach nur da und starrte sie an. Sie erwiderte das Starren und wartete darauf, was ihn dieses Mal anpisste.

„Hat Tony Sie um eine Verabredung gebeten?", verlangte er zu wissen.

„Nein." Sie musterte ihn. „Warum?"

Er sah zum vorderen Fenster hinaus und drehte sich zurück. „Ihr Steppkurstanz findet gleichzeitig mit meiner Abendsprechstunde am Dienstag statt."

„Okay." Sie legte einige Zeitschriften wieder ordentlich in den Zeitschriftenhalter zurück.

„Und hier drüben ist es ziemlich laut."

Sie ignorierte ihn. Der Mann war geradezu besessen von Lärm. Das war Steppen. Das musste laut sein. Aber auf rhythmische Art und Weise.

Er räusperte sich. „Es hört sich an, als wäre hier eine ganze Herde von Nilpferden."

„Das ist Steppen", sagte sie und fühlte sich angegriffen, weil er ihre begeisterten Schüler mit Nilpferden verglich. Okay, niemand war in seiner ersten Stunde graziös, doch mit der Zeit konnte etwas aus ihnen werden. Sie dachte bereits daran, dass sie mit den Erwachsenen einen Auftritt einstudieren konnte, damit die jüngeren Schüler sahen, wie weit man mit dem Steppen kommen konnte.

„Wie lange werden Sie diesen Dienstagabendkurs unterrichten?", fragte er.

„Mindestens bis zum Ende des Jahres. Für so lange haben sich die Teilnehmer angemeldet." Sie sah sich in dem kleinen Warteraum um. Alles schien jetzt in Ordnung zu sein. Sie ging zur Tür.

„Wohin gehen Sie?", verlangte Will zu wissen, stellte sich ihr in den Weg und kam ihr viel zu nahe. Er duftete köstlich, würzig und männlich, und sie war viel zu sehr versucht. „Wir sind noch nicht fertig mit Reden."

Sie hob ihr Kinn. „Ich schon."

„Wir haben ein Problem", sagte er. Und sie war sich nicht sicher, auf welches Problem er sich bezog – den Lärm oder die Tatsache, dass immer, wenn sie einander nahekamen, diese knisternde Spannung in der Luft war. Wieder starrte er auf ihren Mund.

Langsam geriet sie in Panik, weil Will die Tür blockierte

und ihr so nahe war. Sie war sich sicher, dass sie schlimm aussah, nachdem sie so viele Tanzstunden durchgeschwitzt hatte. Mit Sicherheit waren ihre Haare ein einziges verrücktes Durcheinander. Und abgesehen von all dem sollte sie sich nicht auf irgendjemanden einlassen, den sie die Hälfte der Zeit am liebsten gewürgt hätte. Sie sah hinab, bemerkte die Beule und schluckte kräftig.

„Sie stehen mir im Weg", sagte sie, doch was sie wirklich meinte, war *küss mich einfach und bring es hinter dich*. Bei Will kam diese Botschaft nicht an. Stattdessen sprach er mit arroganter, provozierender Stimme, die sie zornig machte.

„Dann bringen Sie mich doch dazu wegzugehen."

Mit beiden Händen schob sie gegen seine Brust, und er nahm sich einfach ihre Handgelenke. Da war sie ihm wohl geradewegs in die Falle gegangen. „Lassen Sie mich los", sagte sie leise, obwohl sie es nicht wirklich meinte.

„Ich bin noch nicht fertig mit Reden." Er starrte immer noch auf ihren Mund, was sie unglaublich wütend machte. Küss mich oder küss mich nicht, aber hör auf, mich mit all dieser Nähe und so zu ärgern. Einen grausam langen, spannungsgeladenen Moment später hatte er sich immer noch nicht gerührt, also riss sie ihre Hände frei.

Sie schoss um ihn herum, öffnete die Tür und wartete darauf, dass er vor ihr nach draußen trat. Sie schloss die Tür hinter sich und wollte gerade schon den Flur hinunter zur Hintertür gehen, die zu ihrem Apartment führte, als Will ihren Ellbogen packte.

„Was?", fragte sie vollkommen entnervt von all diesen verwirrenden Berührungen.

Er ließ sie los. „Ich weiß eine Lösung. Anstatt mich jeden Dienstagabend mit Ihnen über die Wahnsinnsmenge an Trampeln und lauter Musik zu streiten, während ich versuche zu arbeiten, könnten Sie einfach auf Ihrer Seite des Gebäudes die Wände schallisolieren."

Das war genau, was sie brauchte – eine weitere Ausgabe für ihr neues Geschäft. Sie hatte sich bereits bis über beide Ohren verschuldet durch den Kredit, den sie aufgenommen hatte, um überhaupt loslegen zu können.

Sie stemmte ihre Hände in die Hüfte und sah ihn finster an. „Sie könnten auch einfach die Wände auf Ihrer Seite des Gebäudes schallisolieren!"

„Aber ich bin ja nicht derjenige, der solch einen Krawall macht", sagte er ruhig.

„Krawall?", bellte sie. „Okay, es wird so laufen. Sie haben zwei Möglichkeiten. Eins. Sie verlegen Ihre Abendtermine –"

„Unmöglich. Die stehen bereits für die nächsten drei Monate fest."

„Zwei. Sie lassen Ihre Seite des Gebäudes schallisolieren."

„Tony ist doch der lauteste, nicht wahr? Vielleicht sollten Sie ihn rausschmeißen."

Sie verengte die Augen. „Was haben sie eigentlich gegen Tony? Er ist nicht der lauteste." Tatsächlich war er das. Wenn jemand das Nilpferd in dem Kurs war, dann Tony. „Er ist ein fabelhafter Tänzer. Ich war beeindruckt. Er ist sehr leicht auf seinen Füßen."

Will schnaubte. „Feenfüße."

Jasmine bewegte den Kopf, dann machte sie auf dem Absatz kehrt und ging zu ihrem Apartment. Es hatte keinen Sinn, mit Will zu streiten. Es war eine nicht enden wollende Fahrt im Karussell des Irrsinns.

„In dieser Stadt gibt es Gesetze gegen Lärmbelästigung!", rief er.

Sie ging weiter, doch sie machte mit Daumen und Fingern eine Geste, die *blablabla* in seine Richtung sagte.

„Jazzy!", rief er in einem letzten verzweifelten Versuch neckend hinter ihr her. „Flirty girl!"

Jetzt machte sie eine weniger freundliche Geste. Sie hörte ein dumpfes Geräusch, als hätte er gegen die Wand getreten. Sie schüttelte den Kopf und ging nach oben. Nach einer langen Dusche machte sie es sich mit einem Glas Wein und ihrem Laptop auf dem Sofa bequem. Da sie immer noch angepisst war und ihn nicht aus dem Kopf bekommen konnte, schrieb sie Will als Glamstick eine Mail. *Was ist das Gegenteil von Spaß? Antwort: Ein Termin beim Kieferorthopäden.* Sie drückte auf Senden und grinste.

Ein paar Minuten später wurde ihr eine neue Nachricht gemeldet. *Wer bist du? Wie alt bist du?*

Sie starrte auf die Worte. Wollte sie sich darauf einlassen? Würde er dann einfach per Mail dafür sorgen, dass sie angepisst war?

Eine weitere Mail kam. *Bist du weiblich? Ich will Antworten.*

Sie nahm einen stärkenden Schluck vom Wein. Nun, mit den Mails hatte sie ja nur beabsichtigt, ihn aufzulockern, also auf geht's.

Sie erwiderte: *Ich bin weiblich, über achtzehn, verspielt und lustig.*

Ich auch. Nur, dass ich männlich bin, aber das weißt du ja schon, verspieltes Mädchen.

Sie schnaubte. *Was ist das Lieblingstier eines Zahnarztes?* Sie wartete und dachte schon, sie hätte ihn verloren, als er endlich zurückschrieb.

Ein Affe?

Sie kicherte und schrieb zurück. *Warum sagst du Affe?*

Weil er ein Primat ist und genetisch nah am menschlichen Kiefer und dessen Zahnformation.

Sie verdrehte die Augen. Verspielt und lustig? Sicher nicht. Sie antwortete mit der Pointe: *Ein Molarbär.*

Okay.

Lachst du dich jetzt tot?

Ja.

Sie lächelte. *Was machst du, wenn du Spaß haben möchtest?*

Ich fahre Wasserski mit Molarbären.

Sie musste laut lachen. Er hatte ja doch Sinn für Humor!

Was machst du, wenn du Spaß haben möchtest?, fragte er.

Ich flirte mit Kieferorthopäden.

Hab ich ein Glück.

Hast du ein Glück. Gute Nacht, Dr. Levi.

Gute Nacht, verspieltes Mädchen.

Sie klappte den Laptop rasch zu. Das war sehr merkwürdig. Sie lächelte vor sich hin. Irgendwie mochte sie merkwürdig.

∾

„Herzlichen Glückwunsch, Jungs!", sagte Jasmine, als es an ihr war, ihren Freunden, Bare Furnukle und Amber Lewis-Furnukle dafür zu gratulieren, dass ihr Status jetzt verheiratet lautete. Sie waren zur Hochzeit und zum Empfang in Ludbury House, einem Herrenhaus in Clover Park.

„Danke dir!", sagte Amber und umarmte sie. Die Braut trug ein rosafarbenes Hochzeitskleid mit rosa Tüll, das perfekt zu den rosa Strähnen in ihren Haaren passte.

Jasmine mochte es, wenn man Dinge ein wenig aufpeppte, doch wenn es ihre Hochzeit gewesen wäre, hätte sie ein langes weißes Kleid mit einer Schleppe getragen, bei der ihr zwei Brautjungfern hätten behilflich sein müssen.

„Ich freue mich so, dass du hast kommen können", sagte Bare und bückte sich, um sie zu umarmen.

„Wir sehen uns gleich", sagte Amber lächelnd.

Jasmine ging zu dem Bereich, in dem der Empfang stattfinden sollte und in dem sich die Besetzung und die Mannschaft von *The Pirates of Penzance* um die Bar versammelt hatten. Bare und Amber hatten jeden vom Laientheater eingeladen, das hieß, dass auch Will hier irgendwo sein musste. Nicht, dass es ihr nicht egal gewesen wäre, was er tat.

Sie fand ihre Freundin Steph. „Nun sieh dich mal einer an, Mädchen! Mir gefallen deine Schuhe." Sie umarmte Steph und achtete darauf, ihre Frisur nicht durcheinander zu bringen.

„Danke", sagte Steph. „Und mir gefällt dein Kleid!"

„Danke, das ist mein kleines Schwarzes." Sie liebte dieses Kleid. Es war oben asymmetrisch und hatte nur einen Träger über der Schulter; die andere Schulter war nackt.

„Ich würde dir gern Dave vorstellen", sagte Steph. „Dave, das ist Jasmine. Sie hat unsere Show choreografiert."

Dave, ein zahmer Typ mit konservativer Frisur und einer Brille mit schwarzem Rand, schüttelte ihr die Hand. „Schön, dich kennenzulernen, Jasmine."

„Ich freue mich sehr, dich endlich kennenzulernen", sagte sie. „Steph redet schon seit Wochen über den fabelhaften Dave Olsen!"

Er wurde rot. „Das ist gut, hoffe ich."

„Absolut!", sagte Jasmine. „Wirst du mit Steph die Tanzfläche erobern?"

„Klar", sagte Dave.

„Ein Typ, der auch noch tanzt", sagte Jasmine zu Steph.
„Den musst du dir warmhalten."

Steph legte ihren Arm um seinen. „Oh, das hatte ich auch
vor."

Ein Kellner im Smoking blieb mit einem Tablett mit
Champagnergläsern neben ihnen stehen. Sie und Steph
nahmen sich jeweils einen. Sie nippte daran, spürte, wie man
sie anstarrte, und als sie sich umdrehte, stand Will in einem
dunkelgrauen Anzug mit dunkelgrauer Fliege in der Ecke. Er
hatte zu der Hochzeit kein Date mitgebracht. Sie sah ihm in
die Augen und hielt ihren Champagner hoch, um ihm
ironisch zuzuprosten.

Er kam durch den Raum auf sie zu. Oh, Mist. Der Schnitt
seines Anzugs stand ihm perfekt. Er sah gut in Form und
irgendwie muskulös aus, was ihr unter seinem Zahnarztkittel
noch nie aufgefallen war, okay, vielleicht hatte sie im Sommer
ein wenig seine muskulösen Unterarme bemerkt, aber –
verdammt, war das hier drin heiß.

„Worauf stoßen wir an?", fragte er, als er an ihrer
Seite war.

Sie atmete seinen würzigen, köstlich männlichen Duft ein
und versuchte, ungerührt zu wirken. „Das glückliche Paar",
zwitscherte sie.

„Hi, Will", sagte Steph mit breitem Lächeln. Ihre Freundin
wusste nur allzu gut über ihre Fehde mit Will Bescheid. Steph
hatte im Stück eine der Töchter des Major Generals gespielt
und sie im Sommer streiten gesehen. Und natürlich hatte sie
Steph über sämtliche lachhafte Forderungen, die Will gestellt
hatte, seitdem sie Nachbarn waren, auf dem Laufenden
gehalten.

„Hi, Steph", sagte Will mit warmem Lächeln. „Schön, dich
wiederzusehen."

Woher kam denn bei Will dieses warme Lächeln? Sie
bekam von ihm immer nur ein grimmig verzogenes Gesicht
und vorwurfsvolle Blicke. Sie hörte zu, wie Steph Will Dave

vorstellte. Wie sich herausstellte, war Will in der Stadt, in der Dave jetzt Mathematik unterrichtete, großgeworden, und manche seiner alten Lehrer unterrichteten noch an der Middle School.

Sie plauderte mit Steph, während Will sich mit Dave unterhielt, bis sie alle in den Empfangsbereich gerufen wurden, wo der DJ mit der Musik losgelegt hatte. Sie zerrte Steph auf die Tanzfläche. Dave und Will sahen zu. Es war ihr wirklich ganz egal, dass Will sie beobachtete. Er beobachtete sie immer.

Sie tanzte und sah ihn an, weil er einfach viel zu attraktiv in diesem Anzug aussah, dann drehte sie sich rasch zu Steph zurück. Sie wusste, wie sie Will dazu brachte, mit dem Starren aufzuhören. Sie musste nur eine sexy Bewegung machen, dann würde er sich abwenden, denn er war viel zu verkrampft, um damit klar zu kommen. Sie legte ihre Hände an die Knie und bückte sich tief hinab, darauf machte sie mit ihrem ganzen Körper eine Wellenbewegung, zuerst der Hintern, dann folgte der Rest.

Er verzog das Gesicht und ging davon.

Danach wurde ihr Abend um einiges leichter. Sie tanzte mit den Schauspielern und der Mannschaft vom Stück zu einer Vielzahl von Liedern. Als ein langsames Lied begann, ging Jasmine an einen Tisch, um sich zu rehydrieren. Sie seufzte, während sie sich all die Paare ansah. Warum konnte sie nicht einen netten Typen wie Bare kennenlernen?

Sie hielt nach Will Ausschau, neugierig, ob er sich zu einem langsamen Tanz trauen würde. Einen langsamen Tanz wagten die meisten Typen, es gab nur sehr wenige wie Bare, die das Selbstvertrauen hatten, auch schnellere Tänze zu probieren. Nö. Sie sah ihn in der Ecke stehen. Allein.

Warum mischte er sich nicht unter die Leute? Warum stand er ständig in irgendeiner Ecke? Es war ja nicht so, als kannte er hier niemanden. Sie ging zu ihm.

„Amüsieren Sie sich?", fragte er, als sie an seiner Seite war.

„Warum stehen Sie denn hier in der Ecke?"

„Hier, so weit weg vom DJ, ist es ruhiger", erwiderte er.

In dem Moment ließ der DJ „Saturday Night Fever" von den Bee Gees losdröhnen, und eine Discokugel drehte sich. Bare stürmte auf die Tanzfläche und zog Amber mit sich. Er machte sich gleich daran, John Travolta zu mimen.

Jasmine lachte und drehte sich zurück zu Will. „Wie kommt es, dass Sie nicht tanzen?"

Er sah sie mit halb geschlossenen Augen an. „Disco ist nicht so mein Ding."

„Kommen Sie, das macht Spaß", sagte sie. „Sehen Sie nur, die ganze Gang vom Sommer ist da. Sie kennen doch alle."

„Fordern Sie mich gerade zum Tanz auf, Jaz?" Seine Stimme war leise und rau, halb herausfordernd, halb einladend.

„Nein", sagte sie schnell. „Ich habe mich bloß gefragt, warum sie hier so untätig rumstehen."

Er starrte zur Tanzfläche. „Ich sehe lieber zu, wie die anderen tanzen."

Sie rümpfte die Nase. „Das ist aber nicht sehr lustig."

„Oh doch, das ist lustig." Er grinste. Er war solch ein grinsender, feixender Mann. Dann fügte er hinzu: „Das ist wie in diesem Frauenfilm …" Er schnippte mit den Fingern. „Wie heißt er noch gleich?"

„Ähm, *Die Hochzeit meines besten Freundes*?"

„Sicher. Das ist er. Sehr romantisch." Wieder grinste er. „Wie mein Herz jetzt flattert."

Sie schnaubte und wandte sich zum Gehen.

„Habe ich Ihren Film beleidigt?"

Sie drehte sich zurück. „Ich glaube ernsthaft, dass Sie gar nicht wissen, wie man Spaß hat."

Er sagte nichts. Starrte einfach nur geradeaus. Er war solch eine Schlaftablette, selbst bei einer Hochzeit, dass sie ihn am liebsten geschüttelt hätte. Warum verschwendete sie eigentlich ihre Zeit mit dem Versuch, sich mit ihm zu unterhalten?

„Was machen Sie, wenn Sie Spaß haben möchten?", fragte sie.

„Ich fahre Wasserski mit Molarbären", sagte er, ohne auch nur den Anflug von Humor zu zeigen.

Sie versteifte sich. Oh Gott. Wusste er, dass sie das gewesen war? Doch er starrte auch weiterhin geradeaus. Er verhielt sich nicht so, als wüsste er, dass sie ihm die Mail und die Witze geschickt hatte. Warum konnte er im echten Leben nicht etwas mehr wie dieser Typ sein?

„Was soll das denn heißen?", fragte sie.

Er schüttelte den Kopf. „Nichts." Er drehte sich um und starrte auf ihre nackte Schulter. „Ist bloß ein alberner Witz."

Sie entspannte sich wieder. „Nun, dann noch viel Spaß dabei, in der Ecke rumzustehen." Sie ging zurück zur Tanzfläche.

„Werde ich haben!", rief er. Er musste aber auch immer das letzte Wort haben.

„Das bezweifle ich!", schrie sie über ihre Schulter.

„Sie kennen Ecken eben nicht so wie ich!", schrie er zurück.

Sie schnaubte, sprang neben dem Hochzeitspaar auf die Tanzfläche und machte selbst ein paar John Travolta Moves, weil sie wusste, dass Will zusah. Da sie sich unbehaglich fühlte, drehte sie ihm den Rücken zu und sah, wie Steph eine Art Stangentanz an ihrem Freund aufführte. *Halt dich ran, Mädchen!* Sie konnte sich nur allzu gut Wills Reaktion vorstellen, wenn sie das bei ihm gemacht hätte. Verdammt, sie sollte ihm zeigen, was für eine exzellente Stange er abgäbe – steif und aufrecht, vollkommen unflexibel, unbeweglich.

Aufrecht und dick … Sie spürte, wie sie rot wurde, und linste über ihre Schulter, um zu sehen, dass Will sie anstarrte.

Er lächelte sie unerwartet an und bedeutete ihr dann, weiterzutanzen, als machte sie das nur für ihn. Dieses seltene Lächeln brachte sie dazu, sich vorzustellen, es wäre ein privater Tanz, etwas Langsames, Erotisches, und als zöge sie sich dabei aus. Sie schüttelte den Kopf. Sie hatte einfach zu viel Champagner getrunken, wenn die Vorstellung, Will einen Striptease hinzulegen, sie antörnte.

Sie warf ihr Haar zurück und wandte sich ab.

∾

Will war in merkwürdiger Verfassung, als er sich am Montagmorgen zur Arbeit fertig machte. Er hatte absolut viel zu viel Zeit damit verbracht, Jasmine beim Tanzen auf Barrys und Ambers Hochzeit zuzusehen. Er hatte aufhören wollen, aber er konnte den Blick nicht losreißen. Er musste sich ständig vorstellen, dass sie nur für ihn einen sexy Tanz aufführte, vielleicht auch eine Art Striptease, bei dem nicht geredet wurde. Denn sobald sie den Mund öffnete, begannen sie zu streiten.

Warum machte ihm das was? Er hatte die ganze letzte Woche damit verbracht, sich mit einer unbekannten verspielten volljährigen Frau zu schreiben und merkte, dass er sich auf ihren abendlichen Chat freute. Er dachte sich, dass sie vielleicht ein wenig zurückgezogen lebte oder schüchtern oder ein Computernerd war und dass sie deswegen versuchte, ihn per Mail zu erreichen, doch er stellte fest, dass ihm das nichts machte. Er freute sich auf ihre dummen Unterhaltungen und hoffte, sie eines Tages kennenzulernen.

Außerdem stand Tony jetzt auf Jasmine. Die ganze letzte Woche über hatte er ununterbrochen darüber gesprochen, wie großartig sie war und dass er sie definitiv nach ihrer nächsten Stepptanzkursstunde um eine Verabredung bitten würde, was mehr Informationen waren, als Will brauchte. Tony leckte sich ständig die Lippen, wenn er über Jasmine sprach, und erinnerte Will damit an einen hungrigen Wolf. Und musste Tony wirklich über jedes verdammte Ding in seinem Leben plaudern?

Alles ging an jenem Morgen rasch bergab. Erst riss Sweetie ein Loch in Wills besten Pullover (den er auf der Kommode hatte liegen lassen, um ihn zur Reinigung zu bringen) und hatte sich dann auch noch darauf übergeben. Als Will zur Arbeit kam, stellte er fest, dass Tony im Wartezimmer ein Videospielsystem installiert hatte, um ihre Patienten zu unterhalten. Was noch schlimmer war, Tony hatte das Party Dance Spiel gekauft und Will darüber informiert, dass Jasmine nach ihren Kursen vorbeikommen würde, um es zu spielen. Dass Jasmine in seinem eigenen Wartezimmer tanzte, brauchte er definitiv nicht. Nicht nach ihren sexy

Tanzbewegungen, die sich seit der Hochzeit in sein Gehirn gebrannt hatten.

Bei der Arbeit wurde er von seinem neuesten Patienten, einem neunjährigen Jungen, bei der Untersuchung gebissen. Fest. Das tat unglaublich weh. Der Junge hatte sich nicht entschuldigt, und seine Mutter hatte als Ausrede vorgetragen, dass er Angst vor Zahnärzten hat. Will hätte nicht vorsichtiger sein können; er hatte den Jungen kaum berührt. Der Tag schleppte sich so dahin, während Wille nicht zum ersten Mal darüber grübelte, warum er einen Beruf ergriffen hatte, in dem die meisten Patienten sich davor fürchteten, ihn zu sehen. Klar, es war schon befriedigend, die Ergebnisse nach seiner Arbeit zu sehen, doch seine Patienten mussten hergeschleppt werden und waren ganz offensichtlich nicht glücklich, da zu sein.

Natürlich kannte er den wahren Grund, weswegen er in diesem Bereich tätig war – er hatte die Stelle seines Bruders eingenommen, während er seinem Dad den Wunsch erfüllt hatte, seine Praxis an seinen Sohn zu übergeben. Die Praxis war für Chaz bestimmt gewesen, doch als Will die Zukunft seines Bruders zerstört hatte, war es an ihm gewesen, seinen Platz einzunehmen. Er versuchte, seine Melancholie abzuschütteln. Vorbei war vorbei. Jetzt war er der Dr. Levi der Familie.

Nach der Arbeit, angelockt von den widerlichen Geräuschen, die Jasmine und Tony machten, als sie albern lachten, während laute Rockmusik plärrte, verließ Will sein Sprechzimmer, um zu sehen, was da los war. Er stand in der Tür zu seinem Wartezimmer und verkrampfte sich immer mehr, während er nicht zusah, wie Jasmine sich zu Aerosmiths „Walk this Way" verbog. Sie hielt einen Fußknöchel und machte diese merkwürdige Muskeldehnungsübung. Sie wackelte und machte Wellenbewegungen mit ihrem Körper, in perfekter Übereinstimmung mit der Tänzerin auf dem Bildschirm. Als sie einen Kopfstand machte und Tony ihren Knöchel hielt, worauf sie beide lächeln mussten, ging Will.

Das war der Moment, indem er entschied, dass, wenn Tony Manns genug war, zu tanzen und einen Stepptanzkurs zu besuchen, um Frauen kennenzulernen, Will ebenfalls Manns genug war, in einen Strickclub zu gehen, um Frauen kennenzulernen. Bei Tony hatte es ja offensichtlich funktioniert.

Vielleicht würde Will jemanden kennenlernen, der älter als achtzehn, verspielt und lustig war.

5

Will traf am nächsten Morgen beim Strickclub im Besprechungsraum der Clover Park Bibliothek viele Frauen über achtzehn, die verspielt und lustig waren. Unglücklicherweise waren sie aber außerdem alle über sechzig. Er hätte es wirklich besser wissen sollen. Das war es, was ein Hirn, dem der Sex fehlte, mit einem Mann anstellen konnte – es konnte ihm etwas vorgaukeln. Vor allem, wenn Jasmine in der Nähe war und ihn die ganze Zeit reizte, sowohl zum Zorn als auch (unangenehmer Weise) dazu, angetörnt zu sein.

Er erstarrte in der Tür.

„Hallo, mein Lieber!", rief eine weißhaarige Frau. „Sind Sie zum Strickclub hier? Neue Mitglieder sind immer herzlich willkommen."

„Ich, ähm, bin mir nicht sicher", sagte er.

„Nun, weswegen sind Sie dann hier, junger Mann?", fragte eine Frau mit zusammengekniffenen Lippen und ebenfalls verkniffenem Gesichtsausdruck.

„Ach, egal." Er wollte sich schon zurückziehen, doch eine feste Hand an seinem Rücken drängte ihn hinein.

„Er ist einer von uns", verkündete eine Stimme, während sie ihn in den Raum zerrte. Sie trug einen Body mit Leopardenmuster und dazu eine leuchtend pinkfarbene Hose. Ihre Haare waren weiß und kurz und standen oben spitz zu Berge.

„Maggie!", rief eine der Frauen. „Du bist wieder da!"

„Die nächste Generation der O'Hares ist angekommen!", verkündete Maggie. „Ich habe drei Urenkel, und einer ist unterwegs." Sie beförderte Bilder aus ihrer Handtasche, und die Frauen starrten sie an und reichten sie weiter. „Die Zwillinge sind die Mädchen von Ryan und Liz, May und Alice; das andere niedliche Ding ist die kleine Abby von Shane und Rachel. Bei Trav und Daisy ist eins unterwegs, Termin ist im November. Noch ein Junge." Sie zog Will herein, damit er sich an den Besprechungstisch setzte. „Das heißt, ich muss eine Menge Söckchen, Mützen und Decken stricken. Wissen die Damen, wer das ist?" Sie zeigte auf Will.

Will war überrascht. Sie kannte ihn?

„Das ist Brians Sohn", sagte Maggie. „Von Levi Orthodontics."

Alle Frauen berichteten gleichzeitig von einem Sohn, einer Tochter oder einem Enkelkind, das zu Levi Orthodontics ging. Dann betrachteten sie wieder mit Oh und Ah die Bilder von Maggies Urenkelkindern. Nachdem sie genügend über Babys gefragt und Bilder von ihren eigenen Enkelkindern gezeigt hatten, brachte Maggie das Gespräch wieder auf ihn.

„Erinnert ihr euch an den kleinen Will?" Maggie drehte sich zu ihm um. „Oder bist du Charlie? Irgendwie erinnere ich mich daran, dass Charlie der ernstere war."

Er lächelte verkrampft. „Ich bin Will."

Im Chor erklangen Hallorufe durch den Raum. „Hallo", sagte Will. „Ich bin mir nicht so sicher, was ich hier eigentlich mache. Ich habe Ihren Flyer im Garner's gesehen, darauf stand ‚Entspannung garantiert' und –"

„Stricken ist sehr entspannend", sagte eine Frau mit einem unordentlichen Dutt. „Ich bin Pam. Und das ist Diane." Sie deutete auf die Frau mit den zusammengekniffenen Lippen neben sich. „Und Shirley, Barbara und Pat. Maggie kennen Sie ja schon."

„Schön, Sie kennenzulernen." Will wurde zappelig. Er war sich immer noch nicht sicher, ob er hierher gehörte. Offensichtlich würde er keine Frau, die auch nur annähernd in seinem Alter war, im Strickclub kennenlernen.

Maggie legte Stricknadeln und graue Wolle vor ihn.

„Ich weiß nicht, wie man strickt", sagte er. „Ich werde einfach gehen." Er wollte sich schon erheben, als Maggie ihn wieder herunterriss. Für eine Frau über sechzig war sie überraschend stark. Sie konnte sogar schon über siebzig sein.

„Also, wenn es jemals jemanden gegeben hat, der sich unbedingt mal entspannen muss, dann du, und im Übrigen duzen wir uns in diesem Club", verkündete Maggie. „Ich habe noch nie einen Mann gesehen, der so verkrampft ist." Maggie machte rasch eine Schlaufe und begann für ihn die erste Reihe auf der Nadel zu stricken. „Ich erinnere mich noch daran, wie deine Mom dich durch die Stadt gejagt hat, wenn sie deinen Dad bei der Arbeit besucht hat. Du warst das wilde Kind. Was ist mit dir passiert?"

Er ließ die Schultern hängen. „Das Leben ist passiert."

Maggie tätschelte ihm das Knie. „Erst mal das Stricken; dann kümmern wir uns um das Leben."

Im Chor stimmten die Frauen ihr zu. Jede begann zu stricken, und es war nichts als das Klappern der Nadeln zu hören.

„Wie ich höre, hast du die Praxis deines Dads übernommen", sagte Maggie zu ihm. „Gefällt es dir?"

Gefiel es ihm? Er dachte über die Frage nach. Wenn er schon einen Job haben musste, dachte er sich, war er so gut wie jeder andere. Und nach sieben Jahren Zahnmedizinstudium war es ohnehin zu spät.

„Die Arbeit stellt mich zufrieden", erwiderte er für den Fall, dass sie noch irgendwelche Enkelkinder hatten, die sie zu ihm schicken konnten.

Maggie grunzte. Dann erklärte sie ihm kurz das Strickmuster. Beim dritten Versuch hatte er es raus. Seine Finger waren stark und geschickt, weil er mit Klammern und den verschiedenen Werkzeugen arbeitete, die man brauchte, um das Metall zu biegen, zu befestigen und zu entfernen. Eine halbe Stunde später war Will richtig bei der Sache und näherte sich einem Zen-Zustand, während die Frauen um ihn herum plauderten. Das hier war wirklich entspannend. Seine Finger waren beschäftigt; er musste sich nur darauf konzentrieren, eine Sache fertig zu stellen, und die produzierte direkt vor seinen Augen Ergebnisse. Die leisen Stimmen.

Die Zeit ging schnell um, als er plötzlich bemerkte, dass die Frauen ihre Sachen packten.

„Hast du eine Frau, Will?", fragte Maggie.

Die anderen Frauen sahen ihn erwartungsvoll an. Wenn er jetzt nein sagte, würden sie Fotos ihrer infrage kommenden Enkelinnen herausziehen.

„Ja", sagte er. Er hatte immerhin eine anonyme, über achtzehnjährige, lustige und verspielte Frau, mit der er sich jeden Abend schrieb. Er hatte sie immer noch nicht kennengelernt, doch von ihren Nachrichten her schien es, als verstünden sie sich gut genug, um sich bald auch von Angesicht zu Angesicht zu unterhalten.

Maggie sah ihn misstrauisch an. „Warum bist du dann so verkrampft? Brauchst du ein wenig Hilfe im Schlafzimmer?"

„Um da ein wenig Gas zu geben?", fragte Pam süß.

„Das hast du von Emeril geklaut!", warf Diane ihr vor.

„Nun, ich wollte nicht zu derb sein", sagte Pam. „Soll ich lieber einen Treffer landen sagen?"

„Ein Rohr verlegen", warf Shirley ein.

„Es wild treiben", sang Barbara.

Will stand auf und hob seine Hand, doch vorher noch erklärte Pat: „Bohren und füllen!"

Wills Ohren brannten. Maggie drehte sich zu Pat um. „Er ist Kieferorthopäde, kein Zahnarzt. Eher klammern und lösen. Richtig, Will?"

Will räusperte sich. „Danke für den Unterricht. Tschüss." Er wandte sich zum Gehen.

„Wir sehen dich dann nächste Woche, Will", sagte Maggie. „Ich möchte Fortschritte sehen bei dem Schal, den du da machst. Und ich möchte meine Nadeln zurück, also musst du wiederkommen."

Aus irgendeinem Grund fühlte sich das mehr wie eine Drohung als eine fröhliche Verabschiedung an. Er winkte über seine Schulter und ging zur Tür hinaus, froh, dass niemand wusste, dass er in der Bibliothek gewesen war. Das hier würde sein kleines Geheimnis sein. Dienstags hatte er in der Praxis die Abendschicht, also musste es niemand erfahren. Er ging gleich nach Hause und strickte, bis es Zeit war, zur Arbeit zu fahren. Er fühlte sich so entspannt wie lange nicht. Und auch die Wolle war so weich. Etwas wie das, ein weich gestricktes Teil, war genau das, was Jasmine brauchte, um etwas sanfter zu werden.

Am Wochenende fuhr Will an einem Strickladen in Eastman vorbei, um sich seine eigenen Stricknadeln und dunkelgrüne Wolle für seinen nächsten Schal zu kaufen. Während er noch da herumlungerte, fand er einige selbstgestrickte Dinge im Ausverkauf. Sein Blick fiel auf weiße fingerlose Handschuhe. Sie waren superweich. Impulsiv kaufte er sie und dachte, dass ein weiches Geschenk genau das war, was Jasmine brauchte, um etwas zartfühlender zu werden. Natürlich würde er sie ihr nicht einfach überreichen. Es sollte ein anonymes Geschenk sein, und wenn sie allmählich etwas sanfter wurde, dann würden sie sich vielleicht weniger über den Lärm und das Parken streiten und über diesen grässlichen Stepptanzkurs, der mit seinen Abendstunden kollidierte. Es war wirklich ein fürchterlicher Lärm, der an Dienstagabenden aus diesem Studio drang. Jetzt, da er zu Hause etwas Frieden fand mit seinem Stricken und den online-Chats, hätte er auch bei der Arbeit gern etwas Frieden.

Tony machte ihm das nicht leicht. Am Montagmorgen sah Will, wie Tony mit einem riesigen schwarzen Rad an seiner Praxis vorbeiging. Will sprang gleich auf die Füße. „Was ist das?"

„Oh, hey, Dr. Will! Sie sind aber früh da. He-he-he." Hatte Tony gehofft, sich mit dieser Monstrosität hereinschleichen zu können?

Tony stellte das riesige Rad ab und drehte sich zu ihm um. „Das ist ein Glücksrad. Um Kinder zu belohnen, die allem aus dem Weg gehen, was sich nicht mit ihren Klammern verträgt. Sie wissen schon – Kaubonbons, süße Getränke, Zucker, Kaugummi –"

„Ich weiß! Wir brauchen hier aber kein Glücksrad! Schlimm genug, dass wir ein Videospielsystem haben. Ich bekomme die Patienten kaum aus dem Wartezimmer und für ihren Termin auf den Behandlungsstuhl."

Tony drehte das Rad. „Schauen Sie, ein kostenloses Stück Pizza." Wieder drehte er es. „Oh, eine Geschenkkarte im Wert von fünf Dollar. Das ist gut." Es gab außerdem das Feld, noch einmal drehen, Eis von Shane's Scoops, ein Kinoticket, ein T-Shirt und eine Schatztruhe, was auch immer da drin war.

Wills Blutdruck stieg, und er dachte sehnsüchtig an sein Strickzeug, das in Sicherheit zu Hause lag. „Tony, solche Dinge müssen mit mir besprochen werden, bevor ..." Er sprach nicht weiter, weil Tony das Glücksrad bereits im Wartezimmer aufstellte.

Hillary und einige Arzthelferinnen, Jennifer und Amy, kamen heraus, um es sich anzusehen. „Das ist aber lustig", sagte Hillary. Jennifer und Amy stimmten ihr zu.

Will seufzte, in seiner eigenen Praxis war er überstimmt worden. „Ich werde keine Preise stiften oder das Rad drehen."

„Null Problemo", sagte Tony. „Die Patienten drehen das Rad selbst. Hillary hier hat die Preise. Ich habe bereits Vorrat für einen ganzen Monat gekauft!"

Wills Lippen formten eine flache Linie. Zum Kieferorthopäden zu gehen war kein Besuch auf der Kirmes. Das war ein professioneller Termin, der für ein gesundes, schönes Lächeln sorgen sollte. Das wollte er gerade schon sagen, als Tony die nächste Bombe fallen ließ.

„Und ich werde uns online bringen", sagte Tony. „Hillary hilft mir dabei, eine riesige Kampagne in den Social Media zu starten. Wir möchten unsere Patienten doch da erreichen, wo sie leben."

„Tony", brachte er hervor. „Darf ich unter vier Augen mit Ihnen reden in meinem Büro?" Will wartete erst gar nicht auf seine Antwort, sondern ging einfach zurück zu seinem Büro und wartete. Tony kam. „Ich möchte nicht, dass Sie Ihre Energie für Social Media verschwenden. Damit haben sie weniger Zeit für unsere Patienten."

„Nein, damit widmen wir unseren Patienten Zeit. Wir bekommen eine größere Compliance, wenn Sie sich mit unserem Programm beschäftigen. Überlegen Sie doch nur mal, wenn sie sich an das halten, was wir Ihnen empfehlen, um ihre Zähne löcherfrei zu halten und ihre Klammern schadensfrei, dann werden Sie eine bessere Erfolgsrate haben. Und auch noch schneller. Und für uns gibt es weniger Termine für Notreparaturen."

Will dachte darüber nach. Es stimmte schon, dass sie oft außerhalb der Sprechstunde gerufen wurden, um Klammern zu reparieren, die von Popcorn oder Kaugummi zerstört worden waren, obwohl er sie über die Gefahren aufklärte und jedem Patienten eine dreifach gefaltete Broschüre nach Hause schickte, in der genau stand, was sie nicht tun sollten.

„Okay", sagte Will schließlich, „aber –"

„Toll!" , rief Tony und hob seine Hand für ein High Five. Will ließ ihn damit sitzen.

„Aber die Social Media Sache findet nur außerhalb der Dienstzeiten statt", sagte Will. „Nur, wenn Sie Zeit haben. Und unsere Angestellten sind nicht dazu verpflichtet."

„Kein Problem. Das ist super einfach. Sie werden das Ergebnis lieben."

Will war sich da nicht so sicher.

Tony klatschte sich aufs Knie. „Ich hole mir jetzt einen Kaffee. Möchten Sie auch einen?"

„Klar." Er holte seinen Geldbeutel hervor.

„Nee. Der geht auf mich."

Will erstarrte, war überrascht von der Geste. Er schob seinen Geldbeutel zurück in die Tasche. „Vielen Dank."

Will entspannte sich ein wenig, nachdem Tony gegangen war. Tony meinte es gut. Es war nicht Wills Stil, doch er sollte dem gegenüber, was Tony einbrachte, offener sein. Er nahm sich die Geschenkschachtel mit den fingerlosen Handschuhen, warf einen Blick in Jasmines Tanzstudio und sah, wie sie sich da drin dehnte. Verdammt war sie flexibel. Sie stand da und hatte ein Bein bis an ihr Ohr gehoben. Er wurde unangenehm hart, als er daran dachte, was ein Mann mit ihrer Flexibilität anstellen konnte. Rasch wandte er sich ab und eilte über den Flur zur Hintertür, die zur Treppe zu ihrem Apartment führte. Er ging nach oben und ließ sein anonymes Geschenk vor der Tür stehen.

Dann lief er wieder zurück und ging gerade den Flur entlang, als Jasmine ihm entgegenkam. Vermutlich ging sie zu der gemeinsamen Toilette hinten im Gebäude.

„Sie haben es ja so eilig", sagte sie. „Klammernotfall?"

„Ja", sagte er und ging weiter, ein kleines Lächeln auf seinen Lippen. Er freute sich wirklich darauf, sie zu besänftigen. Hoffentlich würden sie viel weniger streiten und dadurch seinen Stress reduzieren.

„Wie ist der Dezibelpegel?", rief sie auf ihre neckende Art. Selbst jetzt konnte er noch die Popmusik hören, die aus dem Tanzstudio plärrte.

„Zu hoch, Jazzy", erwiderte er. Als sie schwieg, sah er über seine Schulter und in ihre verengten Augen. Selbst auf die Distanz merkte er, dass der Spitzname sie störte. Wenigstens hatte er dieses Ass im Ärmel.

Sie marschierte auf ihn zu. Er wartete und nahm nebenbei ihren Body und die Gymnastikhose wahr, die wie eine zweite Haut an ihr war und nichts der Fantasie überließ. Verdammt, er wollte sie viel zu sehr.

Sie starrte auf seine Fliege, warf einen Blick auf seinen Schritt und sah ihm in die Augen. „Ihre nummerierten Parkplätze sind lächerlich."

Er neigte den Kopf zur Seite. „Wie das?"

Sie machte eine wilde Geste. „Da je nach Kurs die Eltern wechseln. Sie können nicht ernsthaft erwarten, dass sie sich merken, nur auf bestimmten nummerierten Plätzen zu parken. Sie kommen und gehen jede Woche."

„Es ist doch nicht schwer, sich das zu merken", sagte er.

Sie hielt ihm ihren Finger vor das Gesicht. „Sie haben hier eine Grenze überschritten, William."

„Tatsächlich habe ich nichts gegen den Namen William", sagte er ruhig.

Ihre Augen blitzten. Warum fand er diese wilde Stute bloß so reizend? Normalerweise mochte er süße, zarte Frauen. Vielleicht machte ihn dieser ganze Strickkram zu zahm, wenn er sich von einer Höllenkatze antörnen ließ. Irgendwie vertauschte Geschlechterrollen hier. Es war an der Zeit, sich seiner Männlichkeit zu versichern.

Er baute sich zu seiner vollen Größe auf und hielt jetzt ihr einen Finger vors Gesicht. „Zurück!", bellte er.

Sie stellte sich auf Zehenspitzen direkt vor sein Gesicht. „Weichen Sie doch zurück!"

Er war so angetörnt, dass es darauf nur einen logischen Zug geben konnte. Langsam umfasste er ihren Hinterkopf, gab ihr reichlich Zeit zu protestieren, dann legte er einen Arm um ihre Taille. Ihre Atmung beschleunigte sich. Sie starrte ihn mit großen Augen segensreich still an, also küsste er sie auf sehr männliche, unsanfte Art, und seine Zunge stieß hinein. Allein sie zu kosten brachte ihn dazu, mehr zu wollen. Sie schmolz an ihn wie Alginat-Abformmasse, nur viel wärmer.

Die Tür des Gebäudes wurde geöffnet, und Will trat rasch einen Schritt von Jasmine zurück, als ein Junge im Teenager-alter und dessen Mutter hereinkamen. Das musste wohl sein neuer Patient sein. Er sah Jasmine an, die ihn bloß überrascht anstarrte und immer noch segensreich still war. Er konnte nicht erklären, warum er das getan hatte, deswegen ging er einfach davon.

Er hielt die Tür zu seiner Praxis offen und führte seine neuen Patienten ohne ein Wort hinein. Er und Jasmine würden nie wieder darüber reden, entschied er sich, und sah mit Absicht nicht zurück zu ihr. Ihm wollte keine vernünftige Erklärung für sein Handeln einfallen, außer, dass sie bedau-ernswert waren, wenn man sich ansah, wie von Grund auf unpassend sie füreinander waren.

Doch während er an seinen Patienten arbeitete, musste er sich unweigerlich daran erinnern, wie ihre perfekten Gebisse genauso, wie er es vorher gewusst hatte, zueinander gepasst hatten. Das kam nicht oft vor. Normalerweise musste einer sich an das größere Gebiss des anderen oder einen leichten Kreuzbiss anpassen, damit die Zähne nicht aneinanderstießen oder man merkwürdige Kieferschmerzen bekam oder, noch schlimmer, man irgendwie mit den Lippen rumschlabberte. Es war nicht schlabbrig gewesen.

Nur der allerbeste Kuss, den er je gehabt hatte. Diese Tatsache war höchst unangenehm und lastete schwer auf ihm.

An jenem Abend schickte seine lustige und verspielte überachtzehnjährige Freundin einen schmutzigen Witz darüber, dass der Besuch beim Zahnarzt wie Oralsex ist – er steckt sein Ding in deinen Mund, und wenn er fertig ist, bittet er dich auszuspucken. Er lächelte. Er musste diese Frau kennenlernen. Jemand wie sie, lustig, mit einem guten Sinn für Humor, war genau die Frau, mit der er zusammen sein sollte. Jemand, der sein Leben leichter machte, etwas Leichtigkeit in das brachte, was sich oft wie eine schwere Last anfühlte. Keine anmaßende, streitlustige Höllenkatze wie Jasmine. Er hätte sie niemals küssen dürfen. Das war nicht richtig gewesen.

Doch jedes Mal, wenn er davon sprach, dass er seine anonyme E-Mailerin treffen wollte, schwieg sie. Es war vollkommen frustrierend. Er hoffte wirklich, dass diese ganze E-Mail-Sache nicht ein Dummerjungenstreich war. Wie sein Bruder oder Tony, die an seiner Kette zerrten. Er konnte Tony nicht danach fragen, denn der hätte niemals zugeben können, dass er sich mit einem anonymen Chat beschäftigt hatte.

Sein Handy klingelte, und er sah nach, wer der Anrufer war. „Hey, Charlie. Chaz." Sein Bruder wurde jetzt gerne Chaz genannt.

„Hey, Will. Wie läuft das Spiel mit dem Metallmund?"

Will runzelte die Stirn. Klammern waren nicht mehr nur noch aus Metall. Es gab auch welche aus Keramik und Schienen aus Kunststoff. Die Welt der Kieferorthopädie war jetzt größer als die, die sein Bruder gekannt hatte.

„Gut. Wie geht es dir?"

„Großartig! Ich habe noch eine Filiale von Rumble Bears eröffnet. Jetzt sind wir schon zu zweit!"

Rumble Bears war eine Musikschule für Eltern und Kinder unter 7, die sein Bruder betrieb. Die Kinder und ihre Eltern saßen in einem Kreis, während Chaz dumme Lieder auf einer Akustikgitarre spielte. Klar, Musik machte Spaß, aber es war nicht so, als wäre es eine wirkliche Karriere, dumme Lieder zu spielen.

„Das ist großartig", sagte Will. „Das Geschäft läuft also gut?"

„Ja. Alles gut, Brüderchen."

„Du bist nicht zufällig Glamstick, oder doch?" Er verzog das Gesicht. Warum hatte er das gesagt?

„Was zum Teufel ist Glamstick?"

„Ach, egal."

„Hey, der Grund, weswegen ich dich anrufe, ist …Carrie und ich haben uns letztes Wochenende in Vegas das Ja-Wort gegeben."

Will fiel die Kinnlade herunter. Seine ehemalige Freundin war jetzt seine Schwägerin? Für immer und ewig Teil der Familie? Es war eine Sache, zu wissen, dass sie ein Paar waren, aber etwas anderes, sie auch noch in der Familie zu haben. Carrie und Chaz waren erst seit neun Monaten zusammen! Mist.

„Will, bist du noch da?"

„Ja, ich bin noch da. Herzlichen Glückwunsch."

„Danke, Bruderherz. Ach, hey, Carrie möchte mit dir reden."

Großartig.

„Hey, Will", sagte Carrie. „Jetzt ist es offiziell. Ich bin eine Levi."

Will verzog das Gesicht. „Ja. Herzlichen Glückwunsch."

„Freust du dich für uns?"

„Natürlich."

„Gut. Ich bin so froh, dass es zwischen uns keine unangenehmen Gefühle gibt. Wir sehen dich dann an Thanksgiving, Schwager."

„Japp."

Sie kicherte, und sein Bruder kam wieder ans Handy. „Ich muss los. Carrie hat Abendessen gemacht. Sie ist eine Göttin im Haushalt."

„Ja, okay. Bye!" Will atmete kräftig aus. Das war eins der Dinge, die er so an Carrie geliebt hatte. Sie war sanft, süß und liebte es, für ihn zu kochen. Zum ersten Mal fragte er sich, ob sein Bruder nach dem Unfall vielleicht den besseren Deal gemacht hatte. Wie konnte er das denken? Charlie hatte alles verloren.

Er machte sich wieder an sein Stricken, fand seinen Rhythmus und sein Zen.

Jasmine trug ihre neuen fingerlosen Handschuhe aus Kaschmir am Dienstagnachmittag zur Arbeit. Sie waren wundervoll, warm und so weich, und sie liebte sie, obwohl sie den Verdacht hatte, dass sie von Will waren. Warum hatte der Mann sie überhaupt geküsst? Er schien von dem Kuss genauso erschüttert zu sein wie sie, als hätte ihn die Geste so sehr überrascht wie sie. Natürlich konnten sie auch von Tony sein, der bei den letzten Stepptanzkursstunden so süß mit ihr geflirtet hatte. Tony war wirklich ein lustiger Kerl. Nur, weil sie sich nicht vorstellen konnte, ihn jemals zu küssen, hieß das nicht, dass sie keinen Spaß zusammen haben konnten. Es war nichts falsch an ihm. Er war niedlich, irgendwie, auf eine koboldhafte, stupsnasige Art und Weise. Aber Aussehen ist ja nicht alles. Es war nur, dass jedes Mal, wenn sie versuchte, sich diese dünnen, ständig glänzenden Lippen auf ihren vorzustellen, sie irgendwie … erschauderte. Das war dumm. Sie war oberflächlich. Wenn er sie um eine Verabredung bitten würde, würde sie ja sagen und einfach sehen, was passierte. Vielleicht konnte sie ihn bitten, sich die Lippen abzutrocknen, bevor er sie küsste.

Sie fuhr mit ihrem Finger über den Rücken ihres Kaschmirhandschuhs. Dann rieb sie den weichen Stoff über ihre Wange und schloss die Augen. Nie zuvor hatte sie etwas aus Kaschmir besessen. Am liebsten hätte sie sich einfach in Kaschmir eingehüllt. Sie überlegte, ob sie in Wills Praxis vorbeigehen und ihn einfach fragen sollte, ob sie von ihm waren, doch im Moment fühlte sie sich in seiner Gegenwart unwohl. Stritten sie? Küssten sie einander? Mochte er sie wirklich, oder hatte er bloß gewollt, dass sie die Klappe hielt? Trotz des Kusses, bei dem sie weiche Knie bekommen hatte und ihre weiblichen Teile zu kitzeln begonnen hatten, war der

Mann immer noch der nervtötende Will mit dem Stock im Arsch. Sie passten einfach nicht zusammen. Wollte sie sich wirklich auf jemanden einlassen, der die lächerlichsten steifen Forderungen stellte, wie sie ihr Geschäft zu führen hatte, womit er sie wieder in Rage bringen würde?

Hoffentlich war es Tony.

Sie brachte ihre Nachmittagskurse hinter sich, aß zu Hause kurz zu Abend und ging dann wieder in ihr Studio, um den Stepptanzkurs für die Erwachsenen zu unterrichten. Sie begrüßte ihre Schüler, alles Frauen zwischen zwanzig und fünfzig, und behielt die Tür für Tony im Auge. Er legte einen dramatischen Auftritt hin.

„Er ist da!", verkündete Tony. „Ihr Fred Astaire."

Jasmine grinste. „Und du hast einen ganzen Raum voller Gingers."

Er packte sie an der Taille und wirbelte sie herum. „Hallo, Ginger."

Sie wackelte mit ihrem Finger und hielt den Kaschmirhandschuh vor sein Gesicht. Er reagierte nicht. Tat vor den anderen vielleicht cool. Kein Problem.

„Hey, ich habe mir wirklich Fred Astaire angesehen", sagte Tony. „Kannst du mir diesen Flugschritt zeigen? Du weißt schon." Er bewegte seine Arme wie eine Windmühle und versuchte gleichzeitig, seine Füße nach außen zu stellen. Beinahe wäre er hingefallen.

Sie lachte. „Das ist fortgeschritten. Ich glaube nicht, dass wir uns in nächster Zeit daran wagen sollten. Aber heute zeige ich euch eine lustige Wechselsteppkombination."

Sie fing mit dem Kurs an. Tony begann, seinen Erfolg oder sein Versagen mit den Stepps zu kommentieren, worauf die anderen Frauen lachen mussten. Nach dem Kurs versammelten die Frauen sich um Tony, neckten ihn und scherzten mit ihm. Nicht viele Männer würden damit umgehen können, in einem Tanzkurs von Frauen umgeben zu sein. Das musste sie ihm hoch anrechnen.

„Hey, die Damen", sagte er und sah sie alle an. „Die Drinks gehen auf mich im Garner's."

Die Frauen stimmten erfreut zu.

„Kommst du auch, Jasmine?", fragte Tony.

Sie war hin- und hergerissen. Wenn Tony wirklich an ihr interessiert wäre, hätte er dann nicht nur sie zu einem Drink eingeladen? Sie fühlte sich wie eine aus einem Harem. Andererseits hatte er explizit nachgefragt, ob auch sie komme.

„Klar", sagte sie.

„Großartig!" Er nahm sich seine Tasche und legte einen Arm um ihre Schulter, dann ging er mit ihr zur Tür hinaus.

Als sie in die Bar kamen, kaufte Tony Krüge mit Margaritas für die Gruppe. Sie hingen eine Weile dort herum, alle sprachen über die neuesten Gerüchte in der Stadt – letzte Woche war der Rockstar Griffin Huntley in genau dieser Bar aufgetreten. Jasmine wusste bereits alles darüber. Durch eine merkwürdige Fügung hatte Steph ihr am Tag nach Ambers Hochzeit erzählt, dass Griffin ihr geschiedener Ehemann war. Das war eine ganz schöne Überraschung gewesen. Jasmine fühlte sich irgendwie schlecht für Steph, die sich zwischen den beiden Männern hin- und hergerissen fühlte, obwohl Dave ganz klar der Mann war, mit dem sie zusammen sein sollte. Dave war ein netter Typ. Griffin war bloß ein gutaussehendes Arschloch, soweit sie das beurteilen konnte.

Etwas später, als die Krüge sich leerten, begannen alle, allmählich nach Hause zu gehen.

„Hey, soll ich dich nach Hause begleiten?", fragte Tony, als sie aufstand und sich ihren Mantel anzog.

Ihr Tanzstudio war nur zwei Blocks entfernt. Clover Park war sicher. Es war nicht so, als würde sie ganz allein eine große Allee in der City entlanggehen. Doch vielleicht dachte er daran, dass er sie gerne zu ihrer Tür begleiten und die klassische Gutenachtkussgeste abziehen würde. Er leckte sich die Lippen, und der Glanz, den diese Geste hinterließ, stieß sie zurück, Kaschmirhandschuhe hin oder her.

„Ist ja nur ein kurzer Weg", sagte sie. „Trotzdem danke."

Er neigte seinen Kopf. „Dann bis morgen."

„Ja. Danke für den Drink."

„War mir ein Vergnügen", sagte er herzlich.

Einen Moment lang war sie in Versuchung. Da war ein netter Typ, der an ihr interessiert zu sein schien und ihr

Geschenke machte. Und nicht nur das, er war jung, professionell und eindeutig klug, wenn er es geschafft hatte, Kieferorthopädie zu studieren. Natürlich hatte Will das auch, aber er war nicht nett. Vielmehr extrem irritierend, nervtötend und … ein umwerfender Küsser. Warum dachte sie jetzt schon wieder an Will?

„Bye", sagte sie und winkte mit ihrem Kaschmirhandschuh. Sie ging nach Hause und freute sich darauf, Will noch einen anonymen schmutzigen Witz zu schicken. Sie hatte unendliche davon im Internet gefunden. Es war extrem unterhaltsam, sich mit ihm abzugeben.

Sie ging geradewegs zu ihrem Laptop und schrieb die Mail, an die sie gedacht hatte, seitdem sie den Witz beim Abendessen gefunden hatte. *Ein Weiberheld von einem Zahnarzt* – sie kicherte, den Teil mit dem Weiberhelden hatte sie selbst hinzugefügt – *und eine Frau gehen zusammen ins Bett. Danach sagt sie, du musst ein sehr guter Zahnarzt sein, ich habe gar nichts gespürt.* Sie drückte auf Senden und grinste vor sich hin.

Eine Minute später kam eine neue Nachricht: *Wenn du mit mir ins Bett gehen würdest, Miss Lustig-und-verspielt, würdest du ganz sicher eine Menge Dinge spüren.*

Ihr Herz hörte auf zu schlagen. Sie überlegte schon, die Nachricht zu löschen, während sie sie anstarrte und sie frech herausforderte, mitzuziehen.

Eine weitere Mail poppte auf. *Triff mich, und du wirst schon sehen.*

6

Jasmine schloss den Laptop. Sie konnte Will auf keinen Fall treffen. Sobald er erfuhr, dass sie hinter den anonymen Mails steckte, wäre er außer sich vor Wut. Das wusste sie. Ihr Ziel war bloß gewesen, ihn ein wenig aufzulockern. Offensichtlich hatte das nicht funktioniert. Selbst sein Kuss war auf köstlich dominierende Art und Weise unnachgiebig gewesen.

Sie zog ihre Kaschmirhandschuhe aus und rieb sie zwischen ihren Fingern, denn sie brauchte etwas, das sie im Licht der verstörenden Tatsache, dass es jetzt potenziell zwei Männer in ihrem Leben gab, beruhigte, und die Richtung, in die sie sich neigte, machte ihr Angst.

Ihr Handy klingelte und erschreckte sie. Beruhige dich, sagte sie sich. Will hatte ihre Nummer nicht. Sie sah nach, wer es war. Ein Anruf von zu Hause.

„Hallo", sang sie.

„Hey, Jazzy", sagte ihre jüngere Schwester, Zoe. „Alles Roger in Kambodscha?"

„Nicht viel los, Süße, mach nur mein Tanzstudioding. Was ist los?" Zoe wohnte noch zu Hause, um die Miete zu sparen, während sie als Jazzsängerin regelmäßig Auftritte im nicht weit entfernten New York City hatte. Außerdem arbeitete sie zeitweise als Kellnerin im Garner's.

„Also, wer ist der Typ?"

Jasmine ächzte. Das war die eine Sache an Kleinstädten, die sie nicht vermisst hatte. Nachrichten verbreiteten sich schnell, und jedermanns Leben war ein Zielobjekt.

Zoë fuhr fort. „Lexi hat mir erzählt, dass du mit einem Typen geflirtet und gelacht hast, und dann hat er dich zur Tür hinausbegleitet. Und, PS. Ich habe gehört, dass er Frischfleisch ist." Lexie arbeitete auch als Kellnerin im Garner's.

„Ja, er ist neu in der Stadt. Tony Russo. Er ist in meinem Stepptanzkurs für Erwachsene. Ist keine große Sache. Er hat dem ganzen Kurs einen Drink spendiert."

„Aber nur dich hat der zur Tür hinausbegleitet. O mein Gott, bist du jetzt mit ihm zusammen? Stör ich euch gerade?"

„Nein! Er ist ein Freund."

„Meinst du, ich würde ihn mögen? Kommt ja nicht oft Frischfleisch in die Stadt."

„Würdest du bitte aufhören, Frischfleisch zu sagen? Himmel. Geh und amüsiere dich mit jemandem in New York, wenn du nicht dieselben Typen willst, mit denen du aufgewachsen bist."

„Ja, du hast recht. Es ist nicht leicht, einen anständigen Typen in einem Jazzclub kennenzulernen. Sie finden es cool, die Sängerin abzuschleppen, aber nicht ganz so cool, tatsächlich eine Beziehung zu haben. Hey, streitest du dich immer noch mit Will?"

„Das hört nie auf. Er ist so … ich weiß nicht. Einfach so …"

„Nervtötend? Verkrampft? Stock im Arsch?", bot Zoe an und benutzte damit genau die Worte, die Jasmine seit dem ersten Tag, an dem sie beim Sommerlaientheater aufeinandergeprallt waren, für Will benutzt hatte. Zoe hatte die Hauptrolle gespielt, deswegen hatte sie beim Schlagaustausch zwischen Will und Jasmine in der ersten Reihe gesessen.

„Das ist er alles." Sie hielt inne, dann sagte sie leise: „Er hat mich geküsst."

Zoes erfreutes Quietschen hätte beinahe Jasmines Trommelfell zum Platzen gebracht. Sie nahm den Hörer vom Ohr, als ihre Schwester durchdrehte. „O mein Gott, o mein Gott, o mein Gott, ich wusste es!"

Jasmine nahm das Handy wieder ans Ohr. „Was wusstest du?"

„Delilah hat es im Sommer schon gesagt. Sie sagte: ,Liebe/Hass sind dasselbe.' Du bist verliebt. Ju-huu! Jazzy ist verliebt!"

„Das ist überhaupt nicht dasselbe", erwiderte Jasmine verkrampft. Das wüsste sie doch sicherlich, wenn sie verliebt wäre. Wenn überhaupt etwas, dann war sie ständig genervt. „Jedenfalls habe ich Will nie gehasst. Hass ist solch ein starkes Wort."

„Also ist es Liebe", feuerte Zoe zurück.

Zoë raubte ihr noch ihren allerletzten Nerv. „Gute Nacht, Zoe."

„Nenn mich Brautjungfer!"

Jasmine ächzte und beendete das Gespräch. Zoe war zwei Jahre jünger als sie und bereits dreimal verliebt gewesen, weswegen sie meinte, ein größerer Experte in Sachen Männern zu sein als Jasmine. Zoe meinte, man weiß, dass man verliebt ist, wenn man an nichts anderes als an diesen Menschen denken kann, wenn einem bei seinen Küssen schwindlig wird und wenn man sich immer darauf freut, ihn zu sehen. Sie hatte nur zwei dieser drei Symptome – die ersten beiden. Jetzt, da er sie geküsst hatte, fürchtete sie sich davor, Will zu sehen. Sie war ihm heute sogar aus dem Weg gegangen. Und sie fand, dass es nicht zählte, wenn sie unfreiwillig oft an Will dachte, weil sie dabei immer nur genervt war.

Sie war definitiv nicht verliebt. Sie mochte ihn nicht einmal. Sie steckte in einem intensiven Missfallen kombiniert mit einer peinlichen, vollkommen irrationalen Anziehung fest. Das konnte unmöglich Liebe sein. Wenn jeder so empfand, wenn er verliebt war, gäbe es nicht so viele Lieder, Filme und Bücher darüber, wie großartig es war. Richtig?

Jasmine ging Will eine ganze Woche lang aus dem Weg. Oder vielleicht ging auch er ihr aus dem Weg, denn er war nicht an ihrem Studio vorbeigekommen, um sich über den Lärmpegel zu beschweren, und sie hatte die Musik kein bisschen leise gestellt. Und er hatte auch keinen Pieps zu all den Autos gesagt, die vorne standen, an der Einfahrt und hinten. Das war gut.

Sie hatte aufgehört, ihm schmutzige Witze zu schicken, und war zu niedlichen Katzenfotos zurückgekehrt. Seine Antworten, wenn sie auch nicht enthusiastisch waren, waren doch immer noch ermutigend. „Die ist gut", erwiderte er auf eine Katze in einem Hularock. „Fehlt nur noch die Ukulele."

Heute Abend trug sie ihre fingerlosen Kaschmirhandschuhe, während sie online mit Will chattete, und einen kirschroten weichen Strickhut, den jemand vorhin vor ihre Tür gelegt hatte. Es musste Tony sein. Er kam jeden Tag in seiner Pause an ihrem Studio vorbei und lud sie oft nach Feierabend in die Praxis ein, um das *Party Dance* Videospiel zu spielen. Will sah sie immer mit verkniffenem Gesicht an, wenn sie das tat, und murmelte: „Tanzen Sie nicht schon genug in Ihrem Tanzstudio?"

Heute streckte sie einladend ihre Hand aus. „Zeigen Sie uns Ihre Moves, Dr. Levi."

Tony meldete sich zu Wort. „Ja, Dr. Will. Zeigen Sie uns, was Sie haben."

Will hatte sie angesehen, dann hatte er Tony angesehen, den Kopf geschüttelt und war gegangen.

Er hatte immer noch einen Stock im Arsch. Was war nötig, um ihn weich zu kriegen? Dass er nachgiebig und vernünftig wurde?

Sie suchte kurz bei Google, fand ein Bild eines schmelzenden Eises, schickte es ihm, dann schmelzende Bonbons, dann schmelzenden Käse.

Ich würde viel lieber ein Bild von dir sehen, erwiderte er.

Sie erstarrte. Was zum Teufel? Sie suchte rasch nach einer Schauspielerin, von der viele sagten, dass sie Ähnlichkeit mit ihr hatte, und schickte ihm das Bild. Die Schauspielerin war nicht so berühmt, dass Will sie erkennen würde.

Du bist schön, erwiderte er.

Danke.

Wie ich aussehe, weißt du ja. Was hat es mit den Schmelzbildern auf sich? Schmilzt du für mich?

Sie schnaubte. Sie hatte gemeint, dass er weicher werden sollte, lockerer, doch sie musste zugeben, dass es in beide Richtungen funktionierte.

Du musst schmelzen, erwiderte sie. *Diese Steifheit muss weicher werden.*

Ich dachte, Frauen mögen Steifheit.

Sie kicherte. *Du hast einen Stock im Arsch, den ich versuche, dir herauszuziehen.*

Ich wäre jetzt beleidigt, aber ich bin zu sehr damit beschäftigt, daran zu denken, wie du an meinem Stock ziehst.

Sie hob einen Mundwinkel. Sie wünschte sich, er würde seinen Sinn für Humor auch im wahren Leben zeigen. Sie liebte es.

Werd einfach lockerer, erwiderte sie.

Es folgte eine Pause. Ein paar Augenblicke später antwortete er: *Ich habe dieses Foto runtergeladen. Das ist eine Schauspielerin, die in L.A. lebt. Wer bist du wirklich? Ich schwöre, wenn du Tony bist, bist du gefeuert.*

Ich bin nicht Tony.

Hillary?

Ich bin Miss Lustig-und-verspielt.

Eine weitere Pause. Endlich schrieb er: *Gute Nacht, lustig und verspielt. In Liebe, dein Stock.*

Sie starrte auf die Worte. Liebe. War er dabei, sich in seine anonyme Mailerin zu verlieben? Vielleicht sollte sie aufhören. Aber es machte ihr zu viel Spaß. Bald, versprach sie sich. Bevor alles außer Kontrolle geriet.

„Ich habe einen Levi Orthodontics Kanal gestartet", sagte Tony aufgeregt am nächsten Nachmittag und hielt Jasmine auf, die gerade dabei war, ihr Studio aufzuschließen. Er hielt sein Handy hoch. „Auf YouTube. Das musst du dir ansehen. YouTube ist bei Teenagern wahnsinnig beliebt. Sie werden uns sehen und ihre Eltern anflehen, in unsere supercoole Praxis kommen zu dürfen."

Sie sah ihn skeptisch an. „Ja?"

„Oh, ja. Schau."

Sie sah zu, wie er ein Video mit dem Titel Dr. Sexyfliege aufrief. Oh, Mist. Das musste Will sein. Tony drückte auf Play, und sie sah ein schlecht geschnittenes Video von Will, der gerade seinen Arztkittel auszog, sich mit den Händen durchs Haar fuhr und einen Patienten anlächelte. Das Ganze war untermalt von dem Rapsong „Foxy Doctor is In." Es klang, als wär das Tony, der da rappte. Sie kicherte. Will wusste ganz offensichtlich nicht, dass er gerade gefilmt wurde, denn er sah nie in die Kamera. Sie konnte sich nicht vorstellen, dass er den sexy Kieferorthopäden spielen würde.

Auch Tony kicherte. „Warte, warte, es wird noch besser."

„Was macht ihr denn da?", verlangte Will zu wissen, der ihnen plötzlich in den Nacken hauchte. Jasmine zuckte zusammen. Woher war er denn gekommen? Normalerweise kam er am Dienstag erst mittags in die Praxis.

Tony drehte sich einfach um und klopfte ihm auf die Schulter. „Das ist unser neuer YouTube Kanal. Check it, Dr. Will."

In der nächsten Szene stieg Will in seinen BMW. Das Kennzeichen war bearbeitet worden und hieß jetzt SEXY-DR, während er davonfuhr.

Jasmine kicherte.

„Nimm das wieder runter, Tony", sagte Will durch zusammengebissene Zähne.

„Aber das ist schon richtig beliebt", protestierte Tony. „Es ist schon tausendmal aufgerufen worden, seitdem ich es gestern Abend online gestellt habe. Jeder liebt Dr. Sexyfliege. Das ist gutes Marketing. Es wird uns Patienten bringen."

Jasmine drehte sich zu Will um und lächelte. „Ja, Dr. Sexyfliege, die Mädchen lieben es, wenn Sie Ihren weißen Kittel ausziehen."

Will sah sie wütend an; dann sah er Tony wütend an. „Das ist jetzt meine letzte Warnung, Tony. Ich ertrage diesen Mist nicht mehr. Entweder, Sie nehmen es herunter, oder Sie suchen sich einen anderen Arbeitsplatz."

Tony hielt die Hände in die Höhe. „Schon gut, schon gut. Himmel." Er ging zurück in sein Sprechzimmer.

„Es würde sie nicht umbringen, mal ein bisschen Spaß mit ihrem Image zu haben", sagt Jasmine.

Wills Wangen wurden fleckig rot. „Mein Image sollte sagen professionell, nicht Stripper."

Sie schnaubte. „Stripper! Sie haben gerade mal ihren Kittel ausgezogen. Mit ihrer Fliege sind Sie ja bis obenhin zuge-knöpft." Sie schnippte gegen seine Fliege.

Er knirschte mit den Zähnen. „Sie haben ja keine Ahnung, wie hart ich dafür gearbeitet habe, dorthin zu kommen, wo ich heute bin. Wie viele Jahre ich studiert und geackert habe, und wie viele Überstunden ich habe machen müssen. Ich werde nicht zulassen, dass Tony das mit einem dummen YouTube Video ruiniert."

„Man kann doch hart arbeiten und trotzdem Spaß haben."

„Eine Tänzerin kann so etwas leicht sagen", höhnte er.

Jasmine sah rot. „Sie meinen also, ich arbeite nicht hart? Ich habe mir, seit ich acht Jahre alt war, den Hintern aufge-rissen. Sie meinen also, Tanzen bedeutet einfach ein wenig auf der Tanzfläche herumhüpfen? Dazu ist Disziplin nötig, eine strikte Diät und Training. Ich habe Hornhaut und Verletzungen, die das beweisen. Sie sollten mal meine Füße sehen."

Will verzog das Gesicht. „Ich möchte ihre Füße nicht sehen."

Sie stieß einen Finger in Richtung seiner Praxis, sie wollte ihn weghaben. „Gehen Sie einfach zurück in Ihre Praxis und klemmen Sie noch ein paar Klammern fest. Darin sind Sie gut."

„Vielen Dank."

„Das war kein Kompliment."

„Für mich schon."

„Mann! Ich meine damit, dass Sie selbst viel zu verklemmt sind!" Sie machte eine wilde Geste. „Sie treiben mich in den Wahnsinn! Bei Ihnen muss einfach alles so sein. Gott bewahre, jemand könnte Sie außerhalb Ihrer kleinen engen Box sehen, in der Sie leben!"

Er musterte sie einen langen, unbehaglichen Moment lang. „Hat Ihnen Dr. Sexy gefallen?"

Hatte er. Ein wenig zu sehr. Will, der die Kamera nicht bemerkt hatte, hatte irgendwie niedlich ausgesehen. Vor allem, wenn er lächelte. Er hatte dieses wirklich schöne Lächeln, das sein ganzes Gesicht einnahm. Sie lächelte er nie an. Der einzige Grund, weswegen sie Dr. Sexy mochte, war, weil er nichts sagte. Sobald er diesen nervtötenden Mund öffnete, war alles ruiniert.

„Nein!" Sie wirbelte herum und wandte sich zu ihrem Studio.

„Hat er doch." Sie konnte sein hämisches Grinsen in seiner Stimme hören.

Sie drehte sich zu ihm zurück. Als sie einander in die Augen sahen, knisterte die Luft vor Spannung. Unter diesem Blick wurde ihr ganz heiß. Nicht gut. Will war nur falsch für sie. Sie würden sich gegenseitig umbringen.

„Ich habe das Video nur gemocht, weil es so komisch war", sagte sie. „Sie, sexy? Ha!"

Er stemmte die Hände in die Hüfte. „Sie sind doch diejenige, die eine Chillpille nehmen müsste." Sie schnaubte. Aus seinem Mund klangen diese Worte lächerlich. „Mit Ihnen ist alles nur ein großer Kampf."

„Das sind ganz Sie, Will. Sie bringen das Kämpferische in mir hervor. Haben Sie schon mal gesehen, dass ich mich mit jemand anderem streite?" Sie gestikulierte um sich herum. „Hmmm? Haben Sie schon mal gesehen, dass ich mich mit Tony streite?"

Seine Lippen formten eine flache Linie. „Tony will Sie."

Sie verschränkte die Arme. „Vielleicht will ich ihn auch."

Er starrte sie einen langen Moment an. Sie hob ihr Kinn.

„Sie haben einander verdient", murmelte er, dann ging er zurück in seine Praxis.

Sie marschierte in ihr Studio und drehte die Musik laut. Sie hatte wirklich jemanden wie Tony verdient. Jemanden, mit dem man Spaß hatte, und der lustig war. Ein Mann wie

Tony wusste, wie man sich amüsierte. Wem machte es schon etwas, dass seine Lippen die ganze Zeit glänzten? Vielleicht fiel ihm gar nicht auf, dass er sich ständig die Lippen befeuchtete; dagegen konnte man etwas tun. Jemand wie Will würde sich nie ändern.

An jenem Abend fragte Tony nach dem Stepptanzkurs, ob sie am Samstagabend mit ihm essen gehen würde, und sie sagte ja. Denn Tony trieb sie nicht in den Wahnsinn. Und das war sehr wichtig bei einem Mann, mit dem man ausging.

Jasmine chattete weiter jeden Abend als Glamstick mit Will. Nicht, dass sie nach ihrem Streit noch Lust dazu hatte, doch er schrieb ihr immer wieder und fragte, ob es ihr gut ginge, da er nichts von ihr gehört hatte. Seine Mails klangen immer besorgter, deswegen antwortete sie zwei Tage später, dass es ihr gut ging. Ihre Unterhaltung wurde ernster, als Will sich in private Gefilde vorwagte, sie fragte, was sie gerade machte, wie ihr Tag war, was sie am liebsten mochte. Er hatte lauter Fragen, blieb bei seinen eigenen Antworten aber vage. Tatsächlich war er irgendwie süß und überlegt, knüpfte oft an ihre vorherige Unterhaltung an und versuchte, sie besser kennenzulernen. Er war zurückhaltend, was persönliche Informationen über ihn selbst anging, deswegen hielt sie es genauso. Es war aufregender, nicht zu wissen, mit wem man chattete, dachte sie sich. Und gerade Will konnte etwas Aufregung in seinem Leben gebrauchen.

Der Samstag ging schon schlecht los. Jasmine hatte verschlafen und musste ins Studio rennen, um ihre drei Morgenkurse zu unterrichten, und hatte nicht einmal Zeit gehabt zu duschen. Sie war müde, weil sie keine entspannende Dusche bekommen hatte und auch keinen gemütlichen heißen Kaffee. Außerdem fürchtete sie sich vor ihrem Date am Abend. Es waren die glänzenden Lippen. Sie fühlte sich einfach jedes Mal abgestoßen, wenn sie an das Ende des Abends dachte, wenn Tony ihr mit Sicherheit einen Kuss geben wollte. Alle Typen versuchten, einen Gutenachtkuss zu bekommen. Sie kam sich vor wie eine Heuchlerin. Erst gestern Abend hatte sie Steph aufmuntern müssen, ihr gesagt, sie solle Kontrolle über ihr Leben übernehmen und nicht zulassen, dass die Männer ihr Glück stahlen.

Und jetzt war sie hier und fürchtete sich vor einem Date mit einem wirklich netten Typen. Und sie war auch wütend auf Will, weil er ihr das Gefühl gab, sie sollte sich auf Tony einlassen, nur um sich zu beweisen, dass sie einen lustigen, netten Typen verdient hatte.

Was war denn los mit ihr? Sie konnte in Wills Gegenwart einfach nicht geradeaus denken.

Sie nahm eine lange heiße Dusche und redete aufmunternd auf sich ein, während sie ihre Leggins anzog und einen viel zu großen, weiten, aber superweichen Pullover. Sie war seit einem Jahr nicht mehr bei einem Date gewesen. Nur deswegen war sie nervös. Sie mochte Tony. Er brachte sie immer zum Lachen, wenn sie zusammen waren. Sie würde ihn einfach darauf ansprechen, dass er diese Angewohnheit hatte, seine Lippen zu befeuchten, und mal sehen, ob sie so einem feuchten Schlabberkuss aus dem Weg gehen konnte. Vielleicht wäre es Magie, wenn ihre Lippen sich erst einmal berührten. Oder widerlich. Das eine oder das andere.

Wieder überkam sie die Nervosität. Sie musste sich irgendwie beschäftigen. Sie würde kochen! Sie stellte italienische Würste in den Ofen und machte einen Topf Reis. Das hatte sie so gut wie keine Zeit gekostet, deswegen ließ sie beides köcheln und machte sich daran, was sie nur selten tat, ihr Apartment zu putzen, die Post zu sortieren, alte Zeitschriften und Zeitungen ins Altpapier zu werfen. Sie putzte sogar Staub. Plötzlich meldeten sich laut kreischend ihre Rauchmelder. Oh Gott, ihr Mittagessen.

Sie rannte in die Küche. Der Reis war in Ordnung. Sie öffnete den Ofen, und eine große Rauchwolke kam heraus. Sie hustete und nahm sich die Ofenhandschuhe, um die Würste herauszuholen. Sie waren pechschwarz und rauchten wie verrückt. Sie öffnete das Küchenfenster. Dann sah sie den Rauchmelder, zuckte zusammen und versuchte, ihn auszustellen. Sie kam nicht ganz dran. Also nahm sie sich einen Stuhl, kletterte darauf und hatte ihn gerade ausgestellt, als sie ein Klopfen an der Tür hörte.

Der Rauchmelder im Wohnzimmer kreischte noch. Mist. War die Feuerwehr so schnell gekommen?

Sie rannte zur Tür und riss sie auf. „Falscher Alarm", sagte sie. Dann zuckte sie überrascht zurück. „Will! Was tun Sie denn hier?"

„Ich bin hier, um Sie zu retten!" Er eilte an ihr vorbei, den Feuerlöscher in der Hand (woher war der denn gekommen?), und rannte in die Küche, wo er sich wie wild nach dem Schuldigen umsah.

„Es waren bloß Würste! Sie sind mir angebrannt. Alles gut."

Er starrte auf die verbrannten Würste, dann drehte er sich mit immer noch wilden Augen zu ihr um. „Öffnen Sie mehr Fenster. Der Rauch ist nicht gut für Sie."

Sie öffnete das Fenster im Wohnzimmer und im Schlafzimmer. Als sie zurückkam, hatte er den Rauchmelder im Wohnzimmer ausgestellt. Der Feuerlöscher stand neben ihrem Sofa.

„Geht es Ihnen gut?", fragte er und fuhr sich mit beiden Händen durchs Haar. Es stand wild und dicht in alle Richtungen.

Sie musste kräftig schlucken, als ihr klar wurde, dass er in etwas, das er für ein Feuer hatte halten müssen, gestürmt war, um sie zu retten.

Ihm lag wirklich etwas an ihr.

„Ja", sagte sie über den Kloß in ihrer Kehle.

Er nickte einmal und ging dann in die Küche, wo er die Topflappen nahm, die Grillpfanne in die Spüle legte und Wasser darüber laufen ließ. Als das Wasser auf die heiße Pfanne traf, stieg ein wenig mehr Rauch auf.

„Haben Sie einen Feuerlöscher?", fragte er.

„Ich weiß nicht. Wenn zur Wohnung einer gehört."

Er sah in den Küchenschrank unter der Spüle. Ein kleiner

Feuerlöscher war seitlich an der Schrankwand festgeklammert. „Da ist er ja. Falls Sie irgendwann mal einen brauchen."

„Danke", sagte sie.

Er sah sie an, sah sie einfach nur an. Endlich sagte er: „Sie können nicht kochen."

„Nicht wirklich", musste sie gestehen.

Er stieß einen langen Atem aus und stellte auch die Kochplatte mit dem Reis aus. „Kommen Sie. Ich mache Ihnen etwas zu Mittag."

Die Einladung klang nicht wie eine Herausforderung, nicht nach Wut. Und auf einmal klang es so viel besser als zu kochen und ihr Apartment aufzuräumen, um ihre Nervosität vor dem Date mit Tony zu überwinden.

„Das würde mir gefallen", sagte sie.

Er schenkte ihr ein seltenes Lächeln, das sie mit einem Lächeln erwiderte. Er kam an ihre Seite, hielt ihr seine Hand hin, und sie nahm sie und folgte ihm zur Tür hinaus.

7

———

Auf der Fahrt zu Wills Haus war Jasmine still. Sie versuchte immer noch, sich an den Gedanken zu gewöhnen, dass er nach all ihrer Streiterei gekommen war, um sie zu retten. Sie hatte gemeint, nichts als eine Last für ihn zu sein. Sie betrachtete sein Profil. Seinen starken Kiefer, auf dem nur ein Hauch Stoppeln zu sehen war, sein dichtes Haar, das immer ein wenig zerzaust aussah. Er sah ernst aus.

„Danke, dass Sie zu Hilfe geeilt sind", sagte sie.

Er grunzte.

„Waren Sie in der Nähe?"

Er sah sie an. „Ich war gerade mit meinem letzten Patienten für den Morgen fertig und wollte nach Hause fahren, als ich den Alarm hörte."

Sein Tonfall war barsch, und sie fragte sich, warum um alles in der Welt er sie eingeladen hatte. „Was gibt es denn zum Mittagessen?"

„Spaghetti Bolognese."

„Kochen Sie sich immer etwas zu Mittag?"

Sein Kiefer verkrampfte sich. Was hatte sie denn jetzt schon wieder gesagt? „Das sollte mein Abendessen sein, aber ich dachte, es ist ohnehin besser, wenn ich es mir teile."

„Oh."

Sie fuhren in die Einfahrt eines bescheidenen Hauses im

Kolonialstil mit beigefarbenen Wänden und braunen Zierleisten. Will ging voraus und öffnete ihr die Haustür, hielt sie offen und lud sie ein. Eine graue Katze mit weißer Brust und weißen Pfoten kam ihnen im Eingang entgegen.

„Hallo, du Schöne", schnurrte sie und bückte sich, um ihr Fell zu streicheln.

Will packte ihren Arm, bevor sie sie berühren konnte. „Streicheln Sie ihn nicht. Sonst wird er Sie kratzen."

„Seien Sie nicht albern." Sie griff wieder nach dem Kater, und Will zog sie zurück.

„Sehen Sie." Er bückte sich und streckte langsam einen Finger in Richtung des Katers. Der Kater fauchte und zeigte seine Zähne.

„Er hat Sie nicht gekratzt."

„Das war eine Warnung." Er streckte seinen Finger ein wenig weiter aus, berührte seitlich fast das Gesicht des Katers, der nach ihm schlug und dann davonlief.

„Was ist denn mit ihm los?"

Will zuckte die Schultern. „So war er schon immer. Ich habe ihn aus dem Tierheim."

Will rettete einen Kater, der ständig Krallen und Fangzähne zeigte? Ihr Herz schmolz ein wenig mehr, als sie seine Worte hörte. Sie erhaschte einen Blick auf ein förmliches Esszimmer mit einem Glastisch und schwarzen runden Stühlen, die ein geometrisches Muster im Metallrücken hatten. Der moderne Look wurde durch einen Kamin mit weißem Sims und Ziegelwänden betont sowie von modernen Bildern in leuchtenden Farben, die an der Wand hingen. Sie blieb mit ihm in seiner Gourmetküche mit Hartholzfußboden und Arbeitsflächen aus Granit in warmen marmorierten Brauntönen und honigbraunen Schränken mit Edelstahlgeräten stehen.

Sie sah ihn mit offenem Mund an. „Ihr Haus ist großartig! Haben Sie die Küche neu einrichten lassen?" Sie betrachtete die silbernen Griffe an den Schubladen, den Krug, in dem Küchenutensilien standen, den Messerblock aus Holz. Es war so warm und wohnlich. Das hier war die Küche von Will mit dem Stock im Arsch?

„Ja, die habe ich kurz nach meinem Einzug erneuern lassen."

Sie fuhr mit ihrer Hand über den glatten Granit. „Und Sie haben alles selbst ausgesucht?" Sie hatte noch nie das Haus eines Typen gesehen, das so gut ausgesehen hatte. Für gewöhnlich hatten sie einfache schwarz-weiß Möbel, schlicht und kahl.

Er war damit beschäftigt, Zutaten aus dem Kühlschrank zu holen. „Japp."

Sie setzte sich auf einen der Holzhocker an der Kochinsel. „Sie haben einen guten Geschmack."

Er legte Sellerie, Möhren und Basilikum auf die Arbeitsfläche und sah sie an. „Sie klingen ja so überrascht."

„Ich liebe dieses Haus!"

Er hob einen Mundwinkel zu einem leichten Lächeln. „Gut."

„Ich werde mir mal das Wohnzimmer ansehen", sagte sie und schaute zu dem Raum auf der anderen Seite der Küche.

„Dann nur zu."

Sie ging hinüber in ein großes Wohnzimmer, das die gesamte Breite des Hauses einnahm. Ein u-förmiges Sofa stand einem Kamin gegenüber, über dem ein Flachbildfernseher hing. In einer Ecke des Raums stand ein richtiges Klavier. Ihm gegenüber standen raumhohe Einbaubücherregale. In den oberen Fächern waren Bücher – er mochte Krimis, was eine Überraschung war, denn sie fand einige ihrer Lieblingsautoren darunter – doch was sie beinahe in die Knie gezwungen hätte war ein großes, flaches Regal mit einem Schallplattenspieler und daneben ein ganzes Regal voller Platten. Sie ging seine Sammlung durch, größtenteils Jazz, und ihr lief ein Schauer über den Rücken, als ihr plötzlich klar wurde, dass das, was sie, ausgehend von seiner Fliege und seinem insgesamt streitsüchtigen Verhalten, von ihm gedacht hatte, nicht die ganze Geschichte war. Dieses Haus, diese Musik, sogar diese Bücher waren genau das, was sie selbst ausgewählt hätte. Wer war Will?

Sie fand Etta James und legte die Platte auf den Plattenspieler. Vorsichtig setzte sie die Nadel auf ihr Lieblingslied

„At Last." Sie schloss die Augen und wiegte sich zur Musik, als Ettas Stimme sich um sie legte.

„Darf ich dir Gesellschaft leisten?" Seine Stimme war rau und nahe.

Sie öffnete die Augen. Er stand direkt neben ihr, wartete, sein Blick durch diese Brille mit dem schwarzen Rand war ernst, aber irgendwie warm und zärtlich. Sie wollte schon sagen *wer bist du wirklich?* Doch wie er sie ansah machte sie vollkommen sprachlos.

Als sie schwieg, griff er nach ihrer Hand, legte seine Finger zwischen ihre und vorsichtig einen Arm um ihre Taille. „Meine Mutter hat mich gezwungen, für meine Bar-Mizwa Tanzstunden zu nehmen, du kannst dir also sicher sein, dass ich dir nicht auf die Zehen treten werde."

Er führte sie in einem langsamen Walzer und bewegte sich wunderschön in einem natürlichen Rhythmus, der ihren Körper erregt auf Touren brachte. Diesen natürlichen Rhythmus hätte er auch im Bett. Das wusste sie tief in ihrem Inneren. Hätte er bei der Hochzeit mit ihr getanzt, wäre sie mit ihm nach Hause gegangen, ob er nun nervtötend war oder nicht.

„Warum hast du bei der Hochzeit nicht mit mir getanzt?", fragte sie.

Er hob ihren Arm und ließ sie sich langsam drehen, bevor er sie wieder an sich zurückzog. „Es gefällt mir besser, wenn wir allein tanzen."

Es war himmlisch, mit jemandem zu tanzen, der wirklich zu ihr passte. Ihre Körper passten zueinander und bewegten sich, als hätten sie das schon unzählige Male zuvor getan. Sie fürchtete sich zu sprechen, fürchtete sich, den Moment zu ruinieren. Sie fühlte sich, als wäre sie nach Hause gekommen.

„Du bist so furchtbar still", sagte er.

„Ich bin erstaunt."

Er lächelte. „Ich sagte doch, dass ich Stunden hatte. Ich kann Walzer, Foxtrott und den Ententanz."

Sie brach in Lachen aus. Das war der Sinn für Humor, den sie in ihren online Chats bemerkt hatte, doch im wahren Leben nie hatte erfahren dürfen.

Er grinste. „Ich hab gelogen. Mein Foxtrott ist unterirdisch."

„Ich könnte dich unterrichten."

„Das fände ich schön." Seine Stimme, leise und rau, ließ mehrere Alarmglocken in ihrem Kopf schrillen. Ihr Körper blieb an Ort und Stelle und wartete auf das Unvermeidliche, als er ihre Wangen nahm, ihren Kopf nach oben neigte und vorsichtig seine Lippen auf ihre drückte. Dann änderte er den Winkel, seine Zunge fuhr an ihren Lippen entlang, und sie öffnete sie seufzend. Seine Zunge wischte in ihren Mund, als der Kuss heiß und drängend wurde, und sie wurde mit ihm davongetragen und vergaß, dass sie den nervtötendsten Mann auf dem Planeten küsste. Denn so, wie er sie küsste, geriet sie wirklich in Verzückung. Sie sank gegen ihn, als Will sich daran machte, sie alles vergessen zu lassen bis auf seinen wundervollen Mund.

Er schnappte nach Luft und riss sich von ihr los.

„Was?", fragte sie und war ein wenig orientierungslos, weil die Verzückung plötzlich fehlte.

Er bückte sich und zog den Kater von seinem Bein, wo der sich mit seinen Krallen an seine Hose gehängt hatte. Er brachte den Kater nach oben und kehrte zu ihr zurück.

„Dieser Kater ist verrückt", sagte sie.

Er besah sich den Schaden. „Wenigstens blutet es nicht." Auf seinem muskulösen Oberschenkel waren nur punktförmige Wunden zu sehen. Sie betrachtete sein Hemd mit der Fliege und musste sich unweigerlich fragen, welche Muskeln wohl darunter versteckt waren.

Er ließ sein Hosenbein los und verzog das Gesicht.

„Möchtest du Desinfektionsmittel?", fragte sie.

„Nee. Wo waren wir?" Er legte seine Arme wieder um sie.

Sie löste sich von ihm. „Will."

„Jaz."

„Was tun wir denn hier? Wir mögen uns ja nicht einmal."

„Ich mag dich, wenn ich dich küsse."

Sie verschränkte die Arme, war verärgert. Er hatte nicht gesagt, dass er sie mochte.

Sie starrten einander an. Endlich unterbrach Will die Stille. „Du magst mich auch, wenn du mich küsst. Gib es zu."

„Aber –"

„Komm. Ich mache dir jetzt etwas zu Mittag." Er drehte sich um und ging zurück zur Küche, ließ ihr keine Wahl, als ihm zu folgen.

Sie setzte sich an die Kücheninsel und sah zu, wie er ein Messer herausholte und kurzen Prozess mit einer Zwiebel machte. Seine Bewegungen waren so schnell und sicher, dass er aussah, als hätte er das Talent eines Küchenchefs.

„Wo hast du denn gelernt, so zu schneiden?", fragte sie.

„Ich habe Kochkurse belegt."

„Wirklich?"

Er legte eine Knoblauchzehe auf die Arbeitsfläche und schälte sie. „Ich war Tiefkühlessen und Essen zum Mitnehmen leid."

Sie schüttelte den Kopf. „Du bist voller Überraschungen."

Er legte den Knoblauch in eine Presse und drückte zu. „Wie das?"

„Ich weiß nicht. Dieses Haus, deine Bücher, deine Musik, es ist nur nicht das, was ich von Mr. Fliege erwartet habe."

Will räusperte sich laut. „Dr. Sexyfliege."

„Und das." Sie zeigte auf ihn. „Seit wann hast du denn Sinn für Humor?"

Er sah sie ausdruckslos an. „Seit du aufgehört hast, mich umbringen zu wollen."

Sie schnaubte. „Ich wollte dir bloß ein wenig in den Hintern treten."

Er lächelte, und sie erwiderte das Lächeln. „Nimm deine Fliege ab", sagte sie.

„Warum?"

Weil sie verkrampfter Kieferorthopäde schreit.

„Weil."

Er hob eine Braue. Doch dann öffnete er sie und ließ sie um seinen Hals baumeln. Besser.

„Und jetzt öffne ein paar Knöpfe an dem Hemd", sagte sie.

Er öffnete die oberen beiden Knöpfe und sah sie mit erhitztem Blick an. „Gleich bist du dran", drohte er.

„Nimm deine Brille ab."

Das tat er. Ihr Magen schlug einen Purzelbaum. Sie hatte sich dummerweise von seinen Accessoires blind machen lassen, denn jetzt, mit einem lockeren Hemd, das ein wenig Brust zeigte, und diesem Gesicht mit dem starken Kiefer und den sanften Augen war er wirklich … atemberaubend.

„Ich bin dran", sagte er. „Zieh den Pullover aus."

„Will!"

„Warte. Ich brauche meine Brille, um es zu sehen." Er setzte sie wieder auf und grinste sie an.

„Mach dich ans Kochen, Mister."

Er lächelte, schüttelte den Kopf, dann machte er sich daran, in einer Pfanne Olivenöl zu erhitzen, bevor er die Zwiebel und den Knoblauch hineinwarf. Es duftete köstlich. Das Hackfleisch kam als Nächstes, während er die Sauce zubereitete. Er stellte einen Topf Wasser auf den Herd, um es für die Nudeln zum Kochen zu bringen. Sie hatte das Gefühl, sie sollte auch etwas tun, doch sie genoss es viel zu sehr, ihm beim Kochen zuzusehen, um sich zu rühren. Kein Mann hatte je für sie gekocht.

Kurze Zeit später setzte er sich zu ihr an die Insel, wo sie nebeneinander das Mittagessen aßen. Sie machte sich darüber her, kam um vor Hunger. Es war fantastisch. Sie sah ihn an. „Das ist wirklich gut."

„Freut mich, dass es dir schmeckt."

Sie aßen in freundschaftlichem Schweigen. Es war merkwürdig, mit Will zusammen zu sein, ohne sich zu streiten. Sie fühlte sich überraschend entspannt an, als hätte sie ein Glas Wein getrunken, doch sie hatte nur Wasser gehabt. Sie aßen zu Ende, und er nahm ihren Teller und stellte ihn für sie in die Spüle.

Er ließ Wasser darüber laufen und drehte sich zu ihr um. „Ich sollte Sweetie jetzt aus seinem Gefängnis lassen."

„Du hast diesen Höllenkater Sweetie genannt?"

„So hieß er schon, als ich ihn bekam."

„Magst du Sweetie denn wirklich?"

Er zögerte. „Ich kann ihn nicht leiden, und das Gefühl beruht auf Gegenseitigkeit."

Sie schüttelte den Kopf. „Ich hatte ja keine Ahnung, dass du solch ein Softie bist."

„Ich bin kein Softie."

Der Mann behielt einen Kater, der ihn angriff. Soft-ie.

„Wie lange hast du Sweetie schon?", fragte sie.

Er dachte einen Moment nach. „Fast zehn Monate."

Sie sah ihn vielsagend an. Das war eine lange Zeit für ein Kuscheltier, mit dem er nicht kuscheln konnte.

„Niemand, der noch ganz bei Verstand ist, hätte ihn genommen", sagte er defensiv. „Man würde ihn einschläfern, wenn ich ihn nicht behielte."

Und einfach so öffnete sich ihr Herz für ihn, was sehr unbehaglich war. Sie ließ andere Menschen nicht einfach so an sich heran. Es war bloß, dass er so defensiv klang und aussah, was wirklich süß war.

„Hör zu, Sweetie ist ein Hofkater", sagte sie. „Er ist so wild wie der Kater, den die Freunde meiner Eltern mal hatten. Man konnte ihn nicht streicheln, aber er war großartig darin, Mäuse zu fangen. Wir könnten ihn zu ihrer Farm in den Norden bringen."

Er wackelte mit den Fingern. „Wirklich, der magische Ort, an dem alle Haustiere fröhlich auf der Wiese toben."

„Das gibt es wirklich."

„Den Katzenhimmel gibt es wirklich?", fragte er mit einem übertrieben überraschten Gesichtsausdruck.

Sie verdrehte die Augen und holte ihr Handy aus der Handtasche. „Sweetie wird es da lieben. Ist es okay für dich, wenn ich ein neues Heim für ihn suche?"

„Absolut! Wow. Dann würde ich mich endlich ohne Hose sicher fühlen."

Sie konnte es nicht fassen. „Deine Hose?"

„Jedes Mal, wenn ich mal ins Bad muss, taucht Sweetie aus dem Nichts auf und jagt mich. Es ist furchteinflößend."

Sie lachte schnaubend. „Ich fasse es nicht, dass du diesen Kater so lange behalten hast." Sie wählte Petes und Nancys Nummer. Nancy meldete sich. Sie beschrieb Sweetie, und sie wurden herzlich eingeladen, zu ihnen zu kommen. „Warte mal." Sie drehte sich zu Will um. „Hast du Zeit, jetzt zu fahren? Die Fahrt dauert ungefähr zwei Stunden."

„Klar."

Jasmine dankte Nancy und beendete das Gespräch. „Okay, lass uns gehen."

Will erschauderte. „Ich werde meine Schutzhandschuhe brauchen. Sweetie hasst die Transportbox."

„Viel Glück."

Zwanzig Minuten später war Sweetie in seiner Box, Will hatte zwei neue Kratzer, und sie waren unterwegs. Der Kater begann zu miauen, als der Wagen losfuhr.

„Wie schön", sagte Will über das Miauen hinweg. „Jetzt dürfen wir uns zwei Stunden lang im Auto eine Katzenserenade anhören. Aber wenigstens kann ich dann wieder in Ruhe ins Badezimmer gehen. Ich schulde dir was."

„Das werde ich all meinen Freunden erzählen. Solch ein stolzer Moment."

Er schmunzelte. Nach einer Weile musste Sweetie wohl erschöpft sein, denn er wurde still.

„Darf ich dich etwas fragen?", fragte Will.

„Nein."

„Warum nicht?"

„Weil du das gefragt hast. Das ist nervig. Sag es entweder oder lass es, aber bitte nicht um Erlaubnis."

„Was ich fragen wollte, war, warum du so angriffslustig bist, aber ich schätze, ich habe meine Antwort."

„Ich bin nicht angriffslustig!"

„Nein, bist du nicht!" Seine Lautstärke passte zu ihrer.

„Okay, da wir einander gerade Fragen stellen, warum bist du so verkrampft?"

„Weil ich mal wieder flachgelegt werden muss."

Sie starrte ihn an, ihre Kinnlade war heruntergefallen.

Er grinste. „Hilf einem Mann in Not."

„Hast du was getrunken?"

„Ich hatte seit dreizehn Jahren keinen Drink."

„Bist du ein trockener Alkoholiker?"

„Nö. Ich lebe einfach sauber."

„Hmm … also wie lange ist es her, seitdem du flachgelegt worden bist?"

Er stieß einen Atem aus. „Zehn Monate."

Sie schnalzte mit der Zunge. „Das ist doch gar nichts. Du bist gut dran."

Er hob eine Braue. „Wie lange ist es denn bei dir her?"

Ein Jahr. Ein ganzes verdammtes Jahr.

„Geht dich verdammt noch mal nichts an!"

„Du brauchst es dringender als ich." Er stieß einen lauten Seufzer aus. „Okay, okay, ich werde dir helfen."

„Warum musst du jeden Tag bei der Arbeit eine verdammte Fliege tragen?"

„Das ist mein Markenzeichen. Gehört zu meiner Rolle als professioneller Kieferorthopäde – der Typ, dem man vertrauen kann."

„Und was ist hinter dieser Rolle?"

Er starrte stur geradeaus. „Das möchtest du nicht wissen."

„Oh-oh. Du wirst jetzt keinen Rückzieher machen. Wir haben eine lange Fahrt vor uns, und du wirst reden."

Er schwieg weiter.

Das machte sie nervös. „Was erzählst du mir nicht?"

„Frag mich irgendwas."

„Wer bist du?"

Er setzte ein Lächeln auf. „Dein nächster Liebhaber."

Sie hielt die Klappe. Denn sie hatte so das Gefühl, dass er recht hatte.

Will fuhr bei einer richtigen Farm mit Hügeln und Kühen und einer roten Scheune vor. Es sah tatsächlich wie im Katzenhimmel aus. Der heutige Tag war auf gute Weise merkwürdig gewesen. Er war wie üblich zur Arbeit gegangen und hatte sich auf einen langen, langweiligen Samstag eingestellt; als Nächstes eilte er plötzlich Jasmine zu Hilfe und verbrachte den Tag mit ihr. Und scheinbar hatte Jasmine sein Katzenproblem gelöst.

„Möchtest du dich von Sweetie verabschieden?", fragte Jasmine.

Will starrte auf die Box zu Jasmines Füßen, wo der Kater nun wieder begonnen hatte, vorwurfsvoll zu miauen. Sein Hals verschloss sich. „Leb wohl, Sweetie", brachte er hervor. „Ich wünsche dir viele glückliche Jagden."

„Oh, Will", sagte Jasmine.

Er sah sie an und war überrascht zu sehen, dass ihre Augen vor Tränen glänzten. Er war doch derjenige, der sich von einem Haustier verabschiedete. „Was?"

Sie schüttelte den Kopf. „Nichts."

Sie stieg aus dem Wagen, als ein Paar auf sie zukam. Sie sahen aus wie ehemalige Hippies. Die Haare der Frau waren grau und lang. Der Mann hatte lange Haare zu einem Zopf im Nacken zusammengefasst. Oh, Mist. Der Zopftyp war Pete Macauley. Der ehemalige Moderator einer Latenight Talkshow. Sein Dad hatte diese Show geliebt. Er sah zu, wie die beiden Jasmine umarmten.

„Das ist Will mit Sweetie", sagte Jasmine und stellte die beiden vor.

Er stellt die Box ab. „Ich freue mich, Sie kennenzulernen", sagte er und schüttelte ihnen die Hand. „Mein Dad hat ihre Show geliebt", sagte er zu Pete.

„Danke. Jasmines Dad war auch in der Show. Das Davis Trio war für die Show genauso wichtig wie ich."

Jasmine lächelte stolz. Will nickte. Er hatte sie ein paar Mal gehört. „Wir sind auch Fans von der Band." Jasmine sah überrascht aus, das zu hören. Er hielt die Box in die Höhe. „Danke, dass Sie Sweetie nehmen."

„Nun, dann wollen wir ihn mal hier willkommen heißen", sagte Nancy. „Hier entlang."

Sie folgten ihr zur Scheune, wo Will die Box abstellte. Er kniete sich neben die Öffnung und sah Sweetie ein letztes Mal an, der ihn als Erwiderung anfauchte. Dann öffnete er die Tür, und Sweetie lief in die Ecke und verschwand hinter einem Heuballen. Will fühlte sich plötzlich so leer. Die einzige Gesellschaft, die er gehabt hatte, hatte ihn gerade verlassen. Das war armselig. Er erhob sich.

Jasmine legte einen Arm um ihn. „Er wird hier glücklicher sein, das verspreche ich."

Er nickte, war unfähig, etwas zu sagen.

„Kommt rein, wir trinken einen Eistee", sagte Nancy. „Ich möchte alles hören, was es bei dir Neues gibt, Jasmine. Ich meine abgesehen von diesem gutaussehenden Mann", sagte sie und zwinkerte Will zu.

Will grinste, als Jasmine rot wurde. Er hatte sie noch nie rot werden gesehen.

Will setzte sich mit Jasmine, Pete und Nancy an einen runden Küchentisch und hörte zu, als Jasmine ihnen von ihrem neuen Tanzstudio erzählte. Sie hatten unzählige Fragen an sie. Während sie darauf antwortete, stellte er fest, wie lange sie schon von diesem Studio geträumt hatte, wie hart es gewesen war, das Geld dafür zusammenzukratzen, wie sein Dad ihr für das erste Jahr ein gutes Angebot gemacht hatte, doch was er hauptsächlich hörte, war ihre Leidenschaft fürs Tanzen und dass sie das an die nächste Generation weitergeben wollte. Sie bekam immer mehr Schüler und richtete weitere Kurse ein, weil sich ihr guter Ruf rumsprach. Ihm wurde klar, dass sie bald weitere Lehrer würde einstellen müssen, und dass die derzeitigen Räumlichkeiten auf keinen Fall für so viele Leute ausreichen würden. Sie sollte in einen größeren Raum expandieren, wo es auch genügend Parkplätze gab. Doch er hielt den Mund, denn das Letzte, was er jetzt wollte, war ein weiterer Streit mit ihr um die Parkplatzsituation. Nicht, während er gerade zum ersten Mal ihre weichere, weniger angriffslustige Seite genoss.

Dann löcherten Pete und Nancy auch ihn mit Fragen über seine Arbeit, die er pflichtbewusst beantwortete. Er war überrascht, wie interessiert sie für die neuesten Techniken der Zahnkorrektur wirkten. Nette Leute.

Sie brachen auf, als es draußen dunkel wurde, gegen fünf.

„Es war wirklich schön, dich kennenzulernen, Will", sagte Nancy.

„Danke. Euch auch."

„Wir schicken dir Bilder von Sweetie", sagte Nancy.

„Ach, das ist nicht nötig", sagte er, obwohl das schön gewesen wäre.

„Ich schicke dir eins mit seiner ersten Maus", sagte Pete. „Es klingt so, als wäre er gut bei der Mäusejagd. Genau das, was wir hier brauchen."

„Ich freue mich darauf." Er schüttelte Pete die Hand und wartete, während auch Jasmine sich mit Lächeln und Umarmungen verabschiedete. Das war eine ganz neue Seite an ihr – charmant, gefühlvoll, lächelnd. Er wollte mehr davon.

Sie fuhren los. Er würde Sweetie auf merkwürdige Weise vermissen.

„Geht es dir gut?", fragte Jasmine.

„Natürlich."

„Du kannst ja eine andere Katze adoptieren", sagte sie. „Eine normale."

„Und mit wem soll ich dann kämpfen?"

„Du hast immer noch mich."

Er sah, wie sie ihn anlächelte. Er wollte sie. Es ging kein Weg dran vorbei. „Sollen wir unterwegs irgendwo zum Abendessen anhalten?"

Ihre Augen wurden größer. „Mist. Abendessen! Wie spät ist es? Das habe ich vollkommen vergessen."

„Was?"

Sie begann, etwas über die Fahrzeit und die Zeit, die sie brauchte, um sich fertig zu machen, vor sich hin zu murmeln.

Da fiel es auch ihm wieder ein. Sie hatte ein Date mit Tony. Er hatte gehört, wie seine Angestellten bei der Arbeit darüber getratscht hatten. Er tat cool. „Heißes Date?"

„Ich bin um sieben mit Tony zum Abendessen verabredet", sagte Jasmine. „Mist. Um sieben sind wir gerade erst zurück. Fahr schneller! Ich muss mich ja auch noch fertig machen."

Er ging vom Gas und wurde kaum merklich langsamer. „Was stimmt denn nicht mit dem, was du anhast?"

„Ähm, ein ausgeleierter Pullover und Leggins?"

„Ich finde, du siehst schön aus."

Er sah zu ihr hinüber. Sie hatte ihre Hände verkrampft in ihrem Schoß zusammengelegt.

„Sag Tony, dass du heute Abend nicht mit ihm essen wirst", sagte er.

„Will."

Er zog sein Handy hervor und reichte es ihr. „Hier ist seine Nummer. Ruf ihn an."

„Warum?"

„Du hast gesagt, du bringst mir Foxtrott bei. Ich habe den ganzen Tag geduldig darauf gewartet."

„W-iii-ll …" Sie zog seinen Namen in die Länge, als würde er so nachgeben. Sie hätte es besser wissen sollen.

„J-aaa-z, du kannst der Verlockung eines … Tanzes nicht widerstehen." Er schenkte ihr ein langsames Lächeln.

Sie lächelte und schüttelte den Kopf.

„Möchtest du wirklich einen Kuss von Tonys glänzenden Lippen?", fragte er.

„Dir ist es auch aufgefallen?"

„Ich habe ihm gesagt, er soll aufhören, darüber zu lecken, aber er meinte, sie seien ständig trocken."

„Dann soll er sich einen Lippenbalsam kaufen."

„Das habe ich ihm auch gesagt."

Sie holte ihr Handy heraus und gab die Nummer ein. Innerlich stieß er einen siegreichen Jubelschrei aus. Verdammt, ja!

„Tony, hi, Jasmine hier. Ich muss dir für heute Abend einen Gutschein geben. Es tut mir wirklich leid, dass ich so kurzfristig absage. Nein, mir geht es gut. Ich musste in den Norden fahren mit einem Freund der Familie. Das könnte etwas dauern. Klar, okay. Danke. Bye!"

„Was meinst du mit Gutschein?", verlangte Will zu wissen.

„Ich habe doch abgesagt, oder etwa nicht?", blaffte sie.

Will atmete einmal tief ein. Er wollte nicht wieder mit ihr streiten. Er wollte sie weich, lächelnd, dass sie an ihn schmolz, wie sie es getan hatte, als sie einander geküsst hatten. Es war wirklich ein guter Kuss gewesen. Er wusste, dass sie auch auf andere Art perfekt zueinander passen würden. Er wurde hart, als er nur daran dachte.

„Warum hasst du den Namen Jazzy?“, fragte er sie, nur, um sie abzulenken.

„Weil es dumm klingt, vor allem für eine Tänzerin. Jazzdance. Jazzy. Das hat Zoe gesagt, als sie Sprechen lernte, weil sie das S nicht aussprechen konnte. Nenn mich nicht so. Niemals.“

„Du kannst mich aber ruhig Willie nennen.“

Sie lachte. Er lächelte und war erleichtert, die lächelnde Jasmine zurückzuhaben. Wenn er nur lange genug verhindern konnte, dass sie einander an die Kehle gingen, wären sie beide sehr, sehr gut zusammen.

8

Jasmine folgte Will zum zweiten Mal an diesem Tag in sein Haus und war ganz kribbelig vor Vorfreude. Sie hatte ein schlechtes Gewissen, weil sie Tony abgesagt hatte, zugleich aber war sie auch erleichtert. Sobald sie ihn am Montag bei der Arbeit wieder sah, musste sie ihm vorsichtig eine Abfuhr erteilen. Seitdem sie dem Date zugestimmt hatte, war sie nichts als nervös gewesen deswegen. Und jetzt wurde ihr klar, dass der Grund dafür nicht gewesen war, dass ihr letztes Date so lange her war, sondern weil sie Tony einfach nicht auf diese Art mochte.

Will schaltete das Licht an und ging zu seiner Schallplattensammlung. „Was ist denn gut für einen Foxtrott?"

„Hast du irgendwas von Duke Ellington?"

„Ob ich den Duke habe?" Er schnaubte.

„Leg ‚Satin Doll' auf", sagte sie.

Er legte die Platte auf den Teller und drehte sich zu ihr um, hob die Hände und wartete, dass sie sich zu ihm gesellte. Sie nahm ihren Platz mit Blick zu ihm ein. Er verflocht seine Finger mit ihren und legte seine andere Hand an ihren Rücken.

„Okay, zwei Schritte vor", sagte sie, „dann zwei Schritte nach links für dich. Ich mache das Gegenteil. Alles langsam und elegant."

„So wie ich", sagte er grinsend, dann machte er zwei Schritte nach vorn und zwei Schritte zur Seite. Er trat nicht einmal auf ihre Zehen.

Ermutigt fuhr sie fort. „Gut! Weiter so. Langsam, langsam, schnell, schnell."

Er machte weiter, und sie bewegten sich synchron.

„Ich erinnere mich, dass das vor zwanzig Jahren schwieriger war", sagte er. „Natürlich war ich da noch ein Winzling, und allein ein Mädchen zu berühren, brachte mich dazu, vor Aufregung zu erstarren."

Sie lächelte. „Du machst das gut."

„Das ist ja auch einfach."

„Man kann einen Tanz immer weiter ausbauen. Wenn du jetzt nach vorn gehst, neig deine Knie, mach längere Schritte, dann geh auf die Zehen, wenn du die Schritte zur Seite machst."

Das tat er. Er war umwerfend – seine Körperhaltung, Seine Ausgangsstellung, die Eleganz seiner Bewegungen. Er hatte sie mit dieser Stunde reingelegt. „Du hast doch gesagt, du wärst erbärmlich."

Seine Mundwinkel hoben sich zu einem leichten Lächeln. „Vielleicht brauchte ich bloß die richtige Partnerin." Sie machten weiter – langsam, langsam, schnell, schnell. Sie hätte ihn liebend gern in ihrem Tanzkurs.

„Dann fügen wir jetzt noch ein wenig Schwung in den Hüften hinzu, während du dich bewegst", sagte sie und forderte ihn zu einer fortgeschritteneren Bewegung heraus. „Bei der Vorwärtsbewegung schwingst du deine Hüfte vor und zurück, dann von einer Seite zur anderen."

Das tat er und stieß mit seinem Becken gegen ihrs, als er eigentlich hatte zurückschwingen müssen, während sie vorschwang, und hätte sie beinahe umgeworfen. Er packte sie an der Taille und hielt sie fest, flach an sich gedrückt. Der Glanz in seinen Augen verriet ihr, dass er die Bewegung absichtlich falsch gemacht hatte.

„Das mit der Hüfte gefällt mir", sagte er mit seidiger Stimme, bevor er langsam seinen Kopf senkte. Sie schloss die Augen und gab sich dem hin, von dem sie beide wussten, dass sie deswegen hier waren. Sein Kuss war zärtlich, vorsichtig, zog sie an, bis sie nichts mehr tun konnte, als sich an ihm festhalten. Er lockerte seinen Griff, um ihr Gesicht in die Hände zu nehmen, sie sanft auf die Wange zu küssen, ihren Kiefer, an ihrem Hals hinab, bevor er dann zu einem langsamen, tiefen, heißen Kuss zurückkehrte. Die Zärtlichkeit in seinem Kuss überwältigte sie vor Emotionen. Sie musste die Sache vorantreiben, deswegen knabberte sie an seiner Unterlippe. Als Erwiderung zog er sich kaum merklich zurück, warf ihr einen heißen Blick zu, dann hob er sie hoch, nahm sie auf die Arme und trug sie hinauf in sein Schlafzimmer.

Sie wusste, diese romantische, süße Geste brachte sie in Schwierigkeiten.

~

Will stellte etwas an Jasmine fest, als er sie unten küsste, je zärtlicher er zu ihr war, desto zärtlicher war sie zu ihm. Und eine zärtliche Jasmine gefiel ihm. Er setzte sie ab, und sie begann gleich, ihm das Hemd aufzuknöpfen. Er ließ seine Hände langsam an ihrem Rücken hinauf und hinab fahren und küsste sie weiter sanft und zärtlich.

Sie riss ihren Mund von seinem. „Schneller."

Er betrachtete sie von oben bis unten, hätte ihr am liebsten die Kleidung vom Leib gerissen, doch zugleich wollte er ihre Mauern einreißen und den zarten Kern finden, den er unter der stacheligen Schale vermutete. Er drehte sie um, drückte ihren Rücken gegen sich und ließ sie fühlen, wie sehr er sie wollte, während er an ihrem Hals knabberte. Sie stöhnte und lehnte sich gegen ihn. Er fuhr mit seinen Händen an ihren Seiten auf und ab, während er sie weiter küsste, sich zu ihren Ohrläppchen hinaufarbeitete, die er dann leckte und knabbernd küsste. Sie versuchte, sich in seinen Armen umzudrehen, doch er ließ es nicht zu, stattdessen stellte er sie so hin, dass er auch die andere Seite ihres Halses küssen konnte.

„Will", stöhnte sie.

Er ignorierte sie und hob ihre wilden Haare, um ihren Nacken zu küssen.

Sie wackelte mit ihrem Hintern gegen ihn, und er verkniff sich ein Stöhnen. „Ich bin sehr beweglich", sagte sie.

Er erstarrte. Sie drehte sich in seinen Armen um, bevor er sie davon abhalten konnte, und dehnte ein Bein nach oben, weiter und weiter, dann legte sie ihren Knöchel an seine Schulter. Sie stieß mit ihrem Becken gegen seins. Er verkniff sich ein Fluchen und stellte fest, dass das hier – wie alles bei Jasmine – ein Kampf für sie war. Sie wollte schnell und heftig; er wollte langsam und zärtlich. Wer würde diesen erotischen Kampf gewinnen?

Er packte ihren Knöchel und schob ihn sich von der Schulter, zurück an ihre Seite.

„Wie viele Positionen kannst du?", fragte er träge.

„Alle", erwiderte sie.

Er umfasste ihr Gesicht. „Möchtest du raten, wie viele ich von dir will?" Er strich mit seinen Lippen über ihre. Sie sagte nichts darauf, deswegen sagte er es ihr, denn sie waren nicht zur Show hier. „Eine – ich oben, du unten."

„Das passt", sagte sie.

Er flüsterte an ihr Ohr: „Dann kann ich zusehen, wie du kommst."

Sie erbebte, was ihm gefiel. Er küsste sie vorsichtig, langsam, kostete sie. Ihre Hände strichen über seine plötzlich nackte Brust. Er stellte fest, dass sie es geschafft hatte, seine Knöpfe zu öffnen. Sie löste sich von ihm und lächelte, bevor sie sich vorbeugte, um seine Brust zu küssen, und ihre Zunge strich über ihn. Er packte sie an den Haaren und küsste sie fest und gierig, denn er mochte es nicht, dass sie die Kontrolle über sie beide übernahm. Sie erwiderte den Kuss leidenschaftlich, ihre Hand streichelte seine Erektion, während sie hinten in ihrem Rachen stöhnte.

„Ja", sagte sie, als er ihr den Pullover auszog.

Verdammt, er hatte verloren. Das hier würde auf keinen Fall langsam ablaufen. Ihr BH war aus purpurfarbenem Satin, ihre Brüste waren fest und spitz. Sein Mund rammte auf ihren, während er sie zurückdrückte und sie Richtung Bett manövrierte. Sie legte ihre Arme um seinen Hals, und er senkte sie aufs Bett. Er öffnete den vorderen Verschluss ihres BHs, nahm ihre Brust in seinen Mund, saugte daran und drückte ihren Nippel oben gegen seinen Mund, während sie mit einem leisen, eifrigen Laut stöhnte. Dieses Stöhnen war zu viel. Er löste sich von ihr und riss ihr die Leggins und das winzige Höschen herunter. Dann schob er eine Hand zwischen ihre Schenkel und streichelte sie einmal, zweimal. Sie bog sich in seine Hand, spreizte ihre Beine für ihn, stöhnte nach mehr. Er schob einen Finger hinein, spürte, wie heiß sie war und ihn drückte. Er stöhnte.

Sie öffnete die Augen. „Warte mal ab, was ich mit dir machen kann."

Er löste sich von ihr und stand auf. „Nein, Jaz. Was ich mit dir machen kann." Er ließ seine Jeans und die Boxershorts fallen und nahm seine Brille ab. Dann riss er sich das Hemd vom Leib und nahm sich ein Kondom aus dem Nachtschränkchen.

„Will!", rief sie.

Er rollte ein Kondom über, war kein bisschen überrascht von ihrer Reaktion darauf, ihn ohne Hemd zu sehen.

„Ich mag es mehr, wenn du still bist", sagte er und küsste sie, damit sie die Fragen nicht stellte, von denen er wusste, dass sie kommen würden. Er ließ sich zwischen ihren Beinen nieder und stieß seine Zunge in ihren Mund, während er in sie eindrang. Sie schnappte nach Luft, und zu spät wurde ihm klar, dass er langsamer hätte machen müssen, damit sie sich an seine Größe gewöhnte, doch dann legte sie ihre Beine um ihn, ihre Füße drückten sich in seinen Hintern und drängten ihn, schneller zu machen. Er schob seine Hände unter ihre Hüfte, hob sie, drang tiefer in sie ein. Sie stöhnten beide. Ah, fuck, das war gut.

Sie riss ihren Mund von seinem. „Ich möchte –"

„Nicht reden."

Er nahm sie schnell und hart und tief.

Plötzlich schrie sie, versuchte, ihm etwas vorzumachen. Er sah finster auf sie hinab. „Spiel mir keinen Orgasmus vor. Du kommst schon dahin, wenn ich dich dahin bringe."

Sie blinzelte. Jetzt hatte er sie da, wo er sie haben wollte. Ganz still und darauf wartend, dass er die Führung übernahm. Sie stützte sich auf ihre Ellbogen und hob ihre Hüfte, bot sich ihm an.

Er hielt inne, seinen Blick von ihrer Scham angelockt, die ihn faszinierte. Bevor er wusste, was passierte, lagen ihre Knöchel auf seinen Schultern, und sie hatte sich von ihm gelöst, ihr Körper halb vom Bett gehoben, immer noch offen für ihn. Rasch änderte er seine Position, kniete sich hin, die Rückseiten ihrer Schenkel ruhten an seiner Brust, er packte ihre Hüfte und stieß in sie hinein. Und er stöhnte, denn jetzt war es noch tiefer als zuvor. So würde es bei ihm nicht lange dauern. Als er die Augen öffnete, hatte sie die Augen geschlossen und den Kopf von ihm abgewandt. Als gäbe sie ihm ihren Körper, aber nichts mehr. Er brauchte es, dass sie ihn ansah, sich ihm mit mehr öffnete als nur mit ihren Beinen. Das musste er, denn er wusste, dass sie ihn sonst niemals einlassen würde, immer wieder weiter mit ihm stritt.

„Jazzy."

Sie riss die Augen auf und sah ihn wütend an. „Nenn mich nicht—"

Mit seinen Fingern brachte er sie zum Schweigen, streichelte ihre Mitte, während er langsam in sie hineinstieß und heraus. Sie wimmerte, warf ihren Kopf von einer Seite zur anderen.

„Was hast du gesagt?", sagte er gedehnt, während er schneller zustieß, seine Finger mehr Druck ausübten und sie heftiger drängten.

„Halt die Klappe", murmelte sie, während sie vor Lust ganz gerötet war; ihr Körper verengte sich bereits um ihn.

„Sieh mich an", verlangte er. Sie schüttelte den Kopf. Er stieß tiefer in sie hinein, umfasste ihre Mitte und wartete.

Sie sah ihn an, doch sie sah wütend aus, weil er sie dazu zwang.

„Sieh mich weiter an", sagte er, während er sich wieder bewegte und sie weiter streichelte. „Ich sehe dich gern so offen, so verletzlich, wenn du dich kein bisschen streitest. Jaz."

Sie hielt seinen Blick, ihre Augen veränderten sich von finster zu weich, während sie näher an ihre Erlösung kam.

„Wehr dich nicht dagegen", sagte er. „Wehr dich nicht gegen mich."

Sie biss sich auf die Lippe, und er drängte sie weiter, stieß tief zu, streichelte sie schnell, bis sie in einem sehr realen Orgasmus erbebte, vollkommen still war und ihn bei ihrer Erlösung überwältigte. Er stieß rasch für seine eigene Erlösung zu. Sie stöhnte leise, was ihn nur mitriss, bis er tief in ihr mit einem Beben losließ. Als er die Augen öffnete, stellte er fest, dass sie seinen Bizeps anstarrte. Trotzdem ließ er sie nicht los. Er hatte sie gerne so, wie sie ihn aufnahm und sich nicht rühren konnte.

„Was hat es mit diesem Tribal Tattoo auf sich?", fragte sie.

Mit einem schweren Seufzen ließ er sie los.

Jasmine drückte sich hoch, um mit ihrem Finger über das sich windende Muster des überraschenden Tribal Tattoos zu streichen, dass Wills Schulter und Biceps umgab. Sie hatte das Gefühl, voller Energie zu sein, ihr war geradezu schwindlig von dem erstaunlich guten Sex. Dem besten Sex, den sie je gehabt hatte, um genau zu sein. Am liebsten wäre sie jubilierend durch den Raum getanzt.

Er lag auf seinem Rücken und schwieg.

„Will?"

Er ächzte und schaltete das Licht aus. „Ich möchte wirklich nicht darüber reden." Er ließ seine Worte weicher klingen, indem er sie in seine Arme zog, und sie legte ihren Kopf auf seine Brust. Er küsste ihre Haare. „Das war umwerfend. Hast du Schmerzen? Habe ich dir wehgetan?"

„Überhaupt nicht. Ich fasse es nicht, dass du ein Tribal Tattoo hast." Sie strich mit ihrer Hand über seinen festen Bizeps und drückte zu. „Hebst du Gewichte?"

„Ja."

„Was ist denn dabei?"

Er stieß einen langen Seufzer aus. „Ich überlasse dir sämtliche Parkplätze, wenn du es gut sein lässt."

Sie hob den Kopf. Im trüben Mondlicht, das durch die Vorhänge drang, konnte sie sehen, dass er die Stirn runzelte. „Hey, kein Streiten. Welche Geschichte steckt dahinter?"

Er verzog das Gesicht. „Das ist eine Erinnerung an meine Dummheit."

Sie griff über ihn und schaltete das Licht wieder an. Er kniff die Augen zu.

„Sag es mir", sagte sie leise.

„Das ist aus einer Zeit, als ich jung und dumm war."

Sie hob eine Braue. „Du?"

Mit schmerzerfülltem Gesichtsausdruck sah er ihr in die Augen. „Gerade ich. Diese Tätowierung habe ich mir nach einem von vielen betrunkenen, bekifften Abenden am College stechen lassen."

Sie lachte. „Will Levi ein Party Animal?"

„Das ist nicht lustig. Ich habe heftig gefeiert, bis ich meinen eigenen Bruder ins Krankenhaus gebracht habe. Ich habe ihn gefahren, nachdem ich mich um den Verstand gekifft hatte. Ich verlor die Kontrolle über den Wagen und fuhr an seiner Seite gegen einen Baum. Er ist ins Koma gefallen."

„O mein Gott, das tut mir so leid." Sie streichelte seine stoppelige Wange, und plötzlich tat es ihr leid, dass sie ein solch schmerzvolles Thema angesprochen hatte. „Hat er überlebt? Dein Dad sagte, er hat zwei Söhne. Ist er der andere?"

„Ja, hat er. Er ist ein paar Tage später aufgewacht, doch da war es schon zu spät. Sein Bein ist immer noch nicht in Ordnung; er muss am Stock gehen. Seine Karriere war damit am Ende. Er ist seitdem ein ganz anderer Mensch."

„Und du auch."

Er sah überrascht aus, dass sie das verstand. „Ja."

„Warum war damit seine Karriere am Ende?"

„Seitdem ist ihm einfach alles egal. Er hat sich von der zahnmedizinischen Fakultät abgemeldet. Jetzt ist er ein Kiffer in Kalifornien."

Sie schaltete das Licht aus. Er zog sie an sich. Sie legte

ihren Kopf wieder auf seine Brust und lauschte auf seinen Herzschlag. Sie fühlte sich so entspannt und schläfrig. Einen Moment lang überkam sie die Panik, als sie dachte, dass sie vielleicht nicht über Nacht bleiben sollte, doch es war so gemütlich, dass sie sich einfach nicht rühren konnte.

Und das nächste, was sie wusste, war, dass es Morgen war und sie in einem leeren Bett lag. Mist. Er musste die letzte Nacht für einen Fehler gehalten haben. War es vermutlich auch, richtig? Meistens kamen sie nicht miteinander aus. Es war für beide einfach zu lange her gewesen, und all die Anspannung, die sich zwischen ihnen aufgebaut hatte, hatte irgendwo hinführen müssen, damit sie sich nicht gegenseitig umbrachten.

Sie krabbelte aus dem Bett und zog sich rasch ihre Sachen an. Da kam Will mit einem weißen Handtuch um seine Hüfte frisch geduscht aus dem Bad. Jede Zelle ihres Körpers war in Alarmbereitschaft, als sie seine muskulösen Arme und die Brust sah, das Tribal Tattoo, das von einem anderen Mann sprach als dem, mit dem sie sich die letzten Monate angelegt hatte.

„Du bist ja auf", sagte er und setzte seine Brille auf. „Ich habe meine Nummer in deinem Handy gespeichert." Er musterte sie einen Moment lang. „Was ist denn los?"

„Letzte Nacht war ein Fehler", sagte sie, bevor er es tun konnte.

Er runzelte die Stirn.

„Wir beide wissen es", fügte sie hinzu.

Er ging einen Schritt auf sie zu, und sie trat einen Schritt zurück. Er hielt inne. „Hast du Angst vor mir?"

„Nein."

„Dann sag mir das direkt ins Gesicht."

Jasmine war noch nie einer Herausforderung aus dem Weg gegangen. Sie marschierte geradewegs auf ihn zu und sah ihm in die Augen.

„Sag es noch mal", wiederholte er beinahe wie eine Drohung.

„Letzte Nacht –" Weiter kam sie nicht, da packte er sie, küsste sie heftig und ließ nicht ausreden. Der Kuss wurde sanfter, und sie wusste, dass sie verloren war und gegen ihn schmolz.

Er löste sich von ihr und streichelte ihre Wange. „Geh und putz dir die Zähne."

Sie schlug sich die Hand vor den Mund und war furchtbar beschämt, dass er sie auf ihren Morgenatem angesprochen hatte. Sie hatte sich kaum davon erholt, als er hinzufügte: „Und dann möchte ich, dass du tanzt, während du dich ausziehst. Hübsch langsam. Wie einen Striptease."

„Wi-ill."

„Ja-az."

Sie seufzte. „Okay, nur einmal noch, und dann war's das. Du treibst mich immer noch in den Wahnsinn."

„Weniger reden, mehr strippen", sagte er. „Aber zuerst die Zähne. Mundhygiene ist sehr wichtig."

Sie warf ihre Arme in die Luft und marschierte ins Badezimmer.

„Eine frische Zahnbürste ist im Medizinschrank", rief er.

Sie putzte die Zähne, benutzte auch Zahnseide und dann seine Mundspülung. Gott bewahre sie vor mangelnder Mundhygiene bei einem verkrampften Kieferorthopäden. Dann marschierte sie zurück ins Schlafzimmer und sah Will auf dem Rand des gemachten Bettes sitzen und geduldig warten. Er musste seine Fliege wieder umlegen, um sie an alles zu erinnern, was sie an ihm störte, denn er sah in seiner muskulösen tätowierten Glorie einfach so verdammt gut aus.

„Möchtest du gerne Musik?", fragte er grinsend.

Grrr ... dieses Grinsen. Sie würde es ihm zeigen. Sie würde ihn ein letztes Mal wie ein Cowgirl reiten und dafür sorgen, dass sich ihm die Augen zurück in diesen arroganten grinsenden Schädel verdrehten. Er konnte ihren Körper haben, aber sie würde sich nicht von ihm einnehmen lassen. Es gefiel ihr nicht, dass er sie dazu drängte, ihn beim Sex anzusehen, und sie mochte es auch nicht, wie er sagte, dass es ihm gefiel, wenn sie verletzlich aussah. Das war nicht sie. Sie war stark und tough. Sie mochte es nicht, von einem Mann herumkommandiert zu werden.

„Du siehst aus, als bräuchtest du eine Starthilfe", sagte er, stand auf und ließ das Handtuch fallen.

Sie starrte auf seine dicke, lange Erektion, die auf sie wartete, und sie leckte sich die Lippen. Sein Schwanz zuckte als Reaktion. Heiliger Bimbam. Sie pochte und erinnerte sich daran, wie er sie ausfüllte.

Sie schlenderte zu ihm und zog sich dabei aus, er bekam keinen Tanz auf Befehl, dann drückte sie ihn zurück aufs Bett und setzte sich rittlings auf ihn. Er hob sie hoch, rollte sich ein Kondom über und setzte sie wieder auf sich. Langsam nahm sie ihn auf, stieß zischend einen Atem aus, während ihr Körper sich dehnte, um sich seiner Größe anzupassen. So verdammt gut. Gerade, als sie dachte, sie hätte ihn jetzt ganz aufgenommen, hob er sein Becken und drang noch tiefer. Sie stöhnten beide. Dann packten seine Hände ihre Hüfte und bewegten sie zu einem langsamen Ritt, der jedoch schnell überwältigend wurde.

„Sieh mich an", verlangte er.

Da fiel ihr ihre Mission ein – Sex auf ihre Weise. Sie ritt ihn schnell, die Augen geschlossen, und gerade, als sie am Rand der Erlösung war, hob er sie von sich. Sie riss die Augen auf.

„Denkst du an jemand anderen?", fragte er.

„Nein."

„Warum willst du mich dann nicht ansehen? Fürchtest du dich davor zu sehen, dass du wirklich mit mir zusammen bist?"

„Ich fürchte mich nicht vor dir. Himmel."

Er trieb sie in den Wahnsinn. Sie wusste nicht einmal, warum sie überhaupt noch hier war. Sie drehte sich um und setzte sich wieder rittlings auf ihn, nahm ihn diesmal in einer umgedrehten Cowgirl Position. Da. Jetzt konnte er sie nicht bitten, ihn anzusehen.

Seine Hände umfassten ihren Hintern. „So sehr ich deinen süßen –"

Sie ritt ihnen heftig, wollte kein weiteres Wort aus seinem nervtötenden Mund hören. Es gab nichts als das Geräusch ihres Keuchens und das ihrer Körper, die aufeinander klatschten. Sie streichelte sich selbst und brachte sich zum Orgasmus, wie sie es beim Sex immer tat. Sie erbebte bei der Erlösung, ließ sie leise durch sich rollen, und einen Moment später folgte er ihr.

Seine Hand streichelte ihren Rücken hinunter. „Wenn du nichts dagegen hast, dass ich frage –"

„Ich habe etwas dagegen."

Sie stieg von ihm und zog sich rasch an. Sie musste von hier weg, bevor sie wieder stritten.

Will fuhr fort. „Wie viele Organismen hattest du schon mit einem Partner? Du weißt schon, ohne Selbstbedienung."

Sie sah ihn wütend an und ließ ihren Pullover über ihren Kopf fallen. Einmal. Letzte Nacht. Doch sie sollte verdammt sein, wenn sie das ihm gegenüber zugeben würde.

„Nicht, dass es mir etwas macht", sagte er. „Macht es leicht für einen Typen."

Sie zog sich zu Ende an. „Das war das letzte Mal", sagte sie durch ihre Zähne.

Er griff nach ihr. Sie quietschte und rannte zur Tür.

„Du solltest besser laufen!", rief er. „Angsthase!"

Sie drehte sich auf der Stelle um und marschierte zurück zu ihm.

„Oh. Du bist ja wieder da." Er sah kein bisschen überrascht aus. „Möchtest du es diesmal mit einem Partner probieren?" Er grinste.

Sie stieß ihm einen Finger in die Brust. „Das! Das ist genau der Grund, warum wir vollkommen inkompatibel sind. Dieses arrogante Grinsen –"

„Grinsen?"

„Und du bist nervtötend, und du denkst, dass du es besser weißt als ich!"

Er stemmte die Hände in die Hüfte. „Und du bist immer auf Konfrontation aus und hast Angst davor, deine weichere Seite zu zeigen."

Sie hob ihr Kinn, damit sie nicht versehentlich auf seinen nackten … was auch immer sah. „Ich habe keine weichere Seite. Das bist du. Du bist der Softie."

„Männer sind nicht weich. Frauen sind das." Er verzog das Gesicht. „Sollten sie jedenfalls."

Sie starrten einander finster an. Das war genau der Grund, weswegen sie nicht miteinander hätten schlafen sollen. Sie konnten sich nie vertragen.

Will meldete sich endlich zu Wort. „Wir sollten aufhören, uns zu streiten, jetzt, da wir … du weißt schon."

„Meinst du? Großartige Idee, Will. Nur, dass wir eben immer streiten."

Er verschränkte die Arme, und ihr fielen dieser große Bizeps oder das verrückte sexy Tattoo überhaupt nicht auf. „Du bist doch diejenige, die so jähzornig ist."

„Ich? Du –" Sie hielt inne und warf ihre Arme in die Luft. „Vergiss es! Vergiss, dass das jemals passiert ist."

Er verkrampfte seinen Kiefer. „Das war eine einmalige Sache. Ich verstehe schon."

„Gut."

Sie ging, bevor sie sich auch darum noch streiten konnten. Oder schlimmer noch, bevor sie es noch einmal taten.

Jasmine kam vollkommen verstimmt nach Hause. Was ein netter Morgen nach dem besten Sex, den sie je gehabt hatte, hätte sein sollen, war von Wills Grinsen und seiner unangenehmen Art ruiniert worden. Für wen hielt er sich eigentlich? Nur, weil sie einmal mit ihm geschlafen hatte (na ja, zweimal, doch zwischendurch war sie nicht nach Hause gegangen, deswegen war es eher wie einmal), hieß das nicht, sie würde sich von ihm herumkommandieren oder sich wegen ihrer nicht weichen Seite schlecht fühlen lassen. Man schaffte es in der Tanzwelt nicht, wenn man weich war. Man musste sich zu seinen absoluten körperlichen Grenzen pushen und dann noch etwas weiter. Man musste immer wieder zum Vortanzen und an sich selbst glauben, ganz egal, was die Leute über einen sagten. Verdammt richtig, sie war tough. Nur so hatte sie überleben können. Scheiß auf Will. Kein Mann konnte ihr ihr Glück nehmen.

Sie ging in ihrem Apartment auf und ab, das immer noch nach verbrannten Würsten roch, schnappte sich ihre Handtasche und fuhr zum Haus ihrer Eltern, um sich von der Annehmlichkeit eines selbstgekochten Essens und etwas Familienzeit trösten zu lassen. Ihre Mom begrüßte sie an der Tür mit einer großen Umarmung, bei der sie beinahe geweint hätte.

„Ist alles in Ordnung, Süße?", fragte ihre Mom und löste sich von ihr, um ihr in die Augen zu sehen.

„Ja, mir geht es gut."

Ihre Mom strich ihr die Haare aus dem Gesicht. „Nancy hat mir erzählt, dass du gestern mit Will und seinem Kater vorbeigekommen bist. Das war nett von dir, dass du sie besucht hast."

„Ja?"

„Sie sagte, der Kater habe bereits eine Maus an ihre Hintertür geliefert."

Jasmine grinste. „Ich wette, er war stolz."

„Mmm-hmm." Ihre Mom legte ihren Arm um ihre Schultern und ging mit ihr ins Wohnzimmer. „Du und Will versteht euch also jetzt?"

Ja. Nein. „Es ist kompliziert."

„Ach, wirklich?" Ihre Mom grinste. „Das klingt interessant."

„Wie geht es meinem Mädchen?", rief ihr Dad und kam geradewegs auf sie zu. Er packte sie und wirbelte sie herum. Er war ein Meter zweiundachtzig groß und selbst mit dreiundsechzig immer noch stark genug, um sie alle herumzuwirbeln.

Sie lachte, als er sie wieder absetzte. „Gut."

„Wie geht es Pete?", fragte er.

„Er sah gut aus. Das Farmleben bekommt ihm."

„Ja, er ist auf einer Farm groß geworden. Hat nie gern in der Stadt gelebt. Bleibst du zum Abendessen? Mom macht Grillhähnchen und Kartoffeln."

Sie spürte, wie sie sich ein wenig entspannte, als sie das hörte. „Das klingt richtig gut."

„Komm", sagte ihr Dad. „Schau dir mit mir das Spiel an. Die Cowboys brauchen unser Anfeuern." Ihr Dad kam eigentlich aus Texas und war schon sein ganzes Leben ein Fan der Dallas Cowboy. Sie und Zoe waren früher mit blauen und weißen Pompoms herumgetanzt und hatten so getan, als wären sie Dallas Cowboys Cheerleader, wenn ihr Vater sich ein Spiel ansah.

Sie machte es sich auf dem Sofa bequem, während ihr Dad sich in seinen großen alten Ruhesessel setzte. Das Ding war nicht schön anzusehen – abgenutzt und verblasst braun. Der Rest der Möbel war neuer und hübscher, doch er weigerte sich, seinen Lieblingsplatz im Haus aufzugeben.

„Wo ist Zoe?", fragte er.

„Hat die Nacht in der Stadt bei einer Freundin verbracht. Sie wird zum Abendessen da sein."

Jasmine sah sich das Spiel an. Ihr Dad nickte in seinem Sessel ein. Das Spiel war gerade zu Ende, als ihr Dad erschrocken aufwachte. „Was habe ich verpasst? Haben wir gewonnen?"

„Sie haben gewonnen. Einundzwanzig zu vierzehn."

„Toll!"

Sie lächelte.

Er stand auf und streckte sich. Dann rief er laut: „Wie geht es meinem Mädchen?", als Zoe mit ihrer Reisetasche und einer überdimensionierten Handtasche hereingesegelt kam.

„Dad! Ich wohne hier", sagte Zoe und verdrehte die Augen. „Ist ja nicht so, als hättest du mich erst vor weniger als vierundzwanzig Stunden gesehen."

„Sei nicht so frech zu mir. Komm her und gib mir Zucker."

Zoe ging zu ihm und gab ihm einen schmatzenden Kuss auf die Wange.

„Wie war dein Auftritt?", fragte er und legte einen Arm um sie. „Gut angekommen?"

„Überraschenderweise ja", sagte Zoe. „Und, PS. Jordan macht sich großartig an der Trompete." Jordan war der Sohn des Trompeters im The Davis Trio.

„Siehst du? Ich wusste es doch", sagte ihr Dad.

„Komm mit mir nach oben, während ich das hier wegräume", sagte Zoe zu ihr.

Jasmine folgte ihrer Schwester nach oben. Sie setzte sich auf ihr Bett und sah zu, wie Zoe die Reisetasche auspackte, ihre schmutzigen Sachen in den Wäschekorb warf und ein Kleid, das am Rücken zerknittert war, aufhängte.

„Also ... wie war dein Date mit dem Frischfleisch?", fragte Zoe.

Jasmine hatte Tony fast vergessen. Himmel. Sie musste ja noch mit ihm reden. Es fühlte sich an, als wäre es ewig her, dass sie Zoe davon erzählt hatte.

„Ich habe einen Rückzieher gemacht", sagte sie.

Zoe ließ sich neben ihr aufs Bett fallen. „Warum? Ich habe gehört, dass er niedlich ist. Und ist dein letztes Date nicht ungefähr ein Jahr her?"

Jasmine verzog das Gesicht. Sie wollte Zoe nicht erzählen, dass sie mit Will zusammen gewesen war. Das würde nie wieder passieren. Und sie wollte wirklich nicht erklären, warum sie mit dem Mann geschlafen hatte, den sie zuvor als nervtötendsten, verkrampftesten Mann mit Stock im Arsch auf dem Planeten gekannt hatte. Denn er war das alles immer noch, und sie hatte auch noch ein zweites Mal mit ihm geschlafen. Sie ließ ihren Kopf in ihre Hände sinken. Was war denn los mit ihr?

Zoe lehnte ihren Kopf an ihre Schulter. „Kalte Füße?"

Sie hob den Kopf. „Er hat so glänzende Lippen." Der Grund war so gut wie alles andere, was sie in den vergangenen vierundzwanzig Stunden getan hatte.

Zoe setzte sich aufrechter hin. Jasmine starrte den ungläubigen Gesichtsausdruck ihrer Schwester an.

„Du meinst" – Zoe senkte ihre Stimme – „er trägt Lipgloss?"

Sie schnaubte. „Nein. Er leckt sie sich nur ständig, wie ein Wolf, der seine Schlabberküsse überall auf mich drücken möchte, bevor er mich frisst."

Zoe erbebte übertrieben. „Das ist gruselig. Bist du dir sicher? Ich dachte, er wäre Kieferorthopäde?"

Bei dem Wort „Kieferorthopäde" wurde ihr heiß und kalt. Zwei Kieferorthopäden direkt neben ihrem Tanzstudio, die sie das ganze nächste Jahr über würde sehen müssen. Sie würde da ausziehen, wenn sie es musste. Sie hatte schließlich ein Tanzstudio eröffnet, um ihren Stress zu reduzieren, nicht, um alles noch schlimmer zu machen.

„Ja, ist er", sagte Jasmine niedergeschlagen.

„Was ist das Problem?", fragte Zoë. „Du wirkst so down. Du kannst mir nichts vormachen. Nicht wie Mom und Dad."

„Nichts."

„Jazzy."

Sie sah ihre Schwester finster an. „Hör auf, mich so zu nennen. Das war nur niedlich, als ich noch in der Vorschule war."

„Jasmine Eleanor Davis, du solltest es mir besser sagen, sonst will ich … will ich –"

„Hör auf, Will zu sagen!"

Jetzt wurde Zoe ernst. „Ist es Will? Hast du ihn gevögelt?"

„Zoe!"

Doch Zoe erwärmte sich für das Thema. „Ich habe euch beide diesen Sommer gesehen. Dieses ständige Streiten. Zwischen euch ging eine Menge Hitze hin und her."

Sie warf ihre Hände in die Höhe. „Aber diese Hitze war Wut!"

Zoe hob eine Braue.

Jasmine runzelte die Stirn und verschränkte die Arme „Gut. Ich habe mit Will geschlafen. Jetzt glücklich?"

Zoe klatschte und trampelte mit ihren Füßen auf. „Ju-huu! Hab ich's doch gesagt, hab ich's doch gesagt. Ooh-ee. Ich wette, es war gut. Habe ich recht? Wie zwei Flammen, die wie eine brennen."

Jasmine schloss die Augen, während sie spürte, wie sie rot wurde. „Halt einfach die Klappe."

„Ooo-hoo-hoo!", jubelte Zoë. „Ich wusste es!"

Sie packte den Arm ihrer Schwester. „Schh. Du darfst keiner Menschenseele davon erzählen."

Zoe tat so, als zöge sie einen Reißverschluss an ihren Lippen zu.

„Ich meine es so. Das war eine einmalige Sache." Sie glättete ihr Haar zurück. „Ehrlich? Es ist mir peinlich, dass das passiert ist." Sie schaute zu ihrer Schwester, die aussah, als würde sie gleich platzen, weil der Reißverschluss an ihren

Lippen noch geschlossen war. „Nick einfach, wenn du es verstehst."

Zoe nickte lebhaft.

„Ist dir bei seinen Küssen schwindlig geworden?", platzte Zoe mit breitem Lächeln heraus. Jasmine seufzte. Sie wusste, Zoe konnte nicht lange ruhig bleiben. „Ich weiß bereits, dass du die ganze Zeit an ihn denkst. Du hörst nicht auf, von ihm zu reden. Ich wette, du freust dich jetzt darauf, ihn wieder-zusehen."

Jasmines Wangen brannten. Sie knirschte mit den Zähnen.

„Oh! Ich wusste es!"

Jasmine stand auf. „Ich seh dich dann unten."

Zoe wurde gleich still. „Geh nicht. Ich sag nichts mehr." Sie lächelte verschlagen. „Ich will! Ich will! Oder sollte ich sagen *Oh, Will*?" Sie verzog den Mund.

Jasmine schüttelte den Kopf und ging.

Nach dem tröstlichen Abendessen mit ihrer Familie fuhr Jasmine nach Hause und machte es sich mit ihrem Laptop auf dem Sofa bequem. Sie sah sich ihre Mails an und war über-rascht, dass sie eine Mail von Will bei ihrem Glamstick-Account hatte. Sie klickte darauf und las:

Hey, du Lustige und Verspielte, es war großartig, mit dir zu chatten, aber ich muss mich verabschieden, da ich jemanden kennengelernt habe. Mach's gut – Will.

Ihr Herz zog sich zusammen. Nach ihrem Streit, nachdem sie ihm gesagt hatte, dass sie fertig waren, sagte er trotzdem dem Menschen, dem er jeden Abend geschrieben hatte, Lebe-wohl? Für sie? Was dachte er sich eigentlich? Er wusste doch, dass sie sich immer weiter streiten würden. Solch eine Bezie-hung wollte sie nicht. Sie wollte eine, wie ihre Eltern sie hatten – friedlich, liebevoll, glücklich.

Sie schrieb zurück: *Warum so ernst, wenn ihr euch gerade erst kennengelernt habt? Lass uns doch weiter chatten.*

Er erwiderte: *Kann ich nicht.*

Und das war's.

Was dachte er denn, was zwischen ihnen passieren würde? Es trieb sie in den Wahnsinn, dass sie nicht wusste, was er vorhatte. Sie nahm sich ihr Handy und rief ihn an. Der übergriffige Mann hatte seine Nummer auf ihrem Handy gespeichert.

„Hey, Jaz", sagte er herzlich.

Sie knirschte mit den Zähnen. „Ich möchte ein Abkommen."

„In Ordnung."

Ach, jetzt war er auf einmal so entgegenkommend. Klar, nachdem er sie monatelang in den Wahnsinn getrieben hatte. Jetzt, da er sie so angestachelt hatte, jetzt war er Mr. Bin-mit-allem-einverstanden.

„Wir streiten uns nicht mehr um den Parkplatz", sagte sie. „Ich nehme den vorderen. Du den hinteren."

Seine Stimme wurde rau. „Hey, das klingt ziemlich gut." Er neckte sie, und es gefiel ihr kein bisschen.

„Ich nehme die Hälfte des hinteren und den vorderen Parkplatz", trat sie noch einmal nach.

„Solange du Platz für meine vielen Patienten lässt."

„Sei ernst!"

Er schmunzelte. „Ich bin irgendwie entspannt, wegen der Dinge, die ich am Wochenende getan habe."

Grrr. Sie nahm einen tiefen, beruhigenden Atemzug. Sie hatte angerufen, um die Dinge geradezurücken, nicht, um sich schon wieder zu streiten.

„Will", brachte sie zwischen zusammengebissenen Zähnen hervor.

„Jaz."

Sie sah zur Decke. Dieser Mann brachte sie noch in die Klapsmühle.

„Was trägst du gerade?", fragte er.

„Ich muss für meine Tanzstunden die Musik auf einer bestimmten Lautstärke halten", sagte sie. „Ungefähr fünfzig Dezibel." Was auch immer das war.

„In Ordnung. Ich werde in unserem Wartezimmer auch etwas Musik spielen, um sie zu dämpfen."

„Das war's? So einfach?"

„So einfach."

Sie ging in ihrem Apartment auf und ab. „Was genau meinst du, wird zwischen uns passieren?"

„Was meinst du denn, wird zwischen uns passieren?"

Sie blieb stehen und stieß eine Hand in die Luft. „Nichts! Du treibst mich in den Wahnsinn."

„Der größte Fehler meines Lebens."

Sie sackte in sich zusammen. „Stimmt."

„Japp. Gute Nacht, Jaz."

„Gute Nacht."

Sie beendete das Gespräch, war sich nicht sicher, ob sie die Lage jetzt geklärt hatte oder nicht. Sie hasste es, so unschlüssig und in ihren Gefühlen so durcheinander zu sein. Und am nächsten Tag würde sie sich auch noch mit Tony auseinandersetzen müssen. Ugh!

9

Als Jasmine spät am nächsten Morgen ihr Apartment verließ, wäre sie beinahe über eine Schachtel mit einer roten Schleife gestolpert. Mist. Tony hatte ihr noch ein Geschenk gebracht, obwohl sie von ihrem Date einen Rückzieher gemacht hatte. Sie öffnete die Schachtel. Oh! Es war eine selbstgestrickte Decke mit einem Diamantmuster in leuchtenden Rottönen. Sie liebte sie. Sie fuhr mit ihrer Hand über den weichen Stoff. Die wäre perfekt, um sich auf dem Sofa darunter zu kuscheln. Sie ließ den Kopf hängen. Es würde so schwierig werden, Tony eine Abfuhr zu erteilen. Er war so süß.

Sie legte die Decke beiseite und ging nach unten. Sie hatte noch eine halbe Stunde bis zu ihrem Kurs mit den Dreijährigen. Sie überlegte, ob sie einfach in die Praxis und nach Tony fragen sollte, doch sie war noch nicht bereit, Will zu begegnen. Sie würde sich in ihrem Studio aufwärmen und Ausschau nach ihm halten. Tony kam regelmäßig vorbei, um mit ihr zu plaudern. Manchmal begegneten sie einander im Flur, der zu der gemeinsamen Toilette hinten führte. Sie beendete ihr Stretching, unterrichtete ihren Kurs, und selbst Stunden später war Tony nicht zu sehen.

Schließlich ging sie am Ende des Tages in der Praxis vorbei und fragte Hillary. „War Tony heute hier?", fragte sie.

„Er hat sich einen Tag Urlaub genommen", erwiderte

Hillary. „Er ist morgen zurück. Soll ich ihm etwas ausrichten?"

Sie schüttelte den Kopf. „Das ist okay. Ich komme morgen vorbei."

Sie ging zurück in ihr Studio, um rasch aufzuräumen, als Will auftauchte. „Hey, stell die Musik leiser", sagte er.

Die Musik war nicht an.

„Haha", sagte sie.

„Dein Abkommen gefällt mir." Er ging entschlossen auf sie zu, sah wieder wie sein altes Selbst aus mit der Fliege, dem Hemd und der gebügelten Hose, was kein bisschen antörnend hätte sein sollen, doch sie musste ständig daran denken, was darunter war.

Sie eilte in die entgegengesetzte Richtung, um einen Wischmopp zu holen, und begann, den Boden mit ausladenden Halt-dich-von-mir-fern-Bewegungen zu wischen.

Er blieb stehen und sah ihr zu. „Tony hat sich einen Tag freigenommen. Ich glaube, du hast ihm das Herz gebrochen."

Sie hörte auf zu wischen und ertrank plötzlich in ihrem schlechten Gewissen. Der arme Tony. „Wirklich?", fragte sie leise.

Er grinste. „Nee. Das war ein Scherz. Er hat sich ein neues Auto gekauft."

„Will! Ich habe mich eh schon schlecht genug gefühlt." Sie machte sich wieder daran zu wischen. Sie spürte seinen Blick auf sich. Den ignorierte sie und hoffte, er würde einfach gehen.

Was er nicht tat. Er setzte sich im Schneidersitz auf den Boden und sah ihr beim Putzen zu. Sie hörte auf und ging nach draußen. Er folgte ihr.

„Was meinst du eigentlich da zu tun?", fragte sie.

„Ich gehe nach draußen", sagte er ruhig. „Genau wie du."

Er ging nur einen Schritt hinter ihr her, was sie wütend machte. Sie blieb stehen und sah ihn an. „Zwischen uns wird nichts passieren."

Langsam schüttelte er den Kopf. „Wir passen absolut nicht zusammen."

„Wir mögen uns ja nicht einmal!", schrie sie.

„Wage es nicht, mich zu küssen, Jaz." Er drang in ihren Nahbereich ein, drängte sie zurück, indem er ihr einfach nur zu nahe war, bis sie gegen die Wand stieß. Er stützte beiderseits ihrer Hüfte seine Hände gegen die Wand und hielt sie so gefangen. „Nie wieder."

„Will", sagte sie schwach. Er war ihr so nah, dass sie seine Körperwärme durch ihren Body fühlen konnte.

„Gefällt mir nicht", neckte er sie, dann senkte er seinen Kopf und küsste sie so sanft, dass sie spürte, wie sie sich für mehr vorbeugte. Sie murmelte einen Fluch, der ihn an ihrem Mund lächeln ließ, bevor er sie langsam und tief küsste und seine Arme um sie legte. Ihre Knie wurden schwach, und ihr war wieder schwindlig. Verdammt.

Will folgte Jasmine hinauf in ihr Apartment, wo sie geradewegs in die Küche ging und sich ein großes Glas Wasser holte. Er schätzte, dass sie bei all ihrem Tanzen vermutlich oft nachfüllen musste. Sie war schließlich die einzige Tanzlehrerin in dem Studio. Er schob sich die Schuhe von den Füßen.

Sie stellte das Glas mit einem lauten Geräusch auf die Arbeitsfläche. „Ich weiß nicht einmal, warum du hier bist."

Er hob eine Braue. „Doch, weißt du."

Sie nahm das Glas und trank noch etwas mehr, sah ihn an, überlegte sich vermutlich gerade die nächste Rauchbombe, die sie ihm entgegenwerfen konnte. Es war so offensichtlich, dass sie ihn wollte, obwohl sie ihn nicht wollte. Daran würde er arbeiten, denn er wollte sie mehr als er jemals jemanden gewollt hatte. Jetzt, nachdem er sie gehabt hatte, sogar noch mehr.

Sie ging im Wohnzimmer zu ihm, wo er stand und auf sie wartete. „Ich glaube, wir sollten ein paar grundsätzliche Regeln festsetzen", sagte sie.

Interessant. „Das tust du?"

„Ja."

„Wie was zum Beispiel?"

Sie stemmte die Hände in die Hüfte. „Beispielsweise

möchte ich nicht, dass du so eine große Sache daraus machst, dass ich die Augen schließen soll. Ich habe die Augen beim Sex immer zu. Das darfst du nicht persönlich nehmen."

Beinahe hätte er gelacht. Ihm war nicht klar gewesen, dass sie grundsätzliche Regeln fürs Schlafzimmer festlegen wollte. Er hatte gedacht, Jasmine wäre etwas lockerer.

„Sex ist nun mal sehr persönlich", sagte er. „Ich bin nackt, du bist nackt, ein Teil von mir ist in dir. Das ist schon ziemlich persönlich."

Sie sah zur Decke und stieß einen langen, leisen Atem aus. Er betrachtete ihren langen Hals, den er so unbedingt lecken wollte. Er schob seine Hände in die Taschen, denn er hatte so das Gefühl, dass, was auch immer sie gerade sagen wollte, ihr ziemlich wichtig war. Wenn sie gewusst hätte, dass er allem zugestimmt hätte, nur um wieder mit ihr schlafen zu können.

Sie sah ihm in die Augen, und er lächelte sie aufmunternd an. „Hör zu", hob sie an.

„Mmm-hmm", machte er, damit sie wusste, dass er genau zuhörte.

Sie verengte die Augen. „Wenn du mit mir zusammen sein möchtest, habe ich folgende Abmachung. Ich darf meine Augen schließen, und ich wähle die Position. Ich bin ein sehr körperlicher Mensch. Ich brauche verschiedene Positionen und muss mich auf verschiedene Arten bewegen. So funktioniert das bei mir."

Er verkniff sich ein Lächeln. Das klang tatsächlich wirklich gut. Er konnte dennoch nicht widerstehen, sie ein wenig zu necken.

Er kratzte sich am Kopf. „Dann soll ich wohl einfach zulassen, dass du mit mir das Kamasutra durchgehst, während du die Augen schließt und dich vergnügst? Klingt, als wäre ich einfach ein warmer Dildo." Er neigte den Kopf zur Seite. „Ist dir klar, dass du mich damit zum Objekt machst?"

Ihre Augen blitzten. „Vergiss es! Ich weiß nicht einmal, warum ich versuche, mit dir zu reden!"

„Jetzt sei mir gegenüber nicht wieder so jasminig." Er öffnete seine Fliege und die oberen Knöpfe seines Hemdes.

Ihm entging nicht, dass sie das beobachtete. „Ich glaube, einige Verhandlungspunkte sind in Ordnung."

„Wie zum Beispiel?", schnaubte sie.

Er öffnete die Knöpfe an seinen Ärmeln. Auch das beobachtete sie. „Ja zu deinen Vorschlägen, aber ich bereite dir Lust."

Sie hob die Hände in die Luft. „Gut!"

„Gut. Und ich habe noch eine letzte Ergänzung. Bin gleich zurück." Er ging in ihr Schlafzimmer und durchwühlte ihre Kommode auf der Suche nach einem roten Schal. Alle Frauen schienen so einen zu haben.

„Was machst du denn da?", fragte sie von der Tür aus. „Du bringst ja all meine Sachen durcheinander!"

Ah! Gefunden. Er zog einen purpurfarbenen Seidenschal heraus und drehte ihn. „Komm her."

Sie sah misstrauisch aus. „Warum?"

„Für den Zusatz." Er hielt den Schal in die Höhe. „Dann kannst du deine Augen schließen, und ich nehme es nicht persönlich, da ich derjenige sein werde, der ihn dir umgelegt." Er stieß ihr zuliebe genervt einen Atemzug aus. „Das ist mehr als fair. Jetzt sag mir nicht, die Kamasutra Frau hat Angst davor, eine Augenbinde umgelegt zu bekommen."

Sie ging gleich zu ihm. Das war fast zu einfach. Er knotete die Binde um ihren Kopf und wedelte mit einer Hand vor ihrem Gesicht. „Kannst du mich sehen?"

„Nein", sagte sie leise.

Diese leise Stimme traf ihn wie ein Schlag in den Magen, und er wollte sich das Vertrauen verdienen, die diese Stimme in ihrer Verletzlichkeit erbat. Es kam ihm in den Sinn, dass sie, je intensiver sie etwas spürte, desto stiller wurde. Wie gestern, als sie gekommen war, und am Tag davor. Er pochte, als er daran dachte. Er hatte vor, sie so lang wie möglich still werden zu lassen.

„Gut", sagte er mit rauer Stimme in ihr Ohr. „Und jetzt machen wir es uns gemütlich." Mit ihrer Hilfe schälte er sie aus dem Body – ihre Tanzkleidung war wie eine zweite Haut – und rollte ihre Gymnastikhose herunter. Jetzt stand sie in nur einem schlichten BH und Höschen da, trug die Augenbinde, und er war noch nie so angetörnt gewesen. Dann zog er sie ganz aus, nahm ihre Hand und drehte sie einmal im Kreis, damit er sie bewundern konnte. Selbst mit der Augenbinde war ihre Balance perfekt, und sie bewegte sich mühelos im Kreis.

Er führte sie zum Bett und drückte sie auf ihren Rücken, ließ ihre Beine zur Seite fallen.

„Bist du auch nackt?", fragte sie. „Kondome sind im Nachtschränkchen."

„Ja, und ich habe eins mitgebracht. Zwei, um genau zu sein."

„Übergriffig."

„Vorbereitet", erwiderte er.

Sie griff nach ihm und spürte sein Hemd. „Du bist ein Lügner. Du bist doch noch angezogen."

Er drückte sie zurück. Dann ging er ohne ein Wort auf seine Knie hinab und drückte seinen Mund mit einem sanften Kuss auf ihre Scham. Sie zuckte zischend zusammen, war ansonsten aber segensreich still. So hielt er sie eine lange Weile. Er brachte sie um den Verstand, wenn ihr Ganzkörperzittern und ihr wildes nach ihm Tasten ein Hinweis waren. Er ließ es zu, dass sie seine Schultern packte, doch er bewegte sich nicht, als sie ihn zog. Bei ihrer Erlösung stöhnte sie leise. Es gefiel ihm, dass die feurige Jasmine bei der Intensität so still wurde. Es war ein vielsagendes Zeichen für das, was darunter lag, eine Empfindlichkeit, die ihn überwältigte. Der Griff an seinen Schultern löste sich, und sie stieß ein leises, befriedigtes Seufzen aus.

Dann stützte sie sich auf ihre Ellbogen und schenkte ihm ein seliges Lächeln. „Jetzt bin ich dran."

Rasch entledigte er sich seiner Kleidung. Und dann machte sie sich daran, ihn mit Positionen, die er niemals probiert hätte, um den Verstand zu bringen und ihn für Sex mit irgendeiner anderen Frau zu ruinieren. Sie machte eine Brücke, etwas wie eine Schere, den Lotussitz, etwas, das aussah wie ein Frosch und dann so eine Art Kopfstand vom Bett. Ganz ehrlich, er war voll und ganz dabei. Die Augenbinde war ihm mittlerweile egal. Er brachte all seine Energie auf, um ihr die Führung zu überlassen, anstatt sie auf den Rücken zu werfen und in sie zu stoßen, wie er es so unbedingt wollte. Als er das Gefühl hatte, die Sache mit dem langsamen Kopfstand nicht mehr auszuhalten, übernahm er die Kontrolle, ließ sie aufstehen, damit das Blut nicht mehr weiter in ihren Kopf rauschte und nahm sie gegen die Wand. Er streichelte ihre Mitte, spürte, wie sie steif wurde, als sie am Rand der Erlösung war, und er ließ einfach los, und war sich nur vage bewusst, dass sie leise zu seinem eigenen langen, leisen Stöhnen mitstöhnte.

Später saß Jasmine Will bei einem schlichten Spaghettiessen, das sie zubereitet hatte, am Tisch gegenüber. Sein Hemd hatte er wieder zugeknöpft, seine Fliege ging lose um seinen Hals.

Sie starrte ihn an. „Das ist also …"

„Nett", sagte er.

„Merkwürdig."

Er legte die Gabel ab. „Wie das?"

Sie schüttelte den Kopf. „Ach, egal." Sie nahm einen langen Schluck vom Wein.

Er nahm seine Gabel wieder auf und füllte sie mit Spaghetti. „Ich denke, wir haben die Regeln zu unser beider Vorteil ausgehandelt. Tatsächlich meine ich, wenn ein weiterer Konflikt aufkommt, sollten wir genauso damit umgehen."

Sie schwieg. Sie wusste nicht ganz, was sie mit ihm anfangen sollte. Er trieb sie in den Wahnsinn, doch dann gab es Zeiten, wo er fast … cool war. Sie aßen weiter.

„Wir hatten heute einen erstaunlichen Tag bei der Arbeit", sagte er zwischen seinen Spaghettibissen. „Drei Patienten haben ihre Klammer abbekommen."

Oder auch nicht cool. Das eine oder das andere.

Sie nickte. „Sehr schön."

„Das ist es. Tony hat es auf YouTube gebracht."

Als er Tony erwähnte, zuckte sie zusammen, denn ihr fiel ein, dass sie immer noch mit ihm sprechen und ihm auch sagen musste, dass er ihr keine Geschenke mehr machen sollte.

„Was ist denn los?", fragte Will.

„Ich muss immer noch mit Tony reden. Er denkt immer noch, dass wir ausgehen werden." Sie nahm einen langen Schluck vom Wein.

Er hob einen Mundwinkel. „Sag ihm, du fickst den Boss."

Sie verschluckte sich an ihrem Wein. „Ja. Das werde ich ihm ganz sicher sagen."

„Ich sage es ihm."

„Nein! Erzähle es niemandem." Sie rammte ihre Gabel in die Spaghetti und drehte sie herum und herum.

„Warum nicht?", fragte er in feindseligem Tonfall.

Weil ich nicht weiß, wie lange das halten wird. Weil ich nicht weiß, warum ich ständig mit dir schlafe. Weil ich mich monatelang darüber beschwert habe, wie grässlich du bist, und jetzt bekomme ich nicht genug von dir.

„Lass es einfach", sagte sie ruhig. Sie sah zu ihm auf. „Okay?"

„Jaz", sagte er wie *Komm schon, Frau.*

„Will", erwiderte sie wie *Lass mich in Ruhe, Mann.*

Sie aßen schweigend zu Ende. Dann stand sie auf und räumte die Teller vom Tisch in die Spüle. „Du solltest jetzt nach Hause gehen!", rief sie über die Schulter.

Von hinten legte er seine Arme um sie. Seine Stimme war ein rumpelndes Versprechen in ihren Ohren. „Das sollte ich."

Sie drehte sich um, konnte nicht anders, und sie prallten aufeinander, während sie gleichzeitig nach dem anderen griffen, ihre Münder miteinander verschmolzen, ihre Hände wie wild ihre Kleidung weggerissen. Und während sie auf der Kante der Arbeitsfläche balancierte, während er sie nahm und sie die Augen geschlossen hatte, hatte sie nur einen Gedanken, dass sie diesen Kampf verlor. Sie konnte nicht aufhören, ihn zu wollen.

Viel später brachen sie auf ihrem Bett zusammen.

„Du solltest nach Hause gehen", sagte sie halbherzig.

Er zog sie in Löffelchenstellung vor sich. „Schh … schlaf jetzt."

Unfähig, gegen die Wärme seines Körpers und die Zartheit seiner Stimme anzukommen, entspannte sie sich in seinen Armen. Doch sie konnte nicht schlafen. Sie war es nicht gewohnt, einen Mann über Nacht bei sich zu haben. Die, mit denen sie früher zusammen gewesen war, waren immer danach gegangen. Sie hörte, wie seine Atmung sich vertiefte. Sie wartete lange Augenblicke in der Dunkelheit, ihre Augen weit geöffnet, bevor sie nicht mehr anders konnte und ihm die Frage stellen musste, die in ihrem Kopf feststeckte.

„Will?", fragte sie leise. „Bist du wach?"

Er stöhnte. „Nein."

„Was tun wir?", fragte sie.

„Wir schlafen", murmelte er.

Sie drehte sich in seinen Armen, und er zog sie an sich, sodass ihr Kopf an seiner Brust lag. Sie hörte das gleichmäßige Pochen seines Herzens und kuschelte sich näher an ihn. „Ich meine, was tun wir in dieser Beziehung – ich weiß nicht, ob du es eine Beziehung nennen würdest. Wir haben ja erst ein paarmal miteinander geschlafen. Aber wir streiten uns so viel, und das kann für ein Paar nicht gesund sein. Also, ich würde dich jetzt nicht meinen Freund nennen, aber dennoch … Du musst schon zugeben, es ist irgendwie … Ich weiß nicht, merkwürdig. Es ist, als wären wir zwei ganz verschiedene Menschen. Wie die zwei Menschen, die einander mögen, wenn sie sich küssen und anderes machen, aber dann völlig andere Menschen sind, die einander nicht mögen und viel miteinander streiten, wenn sie sich nicht küssen. Deswegen meine ich, was tun wir hier? Ich schätze, das ist es, was ich versuche zu sagen. Was genau tun wir, wenn wir so sind? Jetzt, da ich es ausspreche, klingt es verrückt. Sind wir verrückt?"

Schweigen.

„Will?" Sie löste sich und sah ihn an. Seine Augen waren geschlossen, sein Kiefer war gelockert. Er schlief. Sie seufzte und kuschelte sich wieder an ihn, lauschte auf seinen Herzschlag. Sie schlief ein in dem, was sich sehr wie eine liebevolle Umarmung anfühlte.

Am nächsten Morgen ging Will, um sich vor der Arbeit noch etwas zum Anziehen zu holen, und Jasmine machte sich auf den Weg zu Levi Orthodontics, um dieses Gespräch mit Tony hinter sich zu bringen. Sie wusste, dienstags hatte Will die spätere Schicht, das machte es viel einfacher.

„Ist Tony da?", fragte sie Hillary, die einen Hexenhut trug. Es war Halloween.

„Und ob er das ist", sagte Hillary grinsend. „Und sein erster Patient erst in einer Stunde."

„Okay, danke."

Hillary bedeutete ihr, nach hinten zu gehen. Jasmine atmete einmal tief ein und ging nach hinten zu dem offenen Raum, in dem vier Zahnarztstühle am Rand des Raumes um eine mittlere runde Station mit allem Notwendigen standen.

„Tony?", rief sie.

Er kam in rot-weiß gestreiftem Clownskostüm mit lockigen Regenbogenhaaren und einer roten Clownsnase aus seinem Büro. „Hey! Bereit für noch eine Runde *Party Dance*? Ich habe eine Stunde. Heute Morgen hat jemand abgesagt."

Ignoriere das Outfit. „Nein, um genau zu sein, wollte ich mit dir reden."

Er wackelte mit den Brauen. „Das klingt aber ernst. Komm rein."

Sie betrat sein kleines Büro, in dem kaum genug Raum für einen Schreibtisch und ein paar Stühle war. Sie setzte sich in den Stuhl ihm gegenüber und sah sich mehrere Zeugnisse an, die gerahmt an der Wand hingen. Sie legte ihre eiskalten Finger unter ihre Beine.

„Was ist los?", fragte er und leckte sich die Lippen.

„Ich, ähm, habe jemanden kennengelernt."

„Oh." Er nahm die rote Gumminase ab und starrte auf den Schreibtisch.

„Und deshalb wird dieser Gutschein nicht mehr gelten. Tut mir leid."

Er sah ihr in die Augen. „Wow. Das ging aber schnell. Also, ich habe dich ja erst letzte Woche um eine Verabredung gebeten. Du hast also zwischen Samstag und Dienstag jemanden kennengelernt?"

Sie wollte ihm wirklich nicht sagen, dass es Will war. Sie arbeiteten zusammen. Es war peinlich, dass sie ständig mit ihm schlief. Sie wusste nicht, weshalb sie ihm nicht zu widerstehen scheinen konnte.

„Es tut mir wirklich leid", sagte sie.

Er setzte ein kurzes Lächeln auf. Hey, kein Problem. Das Herz will, was es will, richtig?"

Sie stand auf. „Danke für die Decke. Sie ist wunderschön. Und die Handschuhe und die Mütze. Wenn du sie zurückhaben möchtest, kann ich das verstehen."

„Welche Decke?"

„Die gestrickte rote, die mit …" Sie sprach nicht weiter, als sie seinen verwirrten Gesichtsausdruck sah. Wenn Tony ihr diese Geschenke nicht gemacht hatte, musste es Will gewesen sein. Ihr fiel kein anderer Typ ein, mit dem sie in letzter Zeit Kontakt gehabt hatte. Es sei denn, es wäre eine Frau gewesen. Vielleicht eine ihrer Schülerinnen? Ihr war ein wenig mulmig, weil sie es nicht wusste.

„Ich weiß nicht, wie man strickt", sagte Tony. Er senkte seine Stimme und schaute von einer Seite zur anderen, als wollte er sicherstellen, dass sie allein waren, bevor er ihr anvertraute: „Mal so unter uns, es geht das Gerücht, dass Will dienstagmorgens zu einem Strickclub in die Bibliothek geht. Unsere Assistentin, Amy, hat ihn da gesehen, als sie ein Buch zurückgebracht hat. Und sie sagte, er sah auch so aus, als wüsste er, was er da tat."

Überrascht stand sie eine Minute da. Will strickte? Er hatte ihr diese wunderschönen Dinge gemacht? Er hatte sie ihr geschenkt, obwohl sie einander an die Kehlen gingen?

„Danke, bye." Sie eilte aus seinem Büro.

„Null Problemo", rief Tony.

Sie ging geradewegs in ihr Apartment, stopfte die gestrickten Geschenke in eine Tüte und ging zur Clover Park Bibliothek, um Will zur Rede zu stellen, denn sie war sich verdammt sicher, dass er die ganze Zeit nur mit ihr gespielt hatte, um sie ins Bett zu kriegen.

Will saß im Strickclub und strickte fröhlich einen dunkel-grünen Schal für sich selbst in einem Muster aus linken und rechten Maschen, das neu für ihn war, doch in seiner Zen-Wiederholung nicht weniger entspannend. Die leisen, vertraulichen Stimmen der alten Frauen umhüllten ihn. Hin und wieder stellten sie ihm eine Frage, schlossen ihn in ihre Unterhaltung mit ein, doch hauptsächlich strickte er einfach nur und war glücklich damit. Die Damen trugen unterschiedliche Halloween-Kostüme – Maggie Katzenohren mit einem hautengen Katzenbody (vollkommen unpassend für ihr Alter), Pam trug Teufelshörner und einen spitzen Schwanz, Diane einen Heiligenschein und ein weißes Hemd und Shirley, Barbara und Pat trugen orangefarbene Halloween-Pullover, die sie selbst gestrickt hatten.

Er fand, Pam und Diane hätten ihre Kostüme tauschen sollen. Pam war die süße engelsgleiche; Diane war verbittert und streitlustig. Er hatte für jede Frau im Strickclub ein kurzes Schlagwort, denn anfangs war es für ihn dadurch einfacher gewesen, sich alle Namen zu merken. Da waren die süße Pam, die verbitterte Diane, die verrückte Maggie, die kluge Shirley, die lebhafte Barbara und die kurz angebundene Pat. Es war merkwürdig, eine Gruppe von Frauen im Rentenalter als seine Freunde zu haben, aber so war es. Sie hatten ihn aufgenommen, und er war dankbar dafür.

Er hatte so das merkwürdige Gefühl, dass jemand ihn anstarrte. Er sah auf und entdeckte Jasmine, die mit großen Augen in der Tür stand. Erwischt! Seine Ohren und Wangen brannten. Der Strickclub war sein kleines Geheimnis.

Sie trat ein. „Hallo, alle zusammen."

„Jasmine Davis, wie geht es dir, Liebes?", fragte Pam.

„Wie läuft dein neues Tanzstudio?", fragte Maggie.

Die Frauen löcherten sie mit Fragen, wodurch er sich kurz wieder fangen konnte. Sie war in Clover Park aufgewachsen und schien alle zu kennen. Sie fing an, direkt vor ihm eine Tüte auszupacken, während sie herzlich den älteren Frauen antwortete. Die fingerlosen Handschuhe, die Mütze, die Decke.

Als es eine Pause in der freundschaftlichen Unterhaltung gab, drehte sie sich zu ihm um. „Hast du die gestrickt, Will?", fragte sie mit vorwurfsvoller Stimme.

„Was für eine hübsche Decke!", rief Maggie. Die Frauen machten dazu Oh und Ah!

„Ich stricke noch Schals", sagte er. „So etwas Fortgeschrittenes könnte ich niemals hinbekommen."

Sie sah verwirrt aus, doch dann fasste sie sich. „Sind die von dir?"

Alle Augen waren auf ihn gerichtet. „Ja."

„Warum?"

Er schwieg. Er wollte sich vor all diesen Frauen nicht auf einen Streit mit ihr einlassen. Diese Geschenke hatte er ihr gemacht, damit sie weicher wurde. Und er wusste, dass sie das nicht würde hören wollen.

„Warum?", verlangte sie zu wissen.

„Einem Geschenk schaut man nicht ins Maul", sagte die verbitterte Diane. „Das ist unhöflich."

„Du meinst einem geschenkten Gaul", korrigierte die süße Pam sie.

„Einem geschenkten Hintern", sagte die verrückte Maggie.

Die Frauen stritten darüber, was die angemessene Bezeichnung wäre, während Jasmine dastand und ihn anstarrte.

„Vielleicht sollten wir draußen reden", sagte er.

Sie machte auf dem Absatz kehrt und ging hinaus. Er folgte ihr zur Tür hinaus, bis ganz nach draußen, wo sie sich wartend auf den Bürgersteig stellte. Genauso gut hätte sie ungeduldig mit ihrem Fuß tippen können, bei dem Blick, den sie ihm zuwarf. Sie schnaubte vor Wut und bereitete sich auf einen Kampf vor. Er sah keinen Grund dafür, sich wegen Geschenken zu streiten. Es gab viel bessere Wege, ihre Energie einzusetzen, wie er sehr gut wusste.

„Du hast mir die Handschuhe und die Mütze geschenkt,

als wir uns wie Katzen und Hunde gestritten haben", sagte sie. „Warum solltest du das tun?"

„Aber die Decke habe ich dir geschenkt, nachdem wir miteinander geschlafen hatten", erinnerte er sie.

„Schh ..." Sie sah sich um, als fühlte sie sich schuldig. Niemand war in Hörweite. „Was heißt das?"

Er zuckte die Schultern, versuchte, es abzutun. „Ich wollte, dass du es in diesem Winter warm hast."

Ihre Augen blitzten. Sie kannte ihn gut genug. Wusste, wenn er Quatsch erzählte. „Vergiss es!", rief sie. „Es ist egal."

Sie wandte sich zum Gehen, doch er packte ihren Arm.

„Ich wollte, dass du weicher wirst, okay?", sagte er. „Ich dachte, wenn du weiche Dinge hast, in die du dich kuscheln kannst, würdest du auch innerlich weicher werden. Ich war es leid, mit dir zu streiten."

Ihr Kinn schob sich vor. „Du wolltest mich also verändern."

„Tu nicht so, als wolltest du mich nicht auch verändern. Du hasst meine Fliege, und du sagst ständig, wie verkrampft ich bin." Er verengte die Augen. „Ich weiß, dass du Glamstick warst."

Ihr fiel die Kinnlade herunter. Ja, damit hatte er sie so richtig kalt erwischt.

„Wa- was?", stammelte sie. „Du wusstest es?"

„Ja. Also, warum erklärst du mir nicht, warum du mir anonym schmutzige Witze und lustige Katzenbilder schickst, während wir einander an die Kehlen gehen, hmm?" Er beugte sich vor. „Hast du versucht, mich zu verändern?"

Sie sah ihn mit offenem Mund an und schloss ihn dann wieder mit einem Geräusch. „Woher wusstest du das? Und warum hast du mir weiter Mails geschickt?"

„Ich habe gehört, wie sie in der Praxis getratscht haben, nachdem Tony dich letzte Woche um eine Verabredung gebeten hatte. Hillary meinte, du habest nach seiner E-Mail-Adresse gefragt. Es ist nicht schwierig, meine E-Mail-Adresse von seiner abzuleiten."

Sie zog ihre Brauen zusammen. „Du wusstest, dass Tony

mich um eine Verabredung gebeten hatte? Bist du deswegen am Samstag zu meiner Wohnung gekommen?"

„Ja und nein. Ich wusste, dass er dich um eine Verabredung gebeten hatte, aber ich bin an deiner Wohnung vorbeigekommen, weil du sie bei dem Versuch, Würste zuzubereiten, fast abgefackelt hättest."

Sie verschränkte die Arme. „Hör auf, mich verändern zu wollen."

„Hör du auf, mich verändern zu wollen," sagte er. „Jetzt sind wir quitt."

Ihre Lippen verflachten sich, und er konnte genau sagen, dass sie sich wieder in eine ziemliche Wut hineinsteigerte. Das hielt ihn nicht davon ab, ihr die harte Wahrheit zu sagen. „Du kannst gut reden –"

„Verdammt richtig", sagte sie.

„Aber du hast eine knackige Schale und eine zarte, weiche Mitte. Gib es zu."

„Was bin ich? Ein M&M?" Sie hob die Hände in die Luft. „Du hast mit mir gespielt! Hast mir geschrieben, während du wusstest, dass ich es bin, hast mir anonyme Geschenke geschickt. Das war alles ein ausgeklügelter Plan, um mich ins Bett zu kriegen."

„Ich habe dich toleriert."

„Toleriert!", schrie sie.

„Auf dich gewartet", korrigierte er sich.

„Wir sind fertig! Hörst du mich?" Sie machte auf dem Absatz kehrt und marschierte davon.

„Die ganze Stadt hat dich gehört!", rief er hinter ihr her. „Bring heute Abend eine Reisetasche mit. Du wirst über Nacht bleiben."

Sie sah ihn an. Er verkniff sich ein Lächeln. Es gefiel ihm, dass jede Herausforderung, die er von sich gab, sie direkt zu ihm zurückbrachte.

„Ich werde nicht über Nacht bleiben", sagte sie durch ihre Zähne.

Er nahm ihre Hand. „Jaz, ich mag dich wirklich."

Sie wurde vollkommen still. „Wie lange magst du mich schon?", fragte sie leise.

Er streichelte ihre Handfläche. „Zu lange."

„Oh." Sie starrte auf seine Füße. „Ich mag dich irgendwie jetzt auch ein bisschen."

Das Eingeständnis war schwierig für sie, das wusste er. Ihm gegenüber gab sie nur ungern etwas zu. Er nahm ihre Wange, gab ihr einen sanften Kuss und schickte sie dann mit einer freundschaftlichen Drehung und einem Klaps auf den Hintern ihrer Wege.

„Ich hoffe, du magst Steak!", rief er.

Sie winkte und ging weiter. Er lächelte vor sich hin und ging zurück zum Stricken.

Als er dort ankam, hatten die Damen eine Menge Meinungen zu seiner Situation mit Jasmine. Ihm fiel auf, dass sie ihre Geschenke auf dem Tisch vergessen hatte, und legte sie in die Tüte, um sie ihr heute Abend zurückzugeben. Er wusste, dass sie kommen würde. Er musste sich nur eine Herausforderung einfallen lassen, und sie kam, denn sie konnte es nicht ertragen, sich einer Herausforderung nicht zu stellen. Das war eine ihrer besseren Eigenschaften.

„Meine Damen, bitte, ich brauche keine Hilfe", sagte Will, als sie leiser wurden. Er kehrte an seinen Platz zurück. Er hatte noch gute zwanzig Minuten fürs Stricken.

„Da hast du dir aber ein Energiebündel ausgesucht", sagte Maggie.

„Ich weiß es."

„Sie erinnert mich an den alten Will", sagte Maggie nickend. „Ihr passt gut zusammen."

Die Frauen stimmten ihr zu. Auf einer gewissen Ebene hatte er das die ganze Zeit gewusst. Deswegen hatte er sich ihr vermutlich immer wieder gestellt, anstatt ihre Sticheleien zu ignorieren, wie er es normalerweise getan hätte. Wenn er jetzt nur Jasmine auch noch an Bord bekommen könnte.

10

———————

Später an jenem Abend rollte Jasmine sich hinter Will im Bett zusammen und genoss die Hitze seines nackten Körpers an ihrem. Sie hatten ein großartiges Abendessen mit Steak, Röstkartoffeln und Spargel genossen. Will hatte eine riesige Schüssel mit Süßigkeiten für die Kinder, die Süßes oder Saures drohen würden, nach draußen gestellt, damit sie nicht gestört wurden.

„Will?", flüsterte sie in die Dunkelheit. „Bist du wach?"

„Nein. Du hast mich ausgelaugt."

Sie lächelte vor sich hin. Eines, was sie so an Will mochte, war, dass er für alle Experimente bereit war. Sie hatte einen Heidenspaß dabei, ihn auf so viele verschiedene Arten zu reiten. Heute Abend hatte er ihr keine Augenbinde umgelegt. Sie hatte ihn freiwillig kurz angesehen. Sein Blick war zärtlich und warm gewesen. Es war so schön zu wissen, dass er sie mochte.

„Erzähl mir von deinem Bruder", sagte sie.

Er schwieg. Jedes Mal, wenn sie sein Tattoo ansah, erinnerte sie sich daran, was er über den Unfall gesagt hatte. Doch sie wollte mehr wissen. Was war mit Charlie danach passiert? Warum hatte Will immer noch ein solch schlechtes Gewissen?

„Wie ist er jetzt so?", fragte sie.

Er stieß einen langen Atem aus und legte sich auf den Rücken. „Warum sparst du dir immer alles für die Dunkelheit auf? Ich schlafe halb."

„Hattest du als Kind nie Pyjamapartys? Die besten Unterhaltungen passieren immer in der Dunkelheit."

Er schnaubte. „Nein, ich hatte keine Pyjamapartys. Das ist ein Mädchending."

Das mit dem Mädchending kommentierte sie nicht. Er kochte und strickte, wovon so mancher behauptet hätte, dass das Mädchendinge waren, doch es gefiel ihr, dass er das tat, deswegen hielt sie ihren Mund.

„Ist er okay?", fragte sie.

„Er wird nie wieder derselbe sein."

„Fühlst du dich deshalb so schuldig?"

„Ja."

„Darf ich ihn kennenlernen?"

„Er lebt in Kalifornien. Und jetzt schlaf." Er zog sie an sich, sodass ihr Kopf an seiner Brust lag.

Sie hob den Kopf. „Will?"

Er drückte ihren Kopf wieder nach unten. „Ich schlafe."

„Ich erzähle dir etwas, wenn du mir etwas erzählst."

Er stöhnte.

„Alles, was du wissen willst. Oder wir spielen Wahrheit oder Pflicht, und ich werde alles tun."

Ein Herzschlag verging. „Alles?"

Sie grinste. „Ja."

„Okay. Charlie möchte von allen jetzt Chaz genannt werden. Er geht an einem verdammten Stock, und dank mir ist er seit dem Unfall neben der Spur."

Sie hörte die Verbitterung in seiner Stimme und rieb seinen Arm, um ihn zu trösten.

„Du bist dran", sagte er. „Ich nehme Pflicht."

„Welch Überraschung."

„Ich verpflichte dich, deiner Familie und deinen Freunden von uns zu erzählen."

„Das ist aber eine große Pflicht."

„Dann nur deiner Familie. Es sei denn du bist ein … Angsthase."

Sie stützte sich auf einen Ellbogen, um ihn anzusehen. Im schwachen Mondlicht konnte sie sehen, dass er lächelte. „Auf diese Angsthasensache falle ich nicht wieder herein. In Ordnung. Ich werde es meiner Familie erzählen, obwohl es vollkommen peinlich ist."

„Warum ist es peinlich?", schnaubte er. „Ich bin ein alleinstehender Fachmann mit einem netten Haus. Was ist denn so schlimm daran?"

Sie legte ihren Kopf zurück auf seine Brust, denn sie wollte ihm nicht in die Augen sehen. „Es ist peinlich, weil ich mich so sehr über dich beschwert habe. Du weißt schon, weil wir uns sonst so gestritten haben, bevor du vernünftig wurdest."

Er zog sie auf sich. „Bevor *ich* vernünftig wurde? Versuch es noch mal."

„Wenn du darauf bestehst", sagte sie, bevor sie ihn küsste. Seine Hände streichelten ihren Rücken, glitten hinab zu ihrem Hintern, und sie wusste, sie würden es sehr bald wieder probieren.

Zwei Wochen später, nachdem Will sie unentwegt daran erinnert hatte, dass sie ihre Pflicht noch nicht erfüllt hatte, erzählte Jasmine ihrer Familie endlich von ihm. Niemand war überrascht, denn, während sie und Will in einer von Sex getränkten Blase verbracht hatten, hatte der Rest der Stadt über sie getratscht, dank des indiskreten Strickclubs, der ihre Unterhaltung mitbekommen hatte. Sie kam sich lächerlich vor. Selbst Will war es ein wenig unangenehm, als er hörte, wie er hinter seinem Rücken Dr. Sexy genannt wurde, seit dem YouTube Video, dass Tony online gestellt hatte. Was noch schlimmer war, ihre Eltern sagten ihr, sie sollte ihn zu Thanksgiving einladen. Sie hatte es hinausgezögert, ihn danach zu fragen. Es kam ihr einfach wie eine zu große Sache vor. Die Familie kennenlernen und all das. Noch nie hatte sie zu Thanksgiving einen Typen mit nach Hause gebracht. Genau genommen hatte sie noch nie einen Typen mit nach Hause gebracht. Punkt.

Sie wartete, bis sie im Bett lagen, die Lichter aus waren, die Woche vor Thanksgiving, um ihn zu fragen. Er hatte ihr seinen Rücken zugewandt, und seine Atmung wurde tiefer.

„Will?", flüsterte sie. „Bist du wach?"

Er stöhnte.

„Meine Eltern haben dich zu Thanksgiving eingeladen. Du musst aber nicht kommen. Aber ich musste dich fragen. Das ist alles. Gute Nacht."

Er rollte auf die Seite und zog sie so, dass sie einander ansahen, dann schob er sein Bein zwischen ihre und legte seine Arme um sie. „Ich werde kommen."

„Das wirst du?"

„Ja."

„Aber was ist mit deiner Familie?"

Schweigen.

„Will?"

„Hmm", murmelte er.

„Was ist mit deiner Familie? Möchten sie dich denn nicht an Thanksgiving sehen?"

„Wir fahren zum Nachtisch bei meinen Eltern vorbei", sagte er, bevor er einnickte.

Die Situation hatte eine so enorme Wendung genommen, dass sie den Rest der Nacht hellwach dalag. War es ernst zwischen ihnen? War es nicht das, was es bedeutete, wenn man die Familie des anderen kennenlernte? Dass man einen wichtigen Feiertag miteinander verbrachte? Liebte Will sie? Liebte sie ihn? Sie erinnerte sich daran, was Zoe gesagt hatte, wie man wusste, dass man verliebt war. Die Symptome. Sie dachte viel an ihn, aber nur, weil sie ihn so oft sah. Okay, ja, bei seinen Küssen wurde ihr schwindlig. Sie freute sich tatsächlich darauf, ihn zu sehen. Verdammt.

Sie war verliebt.

Es war wieder typisch für sie, dass sie sich in den einen Mann verliebte, der sie in den Wahnsinn trieb. Doch empfand Will genauso? Er verhielt sich gut ihr gegenüber. Er bereitete regelmäßig das Abendessen zu; er war vorsichtig und zärtlich im Bett, aber viel aggressiver, wenn sie es brauchte. Er tanzte mit ihr. Er machte ihr selbstgestrickte Geschenke. Natürlich ärgerte er sie auch und drängte sie, weicher zu werden. Als versuchte er immer noch, sie zu ändern. Vielleicht liebten sie einander nur ein bisschen.

„Ich liebe dich ein bisschen", flüsterte sie und war froh, dass er schlief. Seine Antwort war ein leises Schnarchen.

~

Am Tag von Thanksgiving tauchte Will am Haus von Jasmines Eltern mit einer Flasche Wein in einer Hand und einem Blumenstrauß in der anderen und mehr als ein wenig nervös auf. Er wollte, dass ihre Familie ihn mochte, denn er war verrückt nach Jasmine. Für gewöhnlich kam er bei Moms gut an, es waren die Dads, mit denen seine Geschichte etwas holprig verlief. Sie schienen ein Gespür dafür zu haben, dass er im Herzen spitz wie Nachbars Lumpi war, trotz seiner äußeren Erscheinung. Vermutlich war es die Art, wie er ihre Töchter ansah. Und bei Jasmine war seine Geilheit jenseits von Gut und Böse.

Jasmine öffnete die Tür in einem fließenden Rock und einer Bluse mit kleinen Blümchen darauf, die sie vorne lose zugebunden hatte. Sie trug ihre dunkelbraunen Haare offen und wild, so wie er es mochte. Er wollte sie jetzt bereits. Und er hatte sie erst letzte Nacht gehabt.

„Hi", sagte sie leise, womit sie an seinem Herz zog, denn er wusste, dass sie nur still war, wenn sie tief im Inneren etwas spürte.

„Happy Thanksgiving", sagte er und gab ihr einen schnellen Kuss. Er wollte das Schicksal nicht mit einem längeren Kuss herausfordern. Er musste noch den Dad-Test bestehen. „Ich hab die hier mitgebracht." Er reichte ihr die Flasche Weißwein und den Blumenstrauß.

„Vielen Dank."

„Hi, Will!", sagte Zoe. „Schön, dich wiederzusehen." Sie umarmte ihn.

„Finde ich auch." Er kannte Zoe bereits vom Laientheater.

„Das ist also Will!", rief eine tiefe Stimme. Will richtete sich auf und trat vor, um Mr. und Mrs. Davis zu begrüßen.

„Hi, Will, es ist so schön, Sie endlich kennenzulernen", sagte Mrs. Davis. Sie sah noch sehr so aus wie in jüngerem Alter, nur dass sie ihre Haare jetzt in einem kurzen Bob trug und sie einige Fältchen um ihre Augen hatte. Sie hatte Jasmines Größe und Figur. Für Jasmine waren das gute Neuigkeiten, dachte er sich. Und auch für ihn. Selbst in mittlerem Alter würde sie noch heiß aussehen. Nicht, dass er heiß auf Mrs. Davis war. Verdammt, wenn es darum ging, Eltern kennenzulernen, war er wirklich eine Niete.

„Schön, Sie kennenzulernen", sagte Mr. Davis und schüttelte kräftig seine Hand.

„Freut mich auch", sagte Will.

„Also, kommen Sie rein", sagte Mrs. Davis. „Entspannen Sie sich ein wenig mit Hal im Wohnzimmer, während wir Damen ein paar Sachen fertig machen."

Jasmine formte mit dem Mund das Wort entschuldige, und er folgte Mr. Davis zu dem, was vermutlich eine Befragung werden würde. Will setzte sich aufs Sofa, während Mr. Davis sich in einen, wie es aussah, ziemlich abgenutzten Sessel setzte. Er war ein großer Mann.

„Mögen Sie Football?", fragte Mr. Davis.

Will war eher ein Baseballfan. „Sicher. Schau ich mir hin und wieder an."

„Für wen sind Sie?" Er deutete auf den Fernsehapparat. Will überlegte kurz, wer überhaupt spielte.

„Die Cardinals", sagte er.

„Kein Cowboys-Fan?" Mr. Davis' Tonfall war anzuhören, dass Will die falsche Wahl getroffen hatte.

„Ich weiß nicht," sagte Will rasch. „Sie sind beide ziemlich gut."

Mr. Davis sah ihn einen Moment lang an. „Lust auf eine Wette?"

„Ähm …"

„Zwanzig Dollar auf einen Sieg der Cowboys."

„Okay." Will zog seinen Geldbeutel heraus und legte eine Zwanzig-Dollar-Note auf den Sofatisch. Das Geld war so gut wie futsch. Er würde niemals Mr. Davis' Geld nehmen können. Bei der Wette ging es mehr darum, einander näherzukommen.

Mr. Davis grunzte. Sie sahen sich das Spiel schweigend an. Will war sich nicht sicher, wie lange er da sitzen musste, bevor er wieder mit Jasmine zusammen sein konnte. Vielleicht sollte er auch in der Küche helfen. Jasmine war eine grässliche Köchin. Sie konnte kaum Wasser kochen. Ihre Mom sollte das unterdessen wissen.

Will stand auf. „Ich hole mir was zu trinken. Kann ich Ihnen etwas mitbringen?"

„Setzen Sie sich!", bellte Mr. Davis.

Will setzte sich.

„Was für Absichten haben Sie bei meiner Tochter, Will?"

„Ehrenhafte, Sir."

Mr. Davis grunzte. Will wand sich. Dads erkannten immer seine wahre Natur. Das musste wohl eine Aura sein, die er unbewusst ausstrahlte.

„Ich weiß, mein Mädchen ist tough", sagte Mr. Davis. „Aber sie ist auch sensibel." Er schnaubte. „Das hat sie von ihrer Mutter. Man muss sie mit Samthandschuhen anfassen. Vorsichtig. Verstehen Sie mich?"

Will dachte zurück daran, wie Jasmine wochenlang gebraucht hatte, um ihm in die Augen zu sehen, wenn sie einander liebten. Wie sie still wurde, wenn sie tief etwas empfand. Er hatte sie nie mit Samthandschuhen angefasst. Er gab ihr es so, wie er es von ihr bekam. Vielleicht sollte er –

„Ich habe Sie nicht gehört", bellte Mr. Davis, lehnte sich vor und durchbohrte Will mit einem harten Blick. „Haben Sie mich verstanden?"

Will nickte lebhaft. „Ich habe Sie verstanden, Sir."

Mr. Davis lehnte sich zurück, und Will atmete erleichtert aus. Der ältere Mann war viel größer und sah aus, als könnte er mit diesen großen, fleischigen Händen noch ganz gut zuschlagen.

„Ich nehme ein Bier", sagte Mr. Davis „Bitte."

Will stand auf, um es zu holen.

„Will?", sagte Mr. Davis.

Er drehte sich um und wartete auf irgendeine ominöse Drohung, für den Fall, dass Will jemals so dumm wäre, Jasmine nicht richtig zu behandeln. „Ja?"

„Sie sind der erste Freund, den sie jemals mit nach Hause gebracht hat", sagte Mr. Davis.

Will erstarrte. Das hatte er nicht gewusst. Er hatte keine Ahnung, was er darauf sagen sollte.

„Sie ist vernarrt in Sie", sagte Mr. Davis. „Denken Sie einfach nur an ihr zartes Herz."

„Ich werde mich bemühen", sagte Will.

Mr. Davis grunzte und kehrte zu seinem Spiel zurück. Will betrat die Küche, wo Mrs. Davis gerade in einem Topf auf dem Herd rührte, Zoe grüne Bohnen schnippelte und Jasmine eine Dose Oliven öffnete. Vermutlich kannten sie ihre kulinarischen Fähigkeiten.

„Ich wollte ein Bier für deinen Dad holen", sagte er. „Und ein Wasser, bitte."

Jasmine nahm ein Bier aus dem Kühlschrank und öffnete es. „Wie kommt ihr zurecht? Ich hoffe, du bist ein Cowboys-Fan." Sie füllte ein Glas Wasser und reichte ihm beides.

„Wir haben eine Wette auf das Spiel laufen", sagte er. „Ich habe die Cardinals genommen."

Zoe zischte. „Ooh. Schlechter Zug. Du hättest die Cowboys nehmen sollen. Er ist ein eingefleischter Fan."

„Das habe ich zu spät bemerkt", sagte Will. „So bekommt er wenigstens mein Geld und den Sieg."

„Machen Sie sich deswegen keine Sorgen", sagte Mrs. Davis.

„Kann ich den Damen helfen?", fragte Will. „Ich kann kochen."

„Will hat Kochkurse besucht", sagte Jasmine mit breitem Grinsen.

„Das hast du!", rief Zoe. „Das ist ja toll! Du kannst für mich weitermachen."

„Nein, nein, Will ist unser Gast", sagte Mrs. Davis. „Gehen Sie nur zurück zum Spiel, und ruhen Sie sich aus."

Jasmine wackelte mit den Fingern in seine Richtung, als er ihr einen letzten, sehnsüchtigen Blick zuwarf, bevor er widerwillig zurück ins Wohnzimmer zum Spiel ging, das er sich mit dem Mann, der ihn vor schuldbewusster Nervosität ganz kribbelig machte, nicht ansehen wollte. Denn er konnte an nichts anderes denken, als Jasmine zurück ins Bett zu bekommen. Und er war sich ziemlich sicher, dass das nicht die Art ehrenhafter Intention war, auf die Mr. Davis sich bezogen hatte.

Jasmine war überrascht, wie glatt das Abendessen lief. Ihre Großeltern mütterlicherseits gesellten sich mit ihren Tanten, Onkeln und Cousinen zu ihnen. Will schien ganz gut zurechtzukommen. Er war höflich und unterhaltsam. Alle schienen ihn zu mögen. Ihre Tante bat ihn sogar, sich die Zähne ihrer jüngeren Cousine anzusehen, was Will professionell tat, worauf er beiden seine Meinung und seine Karte anbot.

Schließlich wurde es spät, und sie drehte sich zu ihm um. „Bereit, zu deinen Eltern zu fahren?"

„Ja", sagte er mit etwas, das an Erleichterung grenzte.

Vielleicht hatte er sich doch nicht so amüsiert, wie sie gedacht hatte. Sie verabschiedeten sich und gingen zu seinem Wagen, der in der Straße stand. Er hielt ihr die Beifahrertür offen, was er sonst nie tat.

„Du hast ja plötzlich so gute Manieren", sagte sie, als sie einstieg.

„Ich habe noch ungefähr eine Stunde für sie übrig; dann muss ich den Kampf aufgeben", sagte er. „Es ist einfach zu viel Mühe."

Sie kicherte. „Ich glaube, meine Familie mag dich."

Er umfasste ihre Wange und küsste sie vorsichtig. „Da bin ich froh, aber du bist die einzige, um die es mir geht."

Sie biss sich auf die Lippe und wandte den Blick ab. Er tat das manchmal, sagte Dinge, bei denen sie sowohl freudig erregt als auch nervös wurde. Sie wusste dann nie, was sie darauf erwidern sollte.

Er startete den Motor und fuhr auf die Straße. „Dein Dad hat mir gesagt, dass du ein zartes Herz hast."

„Was!" Wie konnte ihr Dad es wagen, so etwas über sie zu sagen! Meinte er, ihr damit zu helfen? Lächerlich! Sie hatte kein zartes Herz. Sie wollte Will das gerade sagen, als er sie mit seiner nächsten Aussage überraschte.

„Das wusste ich aber bereits."

„Ich habe kein zartes Herz! Hör nicht auf ihn."

Er sah sie an. „Man merkt es dir aber an."

„Wovon sprichst du?"

„Du wirst ganz still, wenn du tief etwas empfindest. Wie wenn du kommst."

Sie versteifte sich. „O mein Gott, das hast du nicht gerade gesagt. Das ist etwas vollkommen anderes!"

„Das bist du." Er ahmte leise und mit offenem Mund nach, wie sie kam.

„Halt. Die. Klappe." Sie drehte sich um und starrte wütend zum Fenster hinaus.

„Ich werde es dir später vor dem Spiegel zeigen."

„Klar, träum weiter."

„Streiten wir uns gerade?", fragte er süßlich.

Sie weigerte sich, den Köder anzunehmen. Sie wollte bei seiner Familie einen guten Eindruck machen, nicht aufgebracht und wütend auf Will dort ankommen. Sie war mit Wills Dad befreundet, Brian, nachdem sie jahrelang zusammen beim Laientheater gearbeitet hatten, und freute sich darauf, ihn wiederzusehen. Sie wollte auch gern seine Mom und seinen Bruder kennenlernen, wenn der es geschafft hatte, aus Kalifornien zu kommen.

„Wird Charlie da sein?", fragte sie.

„Er möchte Chaz genannt werden", sagte Will ausdruckslos. „Ja. Er ist gestern Abend mit seiner Frau angekommen."

„Oh. Ich wusste nicht, dass er verheiratet ist. Das ist doch gut, richtig?"

Will war still.

„Ist es nicht gut?"

„Ich sollte es dir vermutlich sagen", sagte er langsam. „Chaz hat meine Exfreundin geheiratet. Erst vor kurzem. Es könnte ein wenig unangenehm sein."

„Dein Bruder hat deine Ex geheiratet?", fragte sie ungläubig. „Wie ist das denn passiert?"

Will hob eine Schulter und senkte sie wieder. „Sie mochte ihn eben mehr. Meinte, mit ihm habe sie mehr Spaß."

Ihr Herz zog sich zusammen. Bis vor kurzem hätte auch sie gesagt, dass man mit jedem mehr Spaß hatte als mit Will, aber seine Freundin an den eigenen Bruder zu verlieren war einfach falsch. „Oh, Will."

„Hey, Schnee von gestern. Nicht mehr, als ich verdient habe."

„Wofür?"

„Hör zu, lass es einfach gut sein", sagte er mit einem scharfen Unterton. „Ich möchte wirklich nicht jetzt mit dir darüber reden." Sein Kiefer verkrampfte sich, und seine Fingerknöchel wurden ganz weiß, als er das Lenkrad packte.

Sie ließ das Thema fallen.

„Jasmine!", rief Brian und zog sie in eine warme Umarmung. „Es ist so schön, dich zu sehen. Ich habe dich im Sommer vermisst. Wie läuft es im Studio?"

Sie lächelte ihren alten Freund an. „Ich habe dich auch vermisst. Es läuft großartig! Ich bin dir so dankbar, dass du mir bei den Räumen geholfen hast."

„Überhaupt kein Problem." Brian drehte sich um und umarmte Will. „Ich freue mich so, dass ihr kommen konntet."

„Hi!" Mrs. Levi streckte ihre Hand aus. „Ich bin Michelle. Es ist so schön, dich endlich kennenzulernen."

Jasmine lächelte. „Finde ich auch."

„Will!" Chaz kam herbeigeeilt und stützte sich auf seinen Stock, damit er sich so schnell wie möglich bewegen konnte. „Schön, dich zu sehen. Carrie kennst du ja. Jetzt Mrs. Levi."

„Hi, Will", sagte Carrie und gab ihm einen Kuss auf die Wange.

„Das ist Jasmine", sagte Will. „Jasmine, Chaz und Carrie. Die beiden sind frisch verheiratet." Er sagte *frisch verheiratet* mit einem hämischen Unterton, doch sie verstand es vollkommen. Sein eigener Bruder!

Jasmine nickte. „Herzlichen Glückwunsch."

Sie versammelten sich um den Esszimmertisch, auf dem bereits Kuchen – Apfel, Pekannuss, Kürbis und Minze – warteten. Mrs. Levi brachte noch Vanilleeis und Schlagsahne, und sie machten sich daran, den Nachtisch rumzureichen. Sie kam um vor Neugierde, die Geschichte hinter Chaz zu erfahren. Jedes Mal, wenn sie bei Will Chaz ansprach, verstummte er. Er wollte nie darüber reden, doch sie wusste, dass er noch von schlechtem Gewissen zerfressen war.

„Was machst du so in Kalifornien?", fragte sie Chaz.

„Habe gerade meine zweite Rumble Bears Filiale eröffnet", erwiderte er lächelnd.

„Das ist eine Musikschule für Eltern und Kinder", erklärte Carrie. „Es läuft sehr gut."

„Das ist großartig", sagte Jasmine. „Es ist so wichtig, früh mit den Künsten anzufangen. Meine Tanzkurse beginnen mit Dreijährigen."

„Aw. Das ist so niedlich. Ich vergöttere Kinder." Carrie lächelte strahlend und sah sich am Tisch um. „Apropos." Carrie sah Chaz an, der sie angrinste. „Wir haben etwas anzukündigen", sang Carrie. „Wir sind schwanger!"

„Jetzt schon?", sagte Will. „Ihr habt doch erst vor einem Monat geheiratet. Habt ihr deswegen so schnell geheiratet?"

Im Raum wurde es still.

Will fuhr fort. „Ihr seid ja nun mal erst zusammen, seitdem Carrie mich vor weniger als einem Jahr hat sitzen lassen." Seine Stimme hob sich. „Verdammt, Carrie, wir waren zwei ganze Jahre zusammen und –"

„Will!", ermahnte ihn Mrs. Levi. „Das reicht." Sie drehte sich zu Carrie um. „Herzlichen Glückwunsch, Liebes. Wir freuen uns sehr."

Jasmine legte ihre Hand auf Wills angespannten Arm.

Carrie brach in Tränen aus. „Ich habe dir gesagt, es ist ein Fehler, herzukommen!" Sie stand auf. „Ich habe dein Temperament immer gehasst, Will!" Sie eilte aus dem Zimmer.

Jasmine starrte Will an. Carrie meinte, Will hätte Temperament? Es war fast unmöglich, ihn aus der Ruhe zu bringen. Das war eines der Dinge, die sie bei ihm immer in den Wahnsinn trieben — je wütender sie wurde, desto ruhiger und stiller wurde er. Selbst, wenn er dann endlich wütend wurde, war es so leicht, ihn wieder zu beruhigen. Doch jetzt war Wills Gesicht rot und fleckig, und er war eindeutig kurz davor, in Wut auszubrechen.

„Gar nicht cool, Mann", sagte Chaz. Er ging, um Carrie zu folgen.

„Du schuldest deinem Bruder und Carrie eine Entschuldigung", sagte Mrs. Levi zu Will.

Will warf seine Serviette hin und ging.

Jasmine saß da, unsicher, was sie tun sollte. Ihr Kuchen stand unangerührt vor ihr. Sie sah seinen Dad, Brian, an, der ihr zuzwinkerte. „Geh und sprich mit ihm."

Langsam erhob sie sich. „Ähm … okay."

Sie ging und fand Will auf den vorderen Verandastufen sitzen, seine Ellbogen auf die Knie gestützt starrte er auf den vorderen Rasen. „Hey", sagte sie.

„Sag mir nicht, dass ich mich entschuldigen muss", sagte er.

„Werde ich nicht." Sie legte ihren Arm um seine Schultern. „Ich weiß, dass das hart ist."

„Familientreffen werden von jetzt an immer ätzend sein. Ich fasse es nicht, dass er sie geschwängert hat."

„Na ja, sie sind verheiratet."

„Ich sollte sie heiraten, nicht er! Ich wollte ihr einen Antrag machen, sobald wir aus Kalifornien zurück sind! Und dann hat er sie mir einfach weggenommen!"

Sie nahm ihren Arm von ihm und sagte leise: „Du klingst, als wärst du noch nicht über sie hinweg."

Er schüttelte den Kopf. „Es ist das erste Mal, dass ich sie sehe, seitdem wir diese Fahrt nach Kalifornien unternommen haben. Wir sind hingefahren, um Chaz zu besuchen, und ich bin allein nach Hause gekommen. Also schön!" Er drehte seinen Kopf Richtung Haus. „Dann bleib halt im verdammten Kalifornien! Hab ein großartiges Leben!"

„Möchtest du sie zurück?", fragte sie.

Er sah sie einen langen Moment an und nahm ihre Wange in die Hand. „Nein." Sie stieß einen erleichterten Seufzer aus.

Er nahm seine Hand herunter. „Ich kann es nur einfach nicht fassen, dass sie so schnell geheiratet haben und ein Kind bekommen. Ich versuche immer noch, mich daran zu gewöhnen, dass sie zusammen sind. Ich bin einfach nur angepisst, dass es alles so den Bach runtergegangen ist." Er erhob sich. „Lass uns los."

„Wir sind doch gerade erst gekommen. Du kannst nicht deine ganze Familie fallenlassen, weil du gerade wütend bist."

„Auf wessen Seite bist du?"

„Auf deiner." Sie legte ihre Arme um ihn. Er hielt sie fest. So blieben sie einige Momente lang.

„Ich weiß nicht, was ich erwartet habe", sagte er. „Es tut mir leid, dass ich dich in diesen Schlamassel gebracht habe."

„Das ist okay."

Er ließ sie los, schob seine Hände in die Taschen und sah immer noch angepisst aus.

„Ich wäre auch angepisst, wenn mir meine Schwester meinen Freund stehlen würde", kam sie ihm entgegen.

Er schnaubte. „Ja. Nun, ich vermute, auch das hatte ich verdient."

„Ich weiß, du fühlst dich wegen des Unfalls schuldig", sagte sie. „Doch jetzt, da ich Chaz kennengelernt habe, muss ich sagen, er wirkt glücklich. Es geht ihm richtig gut. Na ja, abgesehen von dem Stock, der scheint ihn aber nicht zurückzuhalten. Vielleicht ist es an der Zeit, dass du etwas von deinem Schuldgefühl ablegst. Wie viele Jahre wirst du noch für etwas bezahlen, das vor … Ich weiß es nicht mal. Vor wie vielen Jahren war das?"

„Dreizehn", brachte er hervor.

„Das ist eine lange Zeit, um für einen Unfall zu bezahlen."

Er stemmte seine Hände in die Hüfte und sah sie finster an. „Und du meinst, du weißt, was für mich am besten ist? Du weißt einen Scheißdreck. Niemand weiß, wie es ist, den eigenen Bruder ins Krankenhaus bringen zu müssen. Niemand."

„Ich versuche doch nur, dir zu helfen."

Er neigte den Kopf zur Seite. „Nun, dann lass du mich dir

helfen! Warum gibst du nicht diese Ich-bin-wütend-auf-dich-Haltung auf und stellst dich deinen wahren Gefühlen? Weil du solche Angst vor deinen Gefühlen hast, kannst du mit mir nur in der Dunkelheit sprechen, wenn ich schon halb schlafe!" Als sie überrascht schwieg, fuhr er fort. „Oder wie wäre es damit, dass du fast zwei Wochen gebraucht hast, um mich wirklich anzusehen, wenn wir miteinander im Bett sind."

„Wage es nicht, darüber zu sprechen!", rief sie.

„Du hast also jetzt zu sagen, worüber wir sprechen dürfen und worüber nicht?" Er stieß eine Hand in die Luft. „Ich soll mich öffnen und bluten, während du tust, was zum Teufel auch immer du willst?"

Sie stemmte ihre Hände in die Hüfte und trat ihm entgegen. „Lass deine Wut auf deinen Bruder nicht an mir aus!"

„Hör auf, mich verändern zu wollen! Das bin ich. Der Typ, der alles falsch gemacht hat und jetzt dafür zahlen muss."

Sie hob ihre Hände, war es leid, mit ihm zu streiten. „Du bist verkorkst, Will. Nicht ich."

Er grinste. „Das ist frech."

Dieses verdammte Grinsen ließ sie die Hände zu Fäusten ballen. Sie hatte diesen Blick seit einem Monat nicht mehr gesehen und war gar nicht glücklich darüber, dass er wieder da war.

„Geh zum Teufel", sagte sie leise. „Du kennst mich überhaupt nicht."

Sie drehte sich um und ging über den Bürgersteig in Richtung ihres Elternhauses. Sie kam einen Block weit, als sie bemerkte, dass Will ihr in seinem Wagen folgte. Sie stieß einen Atem aus. Es war kalt und finster, und das Haus ihrer Eltern, wo sie ihren Wagen gelassen hatte, war mindestens eine halbe Stunde zu Fuß entfernt. Sie stieg in den Wagen.

„Das ändert aber nichts", sagte sie.

„Welch Überraschung", erwiderte er.

Er ließ sie am Haus ihrer Eltern heraus. Sie stieg gleich in ihren Wagen und fuhr nach Hause, denn sie konnte sich jetzt ihrer Familie und deren unweigerlichen Fragen über Will nicht stellen, wenn sie kurz davorstand, in Tränen auszubrechen.

<h1 style="text-align:center">11</h1>

Will hatte es mit Jasmine jetzt so richtig vermasselt, und das wusste er. Er hätte nicht so wütend auf sie sein sollen. Das Timing war wirklich schlecht gewesen. Doch die Wahrheit war, sie verstand das mit ihm und Chaz nicht. Sie hatte nicht gesehen, wie Chaz vor dem Unfall gewesen war. Will hatte ihn ruiniert.

Nachdem er Jasmine rausgelassen hatte, war er zum Haus seiner Eltern zurückgefahren und hatte sich bei Chaz und Carrie entschuldigt, obwohl der Anblick von Carries verweinten Augen in ihm eine merkwürdige Mischung aus Schuldbewusstsein und Wut hervorrief. Er hing, solange er es aushielt, im Haus seiner Eltern herum, bevor er dann nach Hause fuhr. Er rief Jasmine an, doch sie nahm den Anruf nicht entgegen. Am nächsten Tag ging er zu ihrer Wohnung.

„Es tut mir leid", sagte er, sobald sie die Tür geöffnet hatte.

Sie bedeutete ihm, hereinzukommen. Sie trug denselben übergroßen Pullover und die Leggins, die sie getragen hatte, als sie das erste Mal miteinander geschlafen hatten, und die Erinnerung an jene Nacht machte ihn tierisch geil.

„Was genau tut dir leid?", fragte sie und setzte sich aufs Sofa.

Er setzte sich neben sie und nahm ihre Hand. „Es tut mir

leid, dass ich meine Wut an dir ausgelassen habe."

„Okay", sagte sie.

„Okay? Das war's? Wir werden uns nicht streiten?"

Sie betrachtete ihn ernst. „Möchtest du streiten?"

Er stieß sich eine Hand in die Haare, es fiel ihm schwer zu glauben, dass es bei ihr so einfach sein konnte. „Nein."

„Aber –"

Er verzog das Gesicht. „Ich wusste doch, dass es ein Aber gibt."

„Du musst an dieser Sache mit deinem Bruder arbeiten. Da hat sich all diese Wut darüber in dir aufgestaut. Du bist wütend auf dich selbst, und ein Teil von dir ist auch wütend auf ihn. Er hatte den Ball Zahnmedizin fallen lassen, richtig? Du hast ihn aufgehoben. Auch dein Leben hat sich nach dem Unfall um hundertachtzig Grad gedreht. Und vielleicht bist auch du nicht allzu glücklich darüber."

Wieder verhielt sie sich wie irgendein verdammter Psychiater – sie analysierte ihn und tat so, als wüsste sie es besser als er. „Du weißt gar nicht, wovon du da sprichst", sagte er.

Ihre dunkelbraunen Augen waren voller Mitleid, was ihm kein bisschen gefiel. Er brauchte von niemandem Mitleid. Es ging ihm gut. Chaz war derjenige, der gelitten hatte.

„Es ist doch nicht so schwer, das zu verstehen", sagte sie still.

„Zurück, Jaz. Du betrittst ein Gebiet, in das du nicht gehörst."

„Siehst du? Du kannst nicht einmal ein bisschen darüber reden, ohne gleich wütend zu werden. Früher oder später musst du dich damit auseinandersetzen."

Sein Blutdruck stieg. „Ich bin also zu wütend?"

„Ja."

„Und was bist du?"

Sie schüttelte den Kopf. „Ich bin nicht wütend."

„Du tust nur so!" Er wollte, dass sie mit ihm stritt. Er war nicht der Einzige, der verkorkst war. „Deswegen hast du so heftig mit mir gestritten. Doch das war alles nur Show, um mich auf Distanz zu halten, stimmt's? Nur, dass ich zu dickköpfig war, um dich damit durchkommen zu lassen."

Sie stand auf. „Ich werde mich nicht mit dir streiten."

Auch er stand auf. „Streite dich mit mir!"

„Nein!", schrie sie.

„Siehst du? Du weißt es nicht besser. Du bist genauso verkorkst wie ich."

Sie deutete auf die Tür. „Geh!"

Er drang in ihre Intimsphäre, war so nahe, dass es sie beide erregte. „So fängt es an."

Sie sah ihm in die Augen. „Ich spiele nicht mit dir. Ich will dich nicht. Nicht so."

Er musterte sie, las die Wahrheit in ihren Worten. „Du bist so verdammt frustrierend!"

Sie verschränkte die Arme. „Geh einfach. Sprich mit mir, wenn du deinen Scheiß geregelt hast."

Er ging, war ihretwegen richtig angepisst und auf seinen Bruder und die ganze verdammte Welt. Jeglicher Fortschritt, den er gemacht hatte, unter ihre harte Schale zu kommen, war ihm erneut verwehrt.

Jasmine gab sich am Montag, als sie einander bei der Arbeit auf dem Flur begegneten, Mühe, Will gegenüber höflich zu sein. Ihre Bemühungen wurden mit einem finsteren Blick seinerseits quittiert. Sie wollte nicht streiten, denn das Streiten tat jetzt weh. Ob es ihr gefiel oder nicht, sie hatte sich in ihn verliebt. Doch er war noch nicht bereit dafür. Er musste erst seinen Kopf gerichtet bekommen und aufhören, sein Leben als Reaktion auf das, was vor Jahren passiert war, zu leben. Selbst seine Fliege war Teil dieser Show. Der Will, den sie kannte, privat, war gar nicht der verkrampfte, regelkonforme Typ, den er der Welt zeigte. Er war gespalten, und sie brauchte ihn ganz, damit sie zusammen ganz sein konnten. Wie konnte er sie lieben, wenn er sich selbst nicht liebte?

An jenem Nachmittag kam er an ihrem Tanzstudio vorbei. Sie merkte gleich an der Art, wie er den Kiefer verkrampfte, dass er sich streiten wollte. Sie atmete einmal tief ein. *Lass dich nicht darauf ein. Lass es an dir abprallen.*

„Ich habe dich durchschaut", sagte er und kam zu ihr, wo sie stand.

Leichter gesagt als getan. Der Mann war exzellent darin, sie in den Wahnsinn zu treiben.

„Ich weiß nicht einmal, wovon du redest", sagte sie in einer so ruhigen Stimme, wie sie sie nur aufbringen konnte.

„Du versuchst, mich auf Distanz zu halten. Du machst mich absichtlich wütend, damit du nicht zugeben musst, dass du verrückt nach mir bist."

War sie das? Oder war er derjenige, der dieses Problem hatte?

„Wer spielt jetzt hier den Psychiater?", schoss sie zurück.

Er trat näher. Jetzt war er richtig in ihrem Nahbereich, doch sie weigerte sich, auch nur einen winzigen Schritt zurückzuweichen.

Er starrte auf ihren Mund, und dann zog er sie an seinen Körper und küsste sie. Sein Mund forderte ihren auf diese aggressive Weise, die sie so liebte, und sie sank hinein, wie sie es immer tat, ihr Körper antwortete auf ihn, während ihr Kopf schrie, sie solle sich von ihm lösen. Doch die Anziehung war zu stark, um zu widerstehen. Der Kuss ging weiter und weiter, und sie gab sich hinein, ihre Hände verkrallten sich in seinem Hemd am Rücken, ihr Körper pochte.

Er löste sich von ihr, doch er ließ seine Hände an ihren Hüften und drückte sie auch weiter an sich. „Du kommst heute Abend zu mir."

„Werde ich nicht." Sie wollte nicht wieder mit ihm schlafen, nicht, ehe sie die Sache geklärt hatten.

Er trat beiseite und rammte beide Hände in seine Haare. „Verdammt, Jaz. Was zum Teufel ist los? Sag es mir. In der einen Minute lernen wir noch die Familie des anderen kennen, und in der nächsten willst du nicht mit mir zusammen sein. Wovor hast du denn solche Angst?"

„Wovor hast du solche Angst? Was passiert, wenn du dir selbst vergibst? Hm? Hast du Angst davor, dich glücklich sein zu lassen?"

Er runzelte die Stirn. „Ich verdiene kein Glück."

„Nun, ich schon", sagte sie ruhig. „Und das möchte ich mit jemandem, der glaubt, dass auch er Glück verdient."

Er hob seine Hand in die Höhe. „Was willst du eigentlich von mir?", schrie er.

Sie wich zurück. „Frag nicht mich, was du tun sollst. Und brüll mich nicht an, es dir zu sagen. Ich kann das nicht mehr."

„Ich bedeute dir also gar nichts", spuckte er hervor.

Sie schwieg. Denn er bedeutete ihr alles, doch das würde nichts ändern.

Er sah sie finster an. „Verdammt, ich wusste nicht, wie kaltherzig du sein kannst. Es ist, als wärest du wirklich nur eine knackige Schale und nichts darunter. Kein zarter Kern. Nur Eis."

„Geh zum Teufel, Will!"

„Ich seh dich dann da!" Er wandte sich zum Gehen.

„Ruf mich nicht wieder an!", rief sie in seinen Rücken.

„Keine Sorge!", schrie er über seine Schulter.

„Und komm nie wieder hier oder in meiner Wohnung vorbei!", schrie sie so laut, dass ihre Kehle heiser wurde.

Er hob ablehnend eine Hand und ging.

Sie ging in ihrem Studio auf und ab. Was war denn los mit ihnen? Lag es an ihr oder ihm? Oder waren es einfach sie beide zusammen, die nie mehr als Streitereien und Sex hatten sein sollen?

Liebe war nie Teil des Abkommens gewesen, dachte sie verbittert.

Es tat so weh, das zu wissen, dass sie kaum mehr atmen konnte. Und dann brach sie in Tränen aus und fand ihren Atem wieder. Sie hatte nicht mehr geweint, seitdem ihre Großmutter vor Jahren gestorben war. Verdammt. Sie fegte ihre Tanztasche durch den Raum; dann bedeckte sie ihr Gesicht mit ihren Händen, während sie den Tod ihrer erbärmlichen Hoffnung beweinte.

Am nächsten Morgen schleppte Will seinen elenden Hintern zum Strickclub, denn er brauchte den Trost des stillen Raums in der Bibliothek, die leisen Frauenstimmen, die tröstende Eintönigkeit des Strickens. Er war der erste. Er setzte sich und holte seinen Schal heraus. Jasmine war wieder genauso defensiv und streitlustig wie zuvor. Warum machte es ihr so viel, dass er sich die Schuld an dem Unfall gab? Es war ganz sicher nicht Chaz' Schuld. Und dem Eis oder dem Baum konnte man keinen Vorwurf machen. Jeder gab ihm die Schuld daran, weil das nun mal die kalte harte Wahrheit war. Er war derjenige, der bekifft gefahren war. Ihm musste man in alle Ewigkeit Vorwürfe machen.

Der Rest der Gruppe kam herein. Bald schon sprachen sie und strickten. Er versuchte, sich zu entspannen, doch er war zu aufgebracht.

„Du bist ja heute so still, Will, sagte die süße Pam. „Alles in Ordnung?"

„Klar", sagte er.

„Wie geht es denn unserem Mädchen?", fragte die verrückte Maggie. „Ist sie nicht ein Kracher?"

Er runzelte die Stirn. „Ich glaube, sie ist meinetwegen explodiert."

„Das muss ja nicht immer schlecht sein", sagte Maggie und wackelte mit den Augenbrauen.

Er starrte auf den Tisch. „Doch, es ist schlecht. Sie will mich nicht mehr sehen."

„Zwischen euch beiden sind doch so die Funken geflogen", sagte Maggie. „Ich bin mir sicher, dass sie mit dir noch nicht fertig ist."

„Meinst du?", fragte er erbärmlich hoffnungsvoll.

„Würden wir euch diese Hochzeitsdecke stricken, wenn wir uns nicht sicher wären?", fragte Maggie und zeigte ihm das Muster einer weißen Decke mit ineinander liegenden Ringen in der Mitte.

Seine Kehle verengte sich, und er blinzelte rasch, während er sich im Raum umsah und zum ersten Mal feststellte, dass sie alle mit demselben weißen Garn strickten.

„Ich freue mich, dass ihr in uns vertraut", brachte er hervor.

„Liebe ist immer ätzend, bevor es besser wird", sagte die

verbitterte Diane.

Die Frauen stimmten ihr alle zu. Nun, an dem Punkt war er gerade. Es war ätzend. Und, verdammt noch mal, er war in die eine Frau auf der Welt verliebt, die ihn in den Wahnsinn trieb. So oder so würde der Frust ihn umbringen – mit ihr und ihrer Streiterei oder ohne sie und voller Verlangen. Das war eine No-Win-Situation wie sie im Buche stand.

Er war es so leid. Völlig überwältigt legte er seinen Kopf auf den Tisch. Eine warme Hand trieb ihm den Rücken, und dann machten die Frauen sich wieder daran, eine Hochzeits-decke für eine Hochzeit zu stricken, die mit Sicherheit niemals stattfinden würde.

Will schleppte sich durch den Rest der Woche und ging Jasmine dabei aus dem Weg. Er wusste nicht, wie er das wieder geradebiegen sollte, und alles, was er tat, machte es nur schlimmer. Er arbeitete seine übliche Samstagmorgen-schicht, als er einen panischen Anruf von seiner Mutter bekam. „Dein Vater hatte einen Herzinfarkt. Er ist im Kran-kenhaus. Sie machen gerade Tests –"

„Ich bin gleich da."

Er fragte sie nach dem Krankenhaus, sagte all seinen Pati-enten ab und fuhr wie ein Irrer an die Seite seines Vaters. Er durfte ihn jetzt nicht verlieren. Er war fünfundsechzig. Gerade erst in Ruhestand gegangen. Er durfte den Genuss seines Ruhestandes nicht verpassen.

Er parkte und eilte hinein, ließ sich die Zimmernummer seines Dads geben und eilte dorthin. Sein Dad lag im Bett, er sah blass und müde und alt aus. Da waren all diese Schläuche und Kabel – ein Tropf, Schläuche in seiner Nase, Elektroden, die an seiner Brust klebten, und Maschinen, die an seiner Seite piepsten. Seine Augen waren geschlossen, was Will ängstigte, denn so sah sein Dad aus, als würde er gleich ster-ben. Seine Mom war bereits da und hielt seinem Dad die Hand. Will stand wie erstarrt in der Tür.

Seine Mom sah auf. „Will, komm doch herein."

Er trat an ihre Seite und starrte auf seinen Dad hinab. „Was ist passiert?"

„Wir waren zum Frühstück im Garner's, und als er nach draußen kam, sagte er, er fühle sich nicht gut, und dann ist er auf dem Bürgersteig einfach zusammengebrochen."

„Gut, dass du bei ihm warst. Was haben die Ärzte gesagt?"

„Sie machen gerade ein paar Tests. Wir wissen es noch nicht."

In dem Moment öffnete sein Dad die Augen. „Will", sagte er schwach. „Du bist hier."

Er nahm die Hand seines Dads und achtete darauf, nicht an den Schlauch in seinem Atem zu kommen. „Ich bin hier. Dir wird es wieder gut gehen."

„Natürlich wird es das. Ich habe die Kraft von zehn Kieferorthopäden."

Will versuchte zu lächeln. Das war ein alter Scherz. „Das ist richtig", brachte er hervor.

„Wie geht es Jaz?", fragte sein Dad.

„Es geht ihr gut." Er wollte jetzt nicht ins unangenehme Detail gehen. Er wusste, dass sein Dad mit ihr befreundet gewesen war, bevor Will sie überhaupt kennengelernt hatte.

„Ich habe sie für dich ausgesucht", sagte sein Dad.

Will fiel die Kinnlade herunter. „Was?"

„Du solltest wissen, für den Fall, dass ich sterbe –"

„Du wirst nicht sterben, Dad."

„Ich habe dich letzten Sommer absichtlich gebeten, meinen Platz einzunehmen. Im Theater. Ich habe ihr bei dem Pachtvertrag ein gutes Angebot gemacht, damit ihr nebeneinander seid."

„Brian!", rief seine Mom aus. „Das hast du mir nie erzählt."

Sein Dad zwinkerte. „Will brauchte ihre wilde, lockere Seite. Ich wusste, dass sie das wieder aus dir hervorlocken würde."

Will starrte ihn an, er war sprachlos. Sein Dad wollte, dass er wieder der Alte war? Er hatte sie zusammengebracht? Hieß das, er hatte genug für das gezahlt, was er getan hatte?

In dem Moment kam die Schwester herein, um seinen Dad für einen weiteren Test abzuholen. „Es ist Zeit zu gehen, Mr. Levi", sagte die Schwester. Sie drehte sich zu Will und seiner Mom um. „Sie können im Wartezimmer warten. Jemand wird Ihnen Bescheid sagen, sobald er wieder in seinem Zimmer ist." Sie schob ihren Dad hinaus.

Wills Mom begann zu weinen. Er umarmte sie und versuchte selbst, nicht zu weinen. Sein Dad war stark. Es würde ihm gut gehen. Es musste so sein.

Sie wischte sich die Tränen ab. „Ich werde mir einen Kaffee holen. Möchtest du auch welchen?"

„Klar."

„Ich seh dich dann im Wartezimmer."

„Ich werde dich begleiten", sagte er.

„Ich brauche ein paar Minuten allein. Es wird mir gut gehen. Geh!"

Widerwillig ging er ins Wartezimmer. Er betrat den trostlosen Raum und blieb abrupt stehen; sein Herz hämmerte wie wild. Jasmine wartete dort.

Jasmine warf einen Blick auf Wills entsetztes Gesicht und sprang auf. „Wie geht es ihm?"

Er starrte sie an. „Was tust du denn hier?"

„Zoe hat mir erzählt, dass dein Vater vor dem Garner's zusammengebrochen ist. Wie geht es ihm? Wird es ihm wieder gut gehen?"

Er nahm ihre Hand und ließ sich auf einen harten Plastikstuhl fallen. Sie setzte sich neben ihn und wartete gespannt auf seine Antwort.

„Wir wissen es nicht", brachte er heraus. „Es war ein Herzinfarkt."

Sie legte ihre Arme um ihn und zog seinen Kopf hinab an ihre Schulter. „Schh. Das ist okay. Es wird ihm gut gehen."

„Er ist doch erst fünfundsechzig", murmelte er.

„Ich weiß, aber er ist so voller Leben. Er lässt sich nicht unterkriegen."

Will richtete sich auf, als seine Mom mit zwei Bechern Kaffee hereinkam. Sie reichte ihm einen.

„Jasmine, was für eine nette Überraschung", sagte Mrs. Levi. „Wie geht es dir?"

„Mir geht es gut. Das mit Brian tut mir leid."

„Es wird ihm wieder gut gehen", sagte Mrs. Levi kurz angebunden. „Ich bin mir sicher, es ist nichts."

Mehrere lange Momente saßen sie schweigend da, bis Mrs. Levi das Wort ergriff. „Ich habe ihm gesagt, er soll weniger von dem frittierten Essen zu sich nehmen. Aber nein, er wollte ja nicht hören. Musste unbedingt Fritten und gesalzene Chips essen. Und jetzt seht ihn euch an!" Ihr Gesicht verzog sich.

Will schlang seine Arme um seine Mom. Jasmine war zum Heulen zumute für sie beide. Brian war ein großartiger Typ, immer gut gelaunt, und er war ihr im Laufe der Jahre ein guter Freund gewesen.

Stunden später durften Will und seine Mom wieder zu Brian.

„Warte hier", sagte Will ihr.

Sie wartete. Kurz darauf kam Will zurück. „Sie sagten, es war eine verschlossene Arterie. Sie haben ihm bereits eine Gefäßprothese gelegt, aber sie wollen ihn ein paar Tage hierbehalten, um ihn zu überwachen. Sicher sein, dass es ihm gut geht."

Sie schenkte ihm ein verwässertes Lächeln. „Das sind großartige Neuigkeiten!"

Er nickte einmal. „Bis jetzt. Hoffentlich bleibt er so." Er verschränkte ganz fest seine Arme. „Meine Mom verbringt die Nacht bei ihm."

Er sah sie an, sah sie einfach nur weiter an, und sie wusste, dass er nicht allein sein wollte.

„Ich werde bei dir übernachten", sagte sie.

Als Antwort legte er seine Arme um sie. So hielt er sie eine lange Weile.

～

Will war überrascht und gerührt, dass Jasmine für seinen Dad ins Krankenhaus gekommen war. Sie folgte ihm in ihrem Wagen zu seinem Haus. Er war so froh, dass er die Nacht nicht allein sein musste. Er wusste, dass er die ganze Nacht auf sein würde, krank vor Sorge, doch wenigstens wäre er nicht allein.

Er kam nach Hause, und Jasmine machte sich, ohne, dass er sie darum gebeten hätte, daran, ihnen ein spätes Abendessen aus Roastbeef Sandwiches zu bereiten. Sie nahm zu viel Senf, doch er sagte kein Wort.

„Hat jemand deinen Bruder angerufen?", fragte sie.

„Ich bin mir sicher, dass meine Mom das getan hat."

Sie aßen ihr Mittagessen zu Ende, und er machte Feuer im Kamin. Es war Anfang Dezember und fühlte sich bereits nach Winter an. Sie saßen gemeinsam auf dem Sofa und starrten in das knisternde Feuer. Er zog sie an sich, zufrieden, sie wieder in seinen Armen zu haben. Sie reichte ihm die Fernbedienung und ließ ihn aussuchen, was sie sich ansehen würden. Stundenlang blieben sie so sitzen, sahen stumpf fern, aneinander gekuschelt. Er war erschöpft, die Sorge des Tages zehrte an ihm, doch er wusste, dass er nicht würde schlafen können. Sie drehte sich in seinen Armen um und fuhr mit ihren Fingern durch sein Haar, tröstete ihn. Er konnte nicht widerstehen, sie vorsichtig zu küssen. Als er sich von ihr löste, blinzelte sie rasch, ihre Augen glänzten vor Tränen.

„Weinst du?", fragte er. Er hatte sie noch nie weinen gesehen. Weinte sie um seinen Dad?

Sie schüttelte den Kopf.

Er streichelte ihre Wange. „Weißt du, was mein Dad gesagt hat? Er wollte, dass wir zusammen sind. Er hat mich absichtlich ins Sommertheater gebracht, damit ich dich kennenlerne, und er hat dir auch einen guten Pachtvertrag gegeben, damit wir beieinander sind."

Sie setzte sich aufrechter hin. „Dieser verschlagene Bastard!"

Er lachte. „Ich weiß."

„Das war dumm von ihm. Das werde ich ihm morgen sagen."

Wieder küsste er sie, sanft und vorsichtig, und sie erwiderte den Kuss mit einer wilden Leidenschaft, bei der er für den Moment seine Traurigkeit vergaß. Dann nahm er ihre Hand und zog ihn nach oben.

Jasmine wusste, dass es nur eine Sache gab, die sie und Will davon abhalten würde, die ganze Nacht damit zu verbringen, zu schluchzen und sich aufzuregen – mächtiger Sex. Sie zog ihn in sein Zimmer und riss ihm die Kleidung herunter. Auch er machte kurzen Prozess mit ihren Klamotten. Dann drückte sie ihn hinab aufs Bett, wo sie ihn heftig und lang reiten wollte, bis er an nichts anderes mehr denken konnte. Sie setzte sich rittlings auf ihn und streckte ein Bein geradeaus, während sie das andere angewinkelt ließ, um den Rhythmus zu kontrollieren. Doch ehe sie es sich versah, drehte er sie auf ihren Rücken, ließ sich zwischen ihren Beinen nieder und begann, an ihrem Hals zu knabbern.

Er stützte sich auf einen Ellbogen. „Keine Kamasutranummern. Du kannst umwerfend ficken, aber jetzt wirst du Liebe machen."

„Aber ich mache so Liebe." Sie zuckte mit ihrer Hüfte unter ihm, doch er rührte sich nicht. Er war zu sehr damit beschäftigt, an ihrem Hals zu knabbern. Dann machte er sich daran, ihre Wangen zu küssen, ihren Kiefer, ihren Hals, ihre Ohrläppchen. Jeder Kuss war vorsichtig und zärtlich, beinahe ehrfurchtsvoll, und ihr traten die Tränen in die Augen. Sie krallte ihre Nägel in seinen Rücken. Nicht fest, nur genug, um seine Aufmerksamkeit zu bekommen. Er packte ihre Handgelenke, nahm sie mit einer Hand und hielt sie über ihren Kopf.

Verdammt. Sie wollte gedankenlosen Power Sex, keine Zärtlichkeit. Will küsste sie vorsichtig und verlagerte dann sein Gewicht, küsste ihr Schlüsselbein, dann wanderte er tiefer zu ihren Brüsten, drückte Küsse auf die empfindlichen Unterseiten, arbeitete sich ganz um sie herum, bis sein Mund sich endlich über ihrem Nippel schloss und kräftig saugte, worauf sie sich ihm entgegenbog. Dann gab er der anderen

Brust dieselbe liebevolle Behandlung, bevor er zurückkehrte, um sie erneut zu küssen, immer noch so vorsichtig und zärtlich. Heiße Tränen brannten in ihren Augen, als jeder Kuss, jede Berührung ihr Herz umfasste und zudrückte.

Er löste sich von ihr, um ihr in die Augen zu sehen.

„Will", sagte sie leise.

Er ließ ihre Handgelenke los, bevor er ehrfurchtsvoll an ihrem Körper hinab küsste, bis hinunter zu ihren Zehen, die von so vielen Jahren Spitzentanz beim Ballett verformt waren. Sie zog ihren Fuß weg. Niemand wollte ihre Zehen überhaupt ansehen. Er zog ihren Fuß zurück und küsste ihre Zehen. Sie blinzelte Tränen beiseite. *Er hat meine Zehen geküsst.*

Dann küsste er an ihrem Innenschenkel hinauf, bis er mit einem sanften Kuss zwischen ihren Beinen landete und dort blieb. Sie stieß zischend einen Atem aus, als er sie intim und zärtlich küsste und es gar nicht eilig damit zu haben schien, etwas anderes zu tun, als sie vorsichtig anzutreiben. Sie schob ihre Hand in seine Haare, als die Lust sich verstärkte, sie wollte, dass er endlich Gas gab, als sie näher an den Höhepunkt kam. Doch er wollte nichts davon hören. Er kostete und küsste sie so zärtlich und so vorsichtig, bis sie bereit war zu schreien. Sie war so nah dran. *Bitte,* flehte sie im Stillen und zog an seinen Haaren. Er ignorierte sie und fuhr mit seiner sanften Tortur weiter, bis sie sich mit einem Seufzen hingab und ihren Griff in seinen Haaren lockerte. Das belohnte er, indem er mit seinen Lippen und seiner Zunge mehr Druck ausübte. Mit einem leisen Schrei brach sie und bog sich seinem Mund entgegen. Er machte weiter und saugte jeden letzten Lusttropfen aus ihr, bis sie ruhig dalag, vollkommen erledigt.

Sie spürte seine Hitze, als er sich über ihr erhob. Dann ließ er sich zwischen ihren Beinen nieder, und seine Hand streichelte ihre Wange. „Sieh mich an."

Sie öffnete ihre Augen, begegnete seinem Blick, während er mit einem einzigen schnellen Stoß in sie eindrang, wie er wusste, dass sie es mochte. Sie schnappte nach Luft, als ihr Körper plötzlich erfüllt wurde, bei der intensiven Dehnung, und legte ihre Beine um ihn. Er bewegte sich langsam und sicher, und sie hielt ihre Augen offen, hielt seinen zarten Blick, bis sie spürte, dass ihr die Tränen über die Wangen liefen. Sie schloss die Augen, und er küsste diese Tränen weg.

Sie packte seinen Hintern und drückte zu, wollte hartes und schnelles Vergessen, wollte nicht das Gefühl haben, dass ihr Herz in seinen Händen war. Als Reaktion darauf zog er sich fast ganz heraus, dann drang er langsam wieder ein. Das tat er wieder und wieder und hielt ihren Blick mit einer Intensität, die sie bis ins Mark erschütterte, und sie spürte erneut, wie sie erregter wurde, ihr Körper verengte sich um ihn, und dann endlich nahm er sie hart und schnell. Sie keuchte und raste auf den Höhepunkt zu, der sie mit überraschender Intensität traf. Sie stöhnte leise, überwältigt, während sie sich an ihm festhielt und seine letzten Stöße aufnahm, während sie immer noch die Welle ihres eigenen Höhepunktes ritt.

Danach waren ihre eigenen Tränen ihr peinlich, und sie wurde wütend. „Diesen langsamen, zärtlichen Kram machst du nie wieder."

Er war immer noch auf ihr, immer noch in ihr. Er streichelte ihre Haare zurück. „So wird es von jetzt an immer sein."

„Mir gefällt das nicht. Es ist langweilig." Sie fühlte sich entblößt, wund und verletzlich.

„Es hat dir gefallen." Er rollte von ihr herunter und legte sich auf den Rücken.

Sie setzte sich auf, um aufzustehen, und seine Hand schoss vor, packte ihren Arm und hielt sie, wo sie war. „Hör auf, dich vor mir zu verstecken," sagte er. „Du versteckst dich immer unter einer Schale."

„Ich verstecke mich nicht!" Sie zog ihren Arm aus seinem Griff. Sie hatte vor ihm geweint. Wie konnte man das Verstecken nennen?

Er sah sie finster an. „Du bist genau wie ich, also tu nicht so, als wärest du besser."

„Ich bin nicht wie du", schnaubte sie. „Du bist derjenige, der Angst davor hat, einfach er selbst zu sein."

„Du kennst mich überhaupt nicht!", schrien sie gleichzeitig.

Er grinste. „Du bist so vorausschaubar."

Dieses Grinsen störte sie unglaublich. „Du meinst, mich besser zu kennen als ich mich selbst kenne? Tust du nicht. Scheiß drauf."

Sie stand aus dem Bett auf, zog sich hastig die Kleidung an und stürmte hinaus. Sie war halb die Treppe hinunter, als er ihren Namen rief. Sie blieb stehen und stieß einen Atemzug aus. Dann drehte sie sich um, ging wieder hinauf und steckte ihren Kopf zu seinem Schlafzimmer hinein.

„Was?", blaffte sie.

„Lass mich heute Nacht nicht allein", sagte er leise.

Ihr Herz wäre beinahe zerbrochen bei dem Schmerz, den sie in seiner Stimme hörte. Er machte sich Sorgen um seinen Dad, und sie sollte es ihm nicht noch schwieriger machen.

Sie rutschte zurück ins Bett, schaltete das Licht aus und legte seine Arme um ihn.

„Ich bin so müde", murmelte er.

Sie lag da in der Dunkelheit, fühlte sich immer noch viel zu verletzlich, doch unfähig zu gehen, denn sie wusste, dass er solch große Schmerzen hatte. Sie lauschte, als seine Atmung sich vertiefte. Kurz darauf wurden seine Arme um sie lockerer, und sie drehte ihn auf seinen Rücken. Dann kuschelte sie sich an seine Seite. Aus irgendeinem Grund war Sex mit einer Menge Emotionen dahinter für sie überwältigend. Diesen Grund durfte sie keiner Menschenseele nennen. Es war so lange her, dass es passiert war, es sollte sie jetzt nicht mehr betreffen, doch irgendwie tat es das, und es stellte sich zwischen sie. Sie sollte es Will erzählen, doch sie war sich nicht sicher, ob sie die Worte herausbringen würde. Darüber, wie gedemütigt sie war, wie verraten, wie sie einen Zusammenbruch erlitten hatte.

Sie liebte Will. Obwohl sie sich immer noch viel stritten, tat sie es. Sie sollte in der Lage sein, es ihm zu sagen. Dem einzigen Mann, den sie jemals wirklich geliebt hatte.

„Will, bist du wach?"

Keine Antwort. Und weil es so schwer auf ihren Gedanken und ihrem Herzen lastete, und weil er schlief, erzählte sie ihm alles.

12

„Das habe ich noch niemandem erzählt", sagte Jasmine. „Keiner Menschenseele", ergänzte sie flüsternd.

Will lag da in der Finsternis und lauschte darauf, wie Jasmine sich alles von der Seele redete. Er hatte sie nie so verletzlich, so offen gehört, und ihm war klar, dass das nur an der Tatsache lag, dass sie meinte, er schliefe, dass sie es zuließ, dass sie fortfuhr. Er hatte nur einen leichten Schlaf und wachte immer auf, wenn sie ihn fragte, ob er wach sei, doch er war zu müde gewesen, um zu reden; deswegen hatte er geschwiegen. Ein Teil von ihm war froh, dass er das getan hatte, doch ein Teil von ihm sehnte sich danach, sie festzuhalten und den Schmerz von dem, was sie ihm offenbarte, zu lindern.

„Ich war noch Jungfrau", gestand sie. „Er wusste das. Verdammt, vermutlich wollte er das so."

Will wollte den Typen bereits jetzt am liebsten töten. Irgendein Choreograf, der die neunzehnjährige Jasmine ausgenutzt hatte, die begeistert davon gewesen war, die Aufmerksamkeit dieses Mannes zu bekommen und zum ersten Mal in einer Broadwayshow ganz vorne zu stehen.

Sie fuhr fort. „Er war so vorsichtig und zärtlich, so wie du. Als wir zum ersten Mal Sex hatten, hat er mir in die Augen gesehen und mir gesagt, dass er in dem Moment, als wir uns kennengelernt haben, gewusst hatte, dass es Schicksal war. Dass er mich liebte und es immer tun würde." Dann wurde sie so leise, dass er ihre nächsten Worte kaum hörte. „Ich dachte, auch ich liebe ihn."

Einige Augenblicke vergingen schweigend, und er hielt den Atem an. „Ein paar Wochen später hat sich eine andere Tänzerin bei der Show den Knöchel verletzt. Als sie ging, hat eine neue, junge Tänzerin ihren Platz eingenommen. Marc hatte sich als Nächstes an sie rangemacht. Er hat mich nicht nur fallen lassen, er hat mich auch am hinteren Ende der Gruppe platziert. Beim Tanzen ist das wirklich schlecht. Die anderen Tänzerinnen waren hämisch. Sie sagten, dass ich damit bekäme, was ich verdient hatte, weil ich versucht hatte, mir eine bessere Rolle zu erschlafen. Natürlich hatte ich nie so darüber gedacht. Ich hatte mir die Hauptrolle bereits erarbeitet, als wir zusammenkamen, oder vielleicht war all das Teil seines Plans. Ich weiß nicht. Einige der älteren Tänzerinnen kannten seinen Ruf, doch niemand hat mich gewarnt. Ich –" Ihre Stimme brach, und Wills Kehle verengte sich.

Sie schniefte. „Ich habe ihn privat zur Rede gestellt. Ich habe ihm gesagt, dass, nur, weil wir uns getrennt hatten, das nicht bedeutete, dass ich meinen Platz verlieren sollte. Ich war eine genauso gute Tänzerin wie das neue Mädchen. Er sagte mir, ich solle kündigen, wenn es mir nicht gefiel. Dass es Hunderte von Mädchen wie mich gab, die dafür sterben würden, meinen Platz einzunehmen."

Sie wurde still, und gerade, als er dachte, den Rest der Geschichte würde er nicht hören, sprach sie erneut. „Am nächsten Tag war er beim Vortanzen furchtbar kritisch mir gegenüber, beschwerte sich ständig über meine Haltung, den Schwung meiner Hüfte, meinen Spitzentanz, alles. Dann sollte ich vor allen anderen solotanzen. Und er verkündete in seiner wirklich schleimigen Stimme, dass ich gerade gezeigt hatte, wie man es nicht machen sollte. Ich war so gedemütigt, und dann hat er mich von oben bis unten betrachtet und allen gesagt, dass meine *Darbietung* unterirdisch war. Alle haben gekichert, denn sie wussten, dass er in Wirklichkeit meine Darbietung im Bett meinte." Den nächsten Teil flüsterte sie. „Ich wollte sterben.

Und dann hat er mich gefeuert."

Will drückte den Mund zu, um das Protestgebrüll zu unterdrücken, das er zu ihren Gunsten am liebsten ausgestoßen hätte.

Sie sprach hastig weiter. „Ich konnte den Verrat von dem, was ich für meine erste Liebe hielt, nicht ertragen – wie sich scheinbar alle gegen mich wandten. Ich habe mich in meinem Apartment eingeigelt und aufgehört zu essen. Zwei Tage lang. Und dann, na ja, Gott sei Dank sind die Apartments in der City ja winzig, nicht wahr? Ich hatte zwei Mitbewohnerinnen, denen es auffiel. Ich habe ihnen nicht erzählt, was passiert war, aber eine von ihnen hat meine Mom angerufen. Sie kam und hat mich geholt. Ich bin zwei Wochen nach Hause gefahren, wo sie mich von Grund auf verwöhnt und mich nicht gedrängt hat zu erzählen, obwohl ich weiß, dass sie unbedingt die ganze Geschichte erfahren wollte. Ich sagte ihr nur, dass mein Herz gebrochen war, aber ... es fühlte sich mehr an, als wäre ich gebrochen." Wills Brust schmerzte, als ihre Stimme bei der schmerzhaften Erinnerung leiser wurde. „Ich war solch ein Wrack. Vermutlich wäre ich einfach für immer zu Hause geblieben."

Doch sie hatte es nicht getan. Das war nicht seine Jasmine. Sie war eine Kämpferin.

Jasmine fuhr fort. „Am Ende der beiden Wochen sagte meine Mom – ich erinnere mich noch ganz deutlich daran – ‚gibst du deinen Traum jetzt auf, oder wirst du darum kämpfen?' Natürlich war ich eine Kämpferin. Ich wäre mit neunzehn nicht an den Broadway gekommen, wenn ich das nicht wäre. Das wusste sie. Also sagte ich, ‚Auf gehts.' Ich eilte nach oben, um meinen Koffer zu holen, doch sie hielt mich zurück. Sie sagte, ‚Der ist schon im Auto.'" Jasmine lachte reumütig. „Das ist also die erbärmliche Wahrheit. Ich dachte einmal, ich wäre verliebt, hatte deswegen einen vollkommenen Zusammenbruch, und jetzt bin ich hier, kaum in der

Lage, jemanden beim Sex anzusehen, weil ich dadurch zu viel empfinde, das macht mich ängstlich und verwundbar. Als läge mein Herz in deinen Händen und stünde kurz davor, zerdrückt zu werden."

Sie stieß ein lautes Seufzen aus und schwieg. Einige Augenblicke später schien sie eingeschlafen zu sein. Er riskierte einen Blick auf sie. Japp. Sie schlief tief und fest. Er legte seine Arme fester um sie. Es brachte ihn um, sich Jasmine so verzweifelt vorzustellen, dass sie einen Zusammenbruch hatte. Er würde so sehr auf ihr Herz aufpassen, wenn sie es ihm jemals anvertrauen würde.

Jetzt konnte er wirklich nicht schlafen. Er dachte unentwegt an Jasmines widersprüchliche Seiten – so tough, so wütend und doch so verletzlich. Und dieser winzige Teil von ihm, der sich immer noch zurückgehalten hatte, gab schließlich den Kampf auf, als er sich selbst eingestand, wie sehr er sie liebte. Er streichelte ihre Haare, während sie schlief, und dachte angestrengt nach. Sollte er ihr sagen, dass er alles gehört hatte? Ihr sagen, dass er es verstand, und ihr die Sicherheit geben, dass sie ihm vertrauen konnte? Vermutlich wäre sie außer sich vor Wut, dass er so lange geschwiegen hatte, während sie etwas so Persönliches ausgesprochen hatte, etwas so Schmerzhaftes, dass sie es niemals einer anderen Menschenseele anvertraut hatte.

Endlich kam er zu dem Schluss, dass der einzig logische Schritt war, sie zu heiraten. Er liebte sie und war sich ziemlich sicher, dass auch sie ihn liebte, obwohl sie es nicht gesagt hatte. Sie hätte nicht das Gefühl, ihr Herz läge in seinen Händen, wenn sie nicht viel für ihn empfand. Auch er hatte es ja noch nicht ausgesprochen, doch es lag in jedem Kuss, jeder Berührung, und ihre Tränen sagten ihm, dass sie seine Liebe auch spürte.

Eine Hochzeit würde ihr auf die stärkstmögliche Weise zeigen, dass ihre Liebe bei ihm sicher war und erwidert wurde. Als das klar war, schlief er endlich ein.

~

Will fuhr am nächsten Nachmittag zurück ins Krankenhaus, sobald seine Mom ihm sagte, dass ein Besuch okay wäre. Jasmine war früh am Morgen ungewöhnlich still gegangen und hatte ihn gebeten, sie anzurufen, um sie, was seinen Dad anging, auf den neuesten Stand zu bringen. Er war sich nicht sicher, was er nach dem nächtlichen Geständnis sagen sollte, das er angeblich nicht gehört hatte, deswegen küsste er sie nur zärtlich und sagte, er werde anrufen.

Als er das Krankenhauszimmer seines Dads betrat, war er überrascht, als er Chaz dort vorfand. Sein Bruder war vor nicht einmal einer Woche nach Kalifornien zurückgeflogen.

„Schau mal, wer da ist", sagte sein Dad und deutete auf Chaz.

Will ging zu ihm und schüttelte seinem Bruder die Hand. „Hey, seit wann bist du hier?"

„Seit ungefähr einer Stunde", sagte Chaz. Er wandte sich an ihrem Dad. „Wenn du wolltest, dass ich Thanksgiving länger bleibe, hättest du mich doch bloß fragen müssen."

Ihr Dad schmunzelte.

„Wie fühlst du dich heute, Dad?", fragte Will.

„Mir geht es gut", sagte sein Dad. „Ich habe auch dem Arzt gesagt, dass es mir gut geht. Ich bin es leid, gepikst und untersucht zu werden. Diese Schwestern lassen mich nachts nicht einmal schlafen. Sie kommen einfach ständig ins Zimmer, rund um die Uhr, um sich meine Werte anzusehen."

„Ja, so etwas tun sie", sagte Chaz. „Ich erinnere mich daran. Das macht keinen Spaß."

Wills Magen brannte, als das Schuldbewusstsein ein weiteres Mal zustach. Chaz war nach dem Unfall wochenlang im Krankenhaus gewesen.

Sie blieben kurz und versuchten, ihren Dad aufzumuntern, bevor er sie schließlich rausschmiss und sagte, dass er müde war.

„Möchtest du einen Kaffee?", fragte Chaz Will, während sie den Krankenhausflur entlanggingen. „Ich bin von der Reise völlig fertig."

„Sicher. Lass uns in die Cafeteria gehen, dann können wir nachher noch einmal nach ihm schauen."

„Japp."

Sie gingen zur Cafeteria und setzten sich mit zwei großen Kaffee an einen Tisch. Die Cafeteria mit ihren weißen Wänden und den orangefarbenen Tischen war deprimierend. Die grellen Neonlichter bescherten Will Kopfschmerzen. Er rieb sich die Schläfen.

„Meinst du, es wird ihm gut gehen?", fragte Chaz.

Will nickte. „Ja, Mom sagte, der Arzt meint, dass jetzt alles gut sein sollte. Er ist zu jung, um zu gehen."

Chaz trommelte mit den Fingern auf den Tisch. „Ja, er ist so stur, um zu sterben. Doch er muss sich an eine wirklich strikte Diät halten. Meinst du wirklich, dass er sich daran halten wird?"

„Mom wird schon dafür sorgen." Er zögerte, als ihn seine eigene Sorge überkam. „Richtig?"

„Ja, ja. Richtig."

Sie tranken beide ihren Kaffee.

„Bist du immer noch wütend wegen Carrie?", fragte Chaz.

Will war überrascht. Carrie war das Letzte, woran er gedacht hatte. Er konnte nur daran denken, wie knapp es gewesen war, dass sie ihren Dad beinahe verloren hätten. Außerdem hatte Jasmine sein Herz gestohlen und war damit davongerannt. Er konnte sich jetzt nicht mehr vorstellen, mit der süßen, vorsichtigen Carrie zusammen zu sein. Sie hatte immer angefangen zu weinen, wenn sie sich stritten. Bei ihr ging er immer wie auf Eiern. Es hatte ihm gefallen, wie sie sich um ihn gekümmert und für ihn gekocht hatte, doch er hatte festgestellt, dass er das auch selbst konnte. Jasmine brachte Aufregung in sein Leben, nicht nur körperlich. Sie passte auf die beste, wahnsinnigmachendste Art und Weise zu ihm.

„Nee", sagte Will.

„Wirklich?", fragte Chaz.

„Ist schon in Ordnung", erwiderte er wahrheitsgemäß.

Chaz stieß einen erleichterten Seufzer aus. „Gut. Ich kann dir gar nicht sagen, wie schuldig ich mich wegen der ganzen Sache gefühlt habe. Doch sobald ich auch nur einen Blick auf sie geworfen hatte, war ich wie ein Güterzug, weißt du? Liebe auf den ersten Blick."

Will glaubte nicht an Liebe auf den ersten Blick, doch er ließ es so stehen. Als er Jasmine kennengelernt hatte, klar, da war ihm zuerst ihre Schönheit aufgefallen, ihre wilden Haare, doch sie waren auf die vollkommen falsche Art aneinandergeraten. Natürlich war das ein schlechter Moment in seinem Leben gewesen – er hatte unter Stress gestanden, weil er die Kieferorthopädie Praxis übernehmen wollte. Es war nicht leicht gewesen, zum ersten Mal allein und ohne Hilfe von seinem Dad (der auf seiner Ruhestandskreuzfahrt gewesen war) eine Praxis zu managen. Er war in dieses Sommertheater genötigt worden und auch deswegen wütend auf seinen Dad gewesen. Ganz zu schweigen davon, dass er immer noch verletzt gewesen war wegen Chaz und Carrie. Jetzt war es in Ordnung. Die Praxis lief glatt, das Sommertheater war vorbei, und er war verrückt nach Jasmine. Das Einzige, was in seinem Leben nicht stimmte, saß ihm am Tisch gegenüber.

Will räusperte sich. „Apropos schuldig …"

„Ja?"

Er starrte auf Chaz' Stock, der gegen den Tisch gelehnt war. Er schüttelte den Kopf. „Ach, egal."

„Du fühlst dich schuldig wegen des Stocks?"

Wills Kopf zuckte überrascht hoch. „Ja", gestand er.

„Es ist ätzend", sagte Chaz.

Wills Kehle verengte sich. Natürlich war es das. Er wusste das. „Es tut mir leid", sagte er, obwohl das nicht reichte. Niemals würde das reichen.

„Der Unfall war ätzend", sagte Chaz.

„Es war alles meine Schuld", sagte Will. „Du hättest Dads Praxis übernehmen sollen."

Chaz hob eine Hand. „Whoa, whoa, whoa! Mal ganz ruhig. Der Unfall war ätzend. Dieses blöde Bein ist ätzend. Aber ich wäre als Kieferorthopäde niemals glücklich geworden. Ich saß in den Erwartungen an den Erstgeborenen fest. Dieses Leben hätte mich niemals glücklich gemacht."

So hatte Will noch nie darüber nachgedacht. Er hatte

immer vermutet, dass Chaz dieses Leben gewollt hatte. „Wirklich?"

Chaz nickte. „Und jetzt ..." Er grinste. „Ich bin so verdammt glücklich, ich kann es nicht einmal fassen."

„Oh."

„Der Unfall war ätzend, aber es ist nur Gutes daraus hervorgegangen. Du musst dich nicht schuldig fühlen. Okay? Mir geht es gut."

Wills Augen wurden feucht. Er nahm einen Schluck von seinem Kaffee, um das zu überspielen.

„Dad wird es wieder gut gehen", sagte Will seinem Bruder zuliebe.

„Japp." Chaz trank seinen Kaffee und wandte den Blick ab.

Sie saßen in freundschaftlichem Schweigen beieinander und tranken ihren Kaffee, während Will versuchte, die Tatsache zu verarbeiten, dass Chaz ihm vergeben hatte. Sein Kopf fühlte sich merkwürdig an, ihm war irgendwie schwindlig. Er hatte sich immer besonders schlecht gefühlt, wenn er Chaz gesehen hatte, wenn er den Beweis von dem, was er getan hatte, direkt vor Augen hatte.

Chaz holte sein Handy hervor. „Ich werde mal hören, wie es Carrie geht."

Will nickte abwesend, als sein Bruder nach draußen ging, um zu telefonieren. Er dachte daran, Jasmine anzurufen, doch er musste sich noch von der Tatsache erholen, dass ihm unerwartet vergeben worden war. Er machte stattdessen einen langen Spaziergang. Und als er zurückkehrte, fühlte er sich leichter als er es seit vielen Jahren getan hatte. Wenn es jetzt nur auch seinem Dad wieder gut gehen würde und Jasmine lange genug aufhören würde, ihn abzuwehren, um zuzugeben, dass sie ihn so sehr liebte, wie er sie liebte, wäre sein Leben perfekt.

Als Jasmine an jenem Abend die Tür öffnete, war sie überrascht, Will dort stehen zu sehen, seine Haare waren zerzaust, wie wenn er unter Stress stand, sein Gesichtsausdruck wirkte, als würde er gleich in Tränen ausbrechen.

Ihr Herz pochte. „Was ist denn los? Dein Dad?"

Er trat ein und legte seine Arme um sie. „Nein, es geht ihm gut. Er wird wieder."

Sie blinzelte Tränen beiseite. „Oh, Gott sei Dank."

Er löste sich von ihr und hielt ihre Hände. „Chaz hat mir vergeben."

Sie lächelte. „Siehst du? Was hat er gesagt?"

„Er sagte, er wäre niemals mit dem Leben, das ihm bevorstand, glücklich geworden, also war es, obwohl es so ätzend war, auch eine gute Sache."

„Habe ich dir doch gesagt, dass es gut wäre, mit ihm zu sprechen."

Er stupste sie unter dem Kinn an. „Jetzt sei mal nicht so überheblich. Ich wäre irgendwann schon auch noch selbst darauf gekommen."

„Mmm-hmm."

Er betrachtete ihr Gesicht. „Jaz, darf ich dir etwas sagen?"

Sie wurde gleich misstrauisch. „Was?"

„Ich liebe dich."

Ihre Kehle verengte sich vor Emotionen. Sie brachte kaum ein Wort heraus. „Oh."

Er ließ ihre Hände los und trat einen Schritt zurück. „Oh? Das war's?"

Sie schüttelte den Kopf, ihre Kehle war immer noch verschlossen. Kein Mann hatte jemals diese drei Worte zu ihr gesagt und sie auch gemeint.

„Gib es zu", verlangte er. „Du liebst mich auch."

Ihr sträubten sich die Nackenhaare. „Will! Du kannst nicht einfach von jemandem verlangen, dass er dich liebt."

„Verdammt. Ich dachte, nach letzter Nacht –"

„Warum drängst du mich immer dazu, etwas Bestimmtes zu sein? Wenn du mich wirklich lieben würdest, würdest du aufhören mit dem Versuch, mich ändern zu wollen."

„Ich bin nicht ..." Er schob beide Hände in seine Haare, und es blieb so durcheinander, wie es ihr besonders gut gefiel. „Vergiss es!"

„Ich liebe dich ja", sagte sie leise. „Nur meine Kehle war verschlossen."

Er packte sie und presste sie fest an sich. Nachdem diese erdrückende Umarmung ein paar Augenblicke angehalten hatte, schob sie seine Brust. „Doch du weißt so gut wie ich, dass wir vor und zurück springen. Liebe und Hass, Liebe und Hass."

„Ich habe dich nie gehasst", sagte er heftig.

Sie löste sich aus seiner Umarmung, denn so konnte sie nicht gut denken. „Ich meine, wie wir den anderen in Rage versetzen. Wir streiten so viel. Ich möchte nicht mehr streiten, denn mittlerweile tut es weh."

„Dann streiten wir eben nicht mehr."

„Du warst eben wütend auf mich, weil ich *Ich liebe dich* nicht schnell genug erwidert habe."

„Aber doch nur, weil ich dachte, du wolltest es leugnen."

Sie stieß einen Atem aus. „So schwierig sollte das nicht sein. Liebe sollte einfach sein, zumindest am Anfang. Ich habe das Gefühl, wir brauchen schon eine Therapie, nur um zu lernen, wie wir miteinander auskommen."

„Wir kommen gut miteinander aus!", bellte er.

„Worüber bist du denn so wütend?"

„Du versuchst gerade, mit mir Schluss zu machen, nur, weil es nicht so einfach ist!" Er atmete einmal tief ein und senkte seine Stimme. „Jaz. Komm schon. Bitte. Es ist nur … ich bin mir sicher, dass es leichter werden wird. Wir lernen einander ja gerade erst kennen."

„Ich mache nicht mit dir Schluss. Ich bin nur … besorgt. Ich glaube, mittlerweile können wir einander ernsthaft schaden."

„Das werden wir nicht. Wir sind gut füreinander."

Da war sie sich nicht so sicher. Jeder Streit fühlte sich schmerzhaft an. Jede Drohung einer Trennung fühlte sich entsetzlich an. Doch wenn sie so in die Zukunft blickte und daran dachte, wie sie einander möglicherweise zerrissen, fühlte auch das sich entsetzlich an.

Sie sah ihn an – den Mann, mit dem sie nicht leben konnte, den Mann, ohne den sie nicht leben konnte.

Er erwiderte den Blick. Dann umfasste er ihre Wange. „Ich möchte Liebe mit ihr machen."

Sie trat einen Schritt zurück. „Siehst du? Das ist noch so etwas. Du lenkst mich immer wieder dazu, auf bestimmte Art und Weise mit dir zu schlafen, obwohl du weißt, dass ich es nicht mag."

„Jaz", sagte er vorsichtig. „Du hast ja nur geweint, weil du etwas empfunden hast."

Sie runzelte die Stirn. „Sehr gut, Dr. Levi. Sie gewinnen den Preis Psychologe des Jahres."

Er warf die Hände in die Luft. „Dann eben auf deine Weise. Wir werden einfach ficken. Jetzt glücklich?"

„Nein, nicht glücklich! Genau davon rede ich ja! Diese ganzen Streitereien! Diese ständigen Versuche, mich zu ändern!"

„Ich versuche doch gar nicht, dich zu ändern! Ich versuche, das zu tun, was du willst."

Sie schüttelte den Kopf. „So hast du aber nicht geklungen. Du hast nicht ernst geklungen."

„Ich weiß nicht einmal, was zum Teufel das heißen soll!", schrie er.

„Hör auf, mich anzuschreien!", schrie sie zurück. „Ich möchte nicht streiten."

„Ich auch nicht!"

Am liebsten hätte sie geheult. Es war hoffnungslos. Sie sollten einfach aufhören, einander an die Kehle zu gehen.

Sie deutete auf die Tür. „Ich denke, du solltest gehen, bevor einer von uns noch etwas sagt, das er bereut."

„Du treibst mich in den Wahnsinn!", schrie er. „Den verdammten Wahnsinn! Du liebst mich. Das hast du gesagt."

Er ging einfach nicht, und sie konnte das Streiten nicht mehr ertragen, deswegen nahm sie sich ihren Mantel und ihre Handtasche und ließ ihn da stehen.

„Das hier ist noch nicht vorbei!", schrie er durch die Tür.

Sie stieß einen Atem aus und ging weiter. Was sollte sie bloß mit ihm tun? Das konnte unmöglich richtig sein. Ihre Eltern gingen so friedlich miteinander um. Sie stritten sich nie. Das konnte unmöglich ihre Zukunft sein.

„Meine Damen, bitte, hören Sie auf, diese Hochzeitsdecke zu stricken", sagte Will zwei Tage später im Strickclub. Es tat weh, sie anzusehen. Die Decke war fast so weit, dass man sie zusammensetzen konnte. „Es wird niemals geschehen. Die Liebe meines Lebens gehört in eine Irrenanstalt."

„Nun, komm schon", ermahnte ihn die süße Pam. „So schlimm kann es doch gar nicht sein."

„Männer glauben immer, dass es die Frau ist, die in die Anstalt gehört", sagte die verbitterte Diane.

„Erzähl uns, was passiert ist", sagte die verrückte Maggie, ihre Augen vor vergnügter Vorfreude geweitet.

Er wollte wirklich nicht über ihren Streit reden. Es war so dumm. Sie liebten einander, doch für Jasmine war das nicht gut genug. Nein, sie mussten ein Bilderbuchpaar werden, ehe sie über eine Zukunft nachdenken würde. Nun, das Leben war eben nicht perfekt. Sein Leben war es sicherlich nie gewesen.

Er machte sich wieder ans Stricken und zuckte überrascht zusammen, als Maggie ihm die Nadeln aus der Hand riss. „Hey!"

„Erzähl!", verlangte Maggie. „Oder der Schal muss dran glauben." Sie legte eine Hand auf die Maschen auf der Nadel, bereit, sie herunterzuziehen. Sein Herz zog sich zusammen. Vermutlich würde sie das ganze Ding aufribbeln. Für diesen Schal hatte er Wochen gebraucht. Er war fast fertig.

„Sie sagt, wir streiten uns zu viel!", rief er.

„Oh, das ist okay." Maggie reichte ihm die Nadeln zurück. Er sah sie finster an und machte sich wieder ans Stricken.

Im Raum wurde es still. Will sah auf und stellte fest, dass alle Frauen ihn anstarrten.

„Ich glaube, er braucht eine Intervention", erklärte Maggie.

„Das ist die einzige Lösung", sagte Pam.

Der Rest der Frauen war einverstanden.

Will runzelte die Stirn. „Ich habe Angst, zu fragen."

Maggie tätschelte ihm den Arm. „Überlass einfach alles uns."

Will bekam ein schlechtes Gefühl. „Macht bitte nichts. Okay? Ihr kennt sie nicht. Sie geht bei der kleinsten Sache hoch. Sie ist unmöglich."

„Was hältst du von der Hochzeitsdecke?", fragte Maggie und zeigte ihm ihren Abschnitt, die Mitte der Decke, der komplizierteste Teil, eine Reihe ineinander liegender Ringe.

„Sie ist wunderschön", sagte er. „Wie hast du denn die Ringe so hinbekommen?"

Maggie tauschte mit den anderen Frauen einen Blick aus, den er nicht ganz deuten konnte, und erklärte ihm, wie dieses Zopfmuster funktionierte. „Versuch es doch mal", forderte sie ihn auf und reichte ihm ihre Nadeln und die Zopfnadel.

Das tat er. „Es sieht viel komplizierter aus als es wirklich ist."

Sie tätschelte ihm den Arm. „Das ist so, Will. Das ist ganz sicher so."

Jasmine fuhr am Mittwochabend zum Haus ihrer Eltern zum Abendessen, sie brauchte den Trost ihres Zuhauses. Will musste ihr wohl aus dem Weg gegangen sein, denn bei der Arbeit begegnete sie ihm nicht mehr. Er hatte nicht angerufen und auch nicht geschrieben, genauso wenig wie sie. Sie hatte das Gefühl, dass sie feststeckten, und sie war sich nicht sicher, ob sie versuchen sollte, vorwärts zu kommen oder verdammt noch mal einen Rückzieher zu machen.

Mit ihrem Schlüssel öffnete sie selbst das Haus ihrer Eltern und atmete einmal tief ein, als sie Schmorbraten roch. Ihre Mom war solch eine gute Köchin. Jasmine war mit dem Tanzen viel zu beschäftigt gewesen, um Zeit mit ihr in der Küche zu verbringen. Nicht, dass sie jemals Essen hatte genießen können, wenn sie sich bei all diesem brutalen Vortanzen auf die schlimmen Konkurrenzkämpfe einließ. Damals hätte sie nie auch nur ein Gramm Fett an sich haben können.

„Jasmine, bist du das?", rief ihre Mom.

„Ich bin es." Sie hängte ihren Mantel an die Garderobe und ging nach hinten in die Küche. „Es duftet himmlisch. Brauchst du Hilfe?"

„Du könntest uns einen Salat machen", schlug ihre Mom vor.

Sie holte die Zutaten aus dem Kühlschrank. „Wo sind Dad und Zoe?"

„Dad ist in seinem Sessel wieder eingeschlafen", sagte ihre Mom kopfschüttelnd. „Er bleibt jeden Abend viel zu lange auf, um sich Sport anzusehen. Es muss nicht einmal ein Live-spiel sein. Er schaut sich Wiederholungen von Spielen an, die vor Jahren stattgefunden haben." Sie übergoss den Braten mit Fett. „Zoe arbeitet heute Abend."

Jasmine warf den gemischten Salat in die große Salat-schüssel, die sie immer dafür benutzten. Dann machte sie sich daran, Karotten und Kirschtomaten zu putzen. Im Haus ihrer Eltern war es so friedlich. Sie stieß einen leisen Seufzer aus. Das Heim sollte ein Zufluchtsort sein. Sie versuchte, sich vorzustellen, wie sie sich ein Heim mit Will teilte – nur Streit und Sex. Verrückt. Es wäre verrückt, sich auf solch eine Zukunft einzulassen.

„Wie geht es Wills Dad?", fragte ihre Mom.

„Es geht ihm großartig. Er wird jetzt auf seine Ernährung achten müssen. An eine Operation ist er gerade noch vorbei-gekommen, das ist also gut." Sie hatte Brian zu Hause besucht, um es selbst zu sehen, und war froh, dass er wieder der alte Witzereißer war.

„Nun, wir müssen jetzt alle auf unsere Ernährung achten, nicht wahr?"

„Japp." Sie trocknete die Karotten und schälte sie. Kleine Stückchen der Schale flogen in die Spüle. Die würde sie später herausnehmen.

„Und wie geht es Will?", fragte ihre Mom vorsichtig. Zu vorsichtig.

Jasmine drehte sich um. „Sprechen die Leute über uns?"

„Nun …" Ihre Mom verzog das Gesicht. „Nichts, worüber man sich Sorgen machen sollte."

Alle mussten sich verdammt noch mal in Clover Park einmischen. „Was hast du gehört?"

Ihre Mom winkte das ab. „Ich gebe nichts auf Klatsch. Mir geht es um meine Tochter. Gibt es da etwas, worüber du sprechen möchtest?"

Jasmine rieb sich die Schläfe. „Wir streiten nur, Mom. Die ganze Zeit. Es tut weh. Ich weiß nicht, was ich tun soll. Ich möchte mich nicht mehr streiten, aber es ist, als könnten wir nicht aufhören."

„Ah!" Ihre Mom goss sich ein Glas Wasser ein.

„Das war's? Kein Mutter-Tochter-Rat? Nur Ah?"

Ihre Mom machte ts. „Setz dich."

Jasmine setzte sich neben sie an den Küchentisch.

„Ich sage das ja nur ungern", sagte ihre Mom, „aber du hast aus beiden Welten das Schlimmste abbekommen."

Verwirrt zog sie ihre Brauen zusammen. „Wovon sprichst du?"

„Du hast das Temperament deines Dads und meine Empfindlichkeit."

„Und was ist so schlimm daran?", verlangte sie zu wissen, etwas verletzt, dass ihre eigene Mutter sie auf ihre Fehler hinwies.

Ihre Mom schüttelte den Kopf. „Dein Dad hat ein paar Jahre gebraucht, um herauszufinden, wie er mit mir diskutieren konnte, ohne dass ich am Ende in Tränen ausbrach."

Sie riss die Augen weit auf. Sie hatte ihre Eltern nie streiten gehört. „Du und Dad, ihr streitet euch?"

Ihre Mom lächelte. „Manchmal. Aber wir streiten fair. Wir werden nicht persönlich, haben nur Meinungsverschiedenheiten. Und, Junge, hatte er vielleicht viele Meinungen!"

Sie schnaubte. Das stimmte sicherlich.

„Ich glaube, du und Will seid ziemlich ähnlich", sagte ihre Mom und nahm ihre Hand. „Du würdest nicht mit ihm streiten, wenn er den Streit nicht gleich erwidern würde. Du achtest dafür viel zu sehr auf die Gefühle anderer Menschen."

Jasmine hätte am liebsten geheult. Sie waren dem Untergang geweiht. „Das war's also? Wir werden niemals miteinander auskommen?"

„Das hängt von dir und Will ab", sagte ihre Mom vorsichtig. „Was ist dir wichtiger? Dass dein Temperament mit dir durchgeht oder dass ihr miteinander auskommt?"

„Er macht das auch. Das bin nicht nur ich."

„Dann ist das eine Frage, die ihr einander stellen solltet." Ihre Mom streichelte ihr den Rücken. „Ich bin mir sicher, ihr bekommt das hin."

Sie sah ihre Mom mit etwas, das nahe an Verzweiflung war, an. „Oder was?"

„Das kannst nur du beantworten."

Ihre Mom holte Brötchen und Butter heraus und machte sich wieder daran, das Abendessen vorzubereiten. Für sie war es leicht, so ruhig zu sein. Ihr Leben fiel ja gerade nicht auseinander. Sie war nicht zum ersten Mal in den einen Mann verliebt, mit dem sie nicht auskommen konnte.

Jasmine ging zur Hintertür hinaus und stieß einen langen, frustrierten Schrei aus. Als sie zurück in die Küche kam, stand ihr Dad da.

„Was ist los mit dir, mein Mädchen?", fragte er. „Du hast mich geweckt. Du hast die ganze verdammte Nachbarschaft aufgeweckt."

„Das sind deine Gene", erwiderte sie.

Er wandte sich fragend ihrer Mom zu. Ihre Mom zuckte bloß die Schultern. Dann drehte er sich zu Jasmine zurück und musterte ihren zweifellos aufgebrachten Zustand. „Bereitet Will dir irgendwelche Schwierigkeiten? Du musst es nur sagen."

„Dad." Als würde sie wirklich zulassen, dass ihr Dad ihrem Freund in den Hintern trat.

„Ich bin noch nicht zu alt, um einen Kampf zu gewinnen", prahlte er und spannte seinen Bizeps an.

„Ooh", sagte ihre Mom und drückte seinen Bizeps.

Jasmine verdrehte die Augen, als ihr Dad einen Arm um die Schultern ihrer Mom legte und sie an sich zog.

„Geh und sieh mal nach, ob wir Post haben, Jaz", sagte ihr Dad.

Dankbar verließ sie die Küche, als sie ihre Mom noch

sagen hörte: „Hal", gefolgt von einem Kichern und dann Stille. Jasmine nahm sich ihren Mantel und ging zum Briefkasten, denn sie wollte nichts mehr von diesem dummen Geturtel von den beiden Menschen hören, denen sie das Schlimmste beider Welten zu verdanken hatte.

13

___

Will entschied am Freitag, dass der einzige Weg, zu Jasmine durchzudringen war, sie zu zermürben. Außerdem war ihre Hochzeitsdecke fertig. Das war sicherlich ein Zeichen, dass es für ihn an der Zeit war, den nächsten Schritt zu gehen. Er setzte seinen Plan gleich um und ließ eine ganze Woche nicht locker.

Aus Versehen lief er ihr absichtlich so oft wie möglich im gemeinsamen Flur über den Weg. Und wenn er das tat, drängte er sie gegen die Wand. Es lief jedes Mal gleich. An der Wand hatte er sie in der Falle, seine Hände stützten sich seitlich neben ihre Hüfte. Ihre Atmung beschleunigte sich erwartungsvoll.

„Will", sagte sie dann mit leiser Stimme.

Er nahm ihre Wange und beugte sich langsam hinab, bevor er seinen Mund auf ihren presste, weil sie einfach perfekt zusammenpassten. Er küsste sie vorsichtig, bis sie sich öffnete, und er schob seine Zunge hinein, verlangte sie für sich, kostete sie. Doch immer noch vorsichtig, zärtlich, auf eine Art, von der sie sehr gut wusste, dass sie bedeutete, dass er sie von ganzem Herzen liebte. Und er wusste, dass seine Botschaft ankam, denn wenn er sich von ihr löste, um ihr in die Augen zu sehen, waren sie immer feucht vor Tränen. Ihre

Emotionen, die Zärtlichkeit, die sie ihm erwiderte, überwältigten sie.

Und dann, während sie noch dastand und von seinem Kuss ganz durcheinander war, lächelte er und ging davon. Darauf reagierte sie mit einer Reihe Flüchen.

Und am Ende jedes Arbeitstages ging er an ihrem Studio vorbei und begann einen Streit mit ihr. Er wollte sie wissen lassen, dass er jetzt Teil ihres Lebens war, ob sie einander nun küssten oder miteinander stritten. Worüber stritten sie? Ihre Musik. Sie war zu laut. Das war sie wirklich. Und sie hatte ihre Seite des Gebäudes immer noch nicht schallisolieren lassen. Der Hip-Hop war besonders nervtötend. Und wenn er genug davon hatte, dass sie ihn anschrie, fing er von vorne an – drängte sie zurück, küsste sie mit all der Liebe in seinem Herzen.

„Will, bitte, das bringt gar nichts", sagte sie dann leise.

„Ich küss dich morgen wieder", erwiderte er mit einem Grinsen.

„Mann!"

Dann verließ er sie, bevor sie zu schreien anfangen konnte.

Er machte ihr seinen Punkt klar – sie gehörten zusammen.

Jasmine konzentrierte sich in der nächsten Woche auf das Vortanzen für den Nussknacker, den ihre Schüler aufführen sollten. Will schien es sich zur Mission gemacht zu haben, ihren Kopf schwindlig zu machen. Entweder fing er einen Streit mit ihr an oder versuchte, sie mit gestohlenen, zärtlichen Küssen in ihrem Studio oder im Flur des Gebäudes zu überwältigen. Sie weigerte sich, unter diesen Bedingungen mit ihm zu schlafen – schwankend zwischen Liebe und Hass.

Doch dann wurde ihre Welt auf den Kopf gestellt, wirbelte herum und neigte sich an der Achse, machte sie ganz wirr.

Es war der Samstagmorgen der Aufführung. Sie hatte keine Kurse, denn ihre Schüler würden ja heute Abend bei der Show auftreten. Sie ging dennoch in ihr Studio und tanzte einfach zum Spaß solo. Denn das war sie. Sie legte Tschaikowskys *Nussknacker* auf und tanzte Ballett – Arabesken, Pliés, Pirouetten. Sie legte eine ganze Serie von Chaînés hin, schnelle Drehungen schräg über den Tanzboden. Sie sprang in einen Grand Jeté, als die Musik sie mitriss. Sie hatte vier Lieder hinter sich, als das Türglöckchen ihres Studios erklang.

Sie ging hinaus, um nachzusehen, und sah die Frauen aus Wills Strickclub dort stehen. „Hi, alle zusammen, kommt rein. Es ist kalt da draußen."

Die älteren Frauen, die alle in dicken Jacken, Strickhüten und Schals verpackt waren, drängten sich in den Warteraum.

„Dies ist eine Intervention", verkündete Maggie.

„Für Will", warf Pam ein.

„Oh", sagte Jasmine. „Hat er, ähm, euch hergeschickt?" Will arbeitete für gewöhnlich am Samstagmorgen. Das war merkwürdig, sogar für ihn.

Shirley, Barbara und Pat sagten im Chor: „Er liebt dich."

„Liebe ist nicht immer perfekt", sagte Maggie. Dann holte sie eine cremefarbene selbstgestrickte Decke aus einer großen Tüte. Die Frauen versammelten sich um sie und hielten die Ecken so, dass sie ausgebreitet wurde. Sie war groß genug, um auf ein Doppelbett zu passen. Ineinander liegende Ringe bildeten die Mitte.

Jasmine starrte sie an. „Wow! Die ist wunderschön." Sie sah alle Frauen an, die stolz lächelten. „Habt ihr die selbst gemacht?"

„Will hat geholfen", sagte Pam.

„Das war eine Masche", protestierte Diane.

„Dennoch zählt es", verkündete Barbara.

„Sie ist für dich", sagte Maggie. „Das ist eine Hochzeitsdecke."

Sie stolperte zurück, ihr Herz pochte wie wild. „Meine was? Wo ist Will?" Sie sah hinter sie. Kein Will.

„Wir vertrauen auf dich und Will", sagte Pam. „Du auch?"

Sie biss sich auf die Lippe und brach dann den Tränen aus. Sie bedeckte ihr Gesicht mit beiden Händen. Das war so peinlich. In letzter Zeit hatte sie viel zu viel geweint. Sie spürte, wie ihr die Decke umgelegt wurde, fest und eng. Sie spürte, wie sie eingewickelt wurde, und ihr ganzer Körper entspannte sich in die Wärme.

„Immer, wenn ihr euch streitet", sagte Maggie. „Dann erinnere dich an die Liebe darunter."

„Diese Decke soll dich daran erinnern, dass, ganz egal, wie weit entfernt ihr voneinander seid", sagte Pam, „diese ineinander liegenden Ringe euch aneinanderbinden."

Jasmine schniefte und musterte sie alle. „Ihr spielt nicht fair."

„Verdammt richtig", sagte Diane.

Die Frauen grinsten einander an. Dann nahmen sie die Decke von ihr. Sie erbebte, weil die Wärme jetzt fehlte. Maggie faltete sie zusammen und legte sie zurück in die Tüte. Doch anstatt sie ihr dann zu reichen, wandte Maggie sich zum Gehen.

„Wartet!", sagte Jasmine. „Wohin geht ihr denn mit meiner Hochzeitsdecke?"

„Du wirst sie zurückbekommen, wenn du eine Hochzeit planst, mein Mädchen!", rief Maggie. Und dann waren sie zur Tür hinaus.

Jasmine ließ sich auf einen Stuhl sinken und war völlig überwältigt, als sie im Kopf die merkwürdige Begegnung noch einmal durchspielte.

An jenem Abend war Jasmine so stolz auf ihre Schüler. Sie traten im Auditorium der Clover Park High auf. Die Dreijährigen spielten Engel in niedlichen kleinen rosa Tutus mit Heiligenscheinen, die in ihre Haare gesteckt waren. Sie schafften es, die Ballettbewegungen alle zu bewältigen, während sie sie vom Orchestergraben aus coachte. Ein kleines Mädchen schrie mittendrin: „Hi, Daddy!", doch auch das war in Ordnung. Dem Publikum, das hauptsächlich aus den Eltern bestand, gefiel es. Selbst ihre Erwachsenen aus dem

Stepptanzkurs hatten einen fantastischen Auftritt beim Marsch der Zinnsoldaten hingelegt, wobei Tony eine grässliche Bassdrum spielte, um sie aufzuwecken. Sie hatte sich bei den Liedern und den Tanzstilen Freiheiten erlaubt, um sie an ihre Schüler anzupassen. Es gab Ballett, Stepp, Jazz, Modern Dance und Hip-Hop Nummern in lockeren Interpretationen des Originals.

Und dann, nach dem Applaus, nachdem die Lichter im Haus wieder angingen und die Leute allmählich aufbrachen, tauchte Tony mit Rosen an ihrer Seite auf.

„Großartiger Job heute Abend, Coach", sagte er und reichte ihr die Rosen.

„Aw, du musstest mir doch keine Blumen kaufen", sagte sie. „Ihr hattet doch die harte Arbeit. Gute Show."

„Danke, aber die sind nicht von mir. Sie sind von Will." Er grinste und reichte ihr ein Handy. Sie sah hinab. Es gehörte Will. Tony rief eine Hip-Hop Playlist auf dem Handy auf.

„Was ist los?", fragte sie. Das war bizarr. Will mochte Hip-Hop nicht einmal.

„Drück einfach auf Play, wenn alle gegangen sind, dann bekommst du noch einen Auftritt." Tony wackelte komisch mit seinen Brauen. „Dr. Sexy wartet."

Sie starrte ihn entsetzt an. Will hasste es, wenn man ihn Dr. Sexy nannte. Tony lachte leise und ging zur Tür hinaus. Sie setzte sich in die erste Reihe und wartete. Neugierig sagte sie vorsichtig: „Will?"

„Sind alle weg?", rief er von irgendwo hinter der Bühne.

„Fast."

„Ich werde warten."

Oh-kay. Als alle gegangen waren, drückte sie auf Play.

Will stürmte mit Sonnenbrille, einer seitlich gedrehten Red Sox Baseballkappe, einem weißen Tanktop, Basketballshorts und roten hohen Sneakers auf die Bühne. Er sah so bizarr aus, so anders als der Mann, den sie kannte, doch auch so unwiderstehlich niedlich. Eine riesige goldene Kette mit einem Anhänger lag um seinen Hals. Sie beugte sich vor und kniff die Augen zusammen. War das ein goldener Backenzahn?

Er wurde aktiv, machte Popping und Locking, sodass es

aussah, als stünde er, fiele dann ein wenig, stand wieder, fiel. Ihr fiel die Kinnlade herunter. Wo hatte er das gelernt? Hatte er sich Tanzvideos angesehen? Er warf sich auf den Boden, drehte sich schnell auf dem Rücken und versuchte, zurück auf die Füße zu springen, schaffte es aber nicht ganz. Er raffte sich vom Boden auf und machte coole Wellenbewegungen mit seinen Armen und dann vom Kopf bis zu den Füßen. Als Nächstes machte er einen Glide einmal über die Bühne nach rechts, dann in die andere Richtung.

Er blieb abrupt stehen, stemmte seine Hände in die Hüfte und sah sie an. „Mehr hab ich nicht."

Sie stellte die Musik aus und rannte die Stufen hinauf zur Bühne. „Was war das denn? Woher hast du dieses Outfit?" Sie nahm sich den Kettenanhänger. Es war tatsächlich ein Backenzahn. Sie kicherte.

„Tony", sagte er. „Die Kappe gehört mir."

Sie sah auf und stellte fest, dass seine Wangen gerötet waren. Sie zog ihn rasch in eine Umarmung. „Das war umwerfend." Sie nahm ihm die Sonnenbrille ab und stellte fest, dass seine Augen ganz ernst waren. „Doch warum hast du das getan?"

Er schenkte ihr ein langsames Lächeln. „Jetzt war ich mal locker."

„Oh, Will." Einen Moment lang sah sie ihm in die Augen. Etwas war anders. „Moment mal, wo ist deine Brille?"

„Ich trage Kontaktlinsen."

Sie lächelte. Er sah so niedlich ohne Brille aus. „Die solltest du öfter tragen."

„Mit der Brille sehe ich besser. Ich brauche sie bei der Arbeit." Er nahm ihre Hände und sah ihr in die Augen. „Hör zu, ich weiß, wir versuchen, uns gegenseitig zu ändern, aber ich sag dir was." Er ließ eine Hand los, um ihre Wange zu berühren. „Die Sache ist, ich glaube nicht, dass wir uns überhaupt sehr ändern müssen. Ich glaube, was wir wirklich brauchen, ist einander. Du brauchst meine unerschütterliche, pfeilgerade Art. Und ich brauche deine lockere, lustige Art."

Er hatte gemeint, dass sie seine zärtliche Art brauchte, doch er war zu männlich, um jemals zuzugeben, dass er der

Zärtlichere in dieser Beziehung war. Okay, sie war auch zärtlich, aber er noch viel mehr. Aber unerschütterlich war gut. Das hatte sie nicht gehabt, seitdem sie ihr Zuhause verlassen hatte. Bei ihren Jobs war es immer unvorhersagbar gewesen, wie lange sie sie haben würde, die Leute in ihrem Leben wechselten mit der Show, selbst ihr Tanzstudio war voller Unsicherheit, da sie noch im ersten Jahr war und versuchte, es am Leben zu halten. Und so sicher wie das Amen in der Kirche brauchte er ihre lustigere Seite.

„Will, ich liebe dich und –" Ihre Worte wurden von seinem Kuss unterbrochen. Sie schob seine Kette beiseite und legte ihre Arme um ihn, während er sie langsam und zärtlich küsste. Sie spürte die Liebe in seinem Kuss bis in ihre Seele. Kein Wunder, dass es ihr so schwerfiel, ihm zu widerstehen.

Er unterbrach den Kuss, doch er ließ seine Arme um ihre Taille, sodass sie immer noch gegen ihn gedrückt war. Dann lächelte er. Lächelte einfach weiter. Ihr Hip-Hop Kieferorthopäde.

„Du hattest recht", sagte sie leise.

Seine Brauen schossen in die Höhe. „Sprich weiter", sagte er grinsend. „Es gefällt mir, was du damit sagst."

Sie lächelte. „Du hattest recht damit, dass ich eine zarte Seite habe. Ich fühle die Dinge ganz tief, mehr, als vielleicht irgendjemand vermutet, und … nun, zum ersten Mal verliebt zu sein –" Sie hielt inne, um sich eine Träne wegzuwischen, die ihr entkommen war. Wills Blick war verständnisvoll, deswegen sprach sie weiter. „Nun, es war einfach furchteinflößend. Es fühlte sich an, als wäre mein Herz nicht mehr in meiner Brust und läge in deinen Händen."

„Ich werde mich gut darum kümmern", versprach er. Er hob ihr Kinn, um ihr in die Augen zu sehen. „Es ist so … Ich weiß nicht einmal das Wort dafür. Es ist so etwas Besonderes, dass ich deine erste Liebe bin, aber es ist sogar noch mehr als das. Es ist … umwerfend. Ich habe solch ein Glück."

„Ich will nicht mehr streiten", sagte sie. „Es fühlt sich an, als trampelst du auf mein Herz."

„Aber hin und wieder werden wir streiten. Das tut jeder. Und du hast solch ein hitziges Temperament."

Sie löste sich von ihm. „Habe ich nicht!"

Er grinste. „Ich aber auch. Wir sollten ein Sicherheitswort wählen. Wenn es zu viel wird, sagen wir das Wort, und dann hören wir auf zu streiten, bis wir uns beruhigt haben."

„Was für ein Wort?"

Er packte sie an der Taille und zog sie wieder an sich. Seine Hand streichelte über ihren Rücken und umfasste ihren Hintern. „Liebe machen?"

Sie sah ihn vielsagend an, dennoch strichen ihre Hände über seine warmen, muskulösen Arme. „Das sind aber zwei Wörter."

„Ficken", korrigierte er sich schnell.

Sie sah ihn aus zusammengekniffenen Augen an. „Du meinst wirklich, ich möchte Liebe mit dir machen, wenn wir uns streiten?"

„Das würde ja den Streit beenden. Ja?" Seine Hand rutschte tiefer und umfasste ihre Scham.

„Will, jetzt sei mal ernst!"

„Du bist gerade viel zu heiß auf mich."

Sie ächzte, hob aber dennoch ihr Bein, um es um ihn zu legen. „Wie wäre es mit Fliege?", neckte sie ihn.

Er lächelte zu ihr hinab. „Wie wäre es mit Kracher? Denn das bist du. Bei mir gehst du hoch."

„Ich glaube, es ist eher umgekehrt." Sie rieb sich an ihm, und er stöhnte, bevor er ihren Mund eroberte. Sie fuhr mit ihren Händen durch sein dickes Haar, und seine schiefsitzende Kappe fiel herunter. Er schien es nicht einmal zu bemerken. Dann schob sie ihre Hände unter sein Oberteil und strich über die Flächen seines warmen Rückens hinauf und hinunter. Sie wollte sich gerade nach vorne wagen, als er den Kuss unterbrach.

„Einverstanden?", fragte er atemlos. „Kracher?"

„Ja", hauchte sie. „Lass uns hier verschwinden."

Er wollte schon hinausgehen, doch dann blieb er stehen. „Beinahe hätte ich das bei deinem sexy Körper vergessen. Warte hier."

Sie lächelte, als er hinter der Bühne verschwand und dann mit einer großen Geschenktüte wieder auftauchte. Darin lag die Hochzeitsdecke. „Sie ist wieder da!", rief sie und drückte die Decke an ihre Brust.

„Wieder?"

„Ich habe sie heute Morgen bei der Intervention gesehen. Du weißt schon, die Damen aus deinem Strickclub?"

Er schob seine Hände in sein Haar. „Intervention! Wusste ich's doch, dass Maggie besonders verschlagen aussah, als ich sie nach der Decke gefragt habe. Ich habe sie gebeten, nichts zu unternehmen. Was haben sie getan?"

Sein Haar war ganz durcheinander und niedlich. „Sie haben mir gesagt, dass diese Ringe uns aneinanderbinden würden und dass ich, selbst wenn wir streiten, an die Liebe darunter denken soll." Sie blinzelte Tränen beiseite.

Er nahm ihr Gesicht in seine Hände. „Ich liebe dich, Jasmine."

„Ich liebe dich auch", sagte sie leise.

Er ging auf ein Knie hinunter. „Willst du mich heiraten?"

Sie brach in Tränen aus und wurde wütend deswegen, wischte sich wie wild über die Augen. „Ja." Er legte seine Arme um sie. „Warte!" Sie zog die Decke zwischen ihnen heraus und wickelte sie dann um sie beide. Er lächelte und hielt sie ganz fest. „Ich hasse es, wenn ich weine", sagte sie.

„Das weiß ich." Er küsste ihre Haare. „Jaz, ich habe dich neulich Nacht gehört, als du von Mark erzählt hast."

„O Gott." Sie verbarg ihren Kopf an seiner Brust. „Das ist mir so peinlich."

„Muss es nicht." Seine Stimme grollte in seiner Brust, und sie sah ihm in die Augen. „Ich bin froh, dass du es getan hast. Da habe ich festgestellt, wie sehr ich dich liebe. Von da an wollte ich dich heiraten und den Rest meines Lebens damit verbringen, dir ein Gefühl von Sicherheit und Liebe zu geben."

Eine weitere Träne trat heraus. Er wischte sie mit seinem Daumen beiseite. „Es ist gut, dass wir einander gefunden haben", sagte er. Sie nickte durch ihre Tränen, bis er hinzufügte: „sonst wären wir bloß ein paar dumme Schwachköpfe, die mit dem Kopf im Arsch durch die Gegend rennen."

Sie lachte. „Das ist das Romantischste, was jemals jemand zu mir gesagt."

Er lächelte verliebt. „Ich kann das noch besser." Er küsste sie vorsichtig. „Du bist meine andere Hälfte. Du bist meine Seelenverwandte."

„Das funktioniert", brachte sie über den Kloß in ihrer Kehle hervor.

Er gab ihr einen dicken, schmatzenden Kuss auf die Lippen und grinste. „Ich habe mir einen Termin geben lassen, um mein Tattoo zu entfernen. Um die Erinnerung an meine Partyzeiten loszuwerden."

Sie schlang ihre Hände beschützend um seinen Bizeps. „Wage es ja nicht. Das ist meine Erinnerung daran, dass du innerlich ein Hengst bist."

„Bin ich das, wie?" Er küsste sie, und sie erwiderte den Kuss leidenschaftlich. „Ich habe eine neue Bewegung für dich", flüsterte er in ihr Ohr. „Aber die ist nur für dich."

Sie richtete sich auf. „Gehen wir, Dr. Levi."

Er deutete vor sich. „Nach dir, Jazzy."

Sie wackelte mit ihrem Finger in seine Richtung. „Fang nicht damit an!" Vorsichtig faltete sie die Decke und legte sie zurück in die Geschenktüte.

„Jazzy Levi." Er setzte seine Red Sox Kappe erneut schief auf. „Klingt gut."

„Kracher", sagte sie.

Er hob einen Finger. „Korrektur. Immer, wenn jemand als erster Kracher sagt, muss der andere ihm einen Kuss geben."

„Kracher, Kracher, Kracher."

Er küsste sie auf diese aggressive Art, die sie so liebte, so fordernd, während seine Zunge in ihren Mund stieß, und seine Hände sich auf ihr Gesäß drückten, den sie gegen seine Härte schob, sodass sie ihm am liebsten das Oberteil vom Leib gerissen hätte, als ihr einfiel, wo sie gerade waren.

Sie riss ihren Mund von seinem. „Will, bitte, ich brauche –"

„Ich weiß, was du brauchst", sagte er auf solch arrogante Weise, dass sie lächeln musste. „Lass uns nach Hause gehen. Du ziehst bei mir ein."

Sie zupfte an seiner Red Sox Kappe. „Du bist so verdammt herumkommandierend."

„Kracher", sagte er grinsend.

Wieder küsste sie ihn. Sie gingen, Hand in Hand, bereit, die Welt des anderen zu erschüttern, und für immer und ewig zu streiten und sich wieder zu versöhnen.

EPILOG

Ein Jahr und neun Monate später …

Will konnte an beiden Händen die Dinge abzählen, die gut in seinem Leben liefen. Er war ein glücklich verheirateter Mann mit einer liebevollen Frau, einem heißen Sexleben, einem großartigen Haus und einer gut laufenden Kieferorthopädie Praxis, dank einer hammermäßigen Website und monatlichen Bowlingpartys, die Tony und Hillary für ihre Patienten organisierten. Tony und Hillary waren jetzt ein Paar. Will hatte Tony vor den Gefahren einer Beziehung am Arbeitsplatz gewarnt, doch Jasmine hatte ihm gesagt, er solle sich da raushalten. Tony und Hillary wirkten ziemlich glücklich. Will hatte außerdem seine Gesundheit, eine süße, orangefarben getigerte Katze, einen anbetungswürdigen Neffen und ein neues Tanzhobby. Er kannte jetzt alle möglichen Tänze und liebte es, mit Jasmine zu Hause zu tanzen. Er hätte weiter und weiter über die Dinge reden können, die in seinem Leben gut liefen, doch das Beste passierte jetzt gerade.

„Dafür wirst du bezahlen, Will!", schrie Jasmine, als eine weitere Wehe kam.

„Honey, du zerquetschst mir die Finger", sagte er vorsichtig.

Will sah Pam an, die ausgebildete Hebamme, die mit

ihnen im Geburtshaus war. Sie wandte sich lässig um, gab
ihnen etwas Privatsphäre. Es hatte sich herausgestellt, dass
Pam und Diane vom Strickclub ausgebildete Hebammen
waren, die in einem Geburtshaus in der Nähe von New York
arbeiteten. Jasmine hatte zu Hause entbinden wollen. Das
Geburtshaus neben dem Krankenhaus war ihr Kompromiss
gewesen. Jasmine liebte den Whirlpool und über das
Anwesen zu laufen, doch als die Wehen dann schlimmer
wurden, ging sie zurück zum Bett, legte sich auf ihre Seite
und war abwechselnd wütend und weinerlich.

Er beugte sich vor, um seiner Frau ins Ohr zu flüstern.
„Schh, Jaz, du machst das großartig."

Jasmine keuchte, als der Schmerz verging. „Und du bist so
zärtlich und liebevoll", sagte sie leise. „Ich werde deiner Mom
Blumen dafür schicken, dass sie dich richtig erzogen hat."

Er streichelte ihre Haare. „Das musst du nicht."

Wieder wurde sie weinerlich. „Und dein Dad sollte etwas
bekommen, weil er uns zusammengebracht hat."

„Und was ist mit mir?", fragte er. „Was bekomme ich?"

Sie lächelte. „Du bekommst mich."

Er lächelte zurück und reichte ihr ein paar Eisstücke,
damit sie daran lutschen konnte. „Der kleine Sammie wird
bald da sein."

„Du meinst Ella", sagte sie um den Eiswürfel herum.

„Ich bin mir sicher, dass ich einen Jungen darein gepflanzt
habe." Tatsächlich hoffte er auf ein Mädchen, doch er ließ den
Streit weitergehen, denn es schien sie glücklich zu machen,
regelmäßig zu streiten. Solange es nicht bösartig war. Das war
so eine Art Hobby für sie. Der gute Teil begann mit einem
„Kracher" und endete mit einem Stoß.

Sie bekam eine weitere Wehe. „Du hast mich hereingelegt,
Will Levi! Du mit deinen leisen Worten und der zärtlichen
Liebe!"

Wills Wangen und Ohren brannten. Musste sie seinen
ganzen Namen benutzen? Links und rechts von ihnen waren
ebenfalls Geburtsräume. Pam schmunzelte und kam, um
nach seiner Frau zu sehen.

Jasmine drehte sich zu Pam um. „Ich wollte Power Sex,

aber ne-ee-ein! Will musste ja unbedingt Liebe machen! Das passiert dann dabei!"

Pam nickte mitleidig. Nachdem die Wehe vorbei war, sah Pam nach, wie weit sie schon geöffnet war. „Wir sind fast da, Jasmine. Du machst das großartig."

Pam setzte sich in einen Sessel in der Ecke, um zu warten. Jasmine beruhigte sich. Er nutzte die Gelegenheit, um ihr zu versichern, dass er auch in Zukunft mit ihr Liebe machen würde.

„Sobald der Arzt dir das Okay gibt", flüsterte er, „verspreche ich dir ganz heftigen Power Sex."

„Oh, Will." Ihre Augen wurden vor Tränen glänzend. „Du bist so gut zu mir."

Er streichelte ihre Wange. „Ich liebe dich. Und, gib's zu, es hat dir gefallen, zärtlich geliebt zu werden."

„Ich liebe dich auch." Jetzt wurde sie wieder weinerlich. „Ich mag es, zärtlich geliebt zu werden, aber ich vermisse auch die andere Art. Es ist jetzt schon neun Monate her."

„Das machen wir", beruhigte er sie.

„Und du streitest dich gar nicht mehr mit mir", sagte sie schmollend. „Woher weiß ich denn, dass du mich wirklich liebst – aahh! Das ist alles deine Schuld."

Die Wehen kamen jetzt eindeutig in kürzeren Abständen.

„Will Levi!", schrie sie. „Du bist verloren!"

Will rieb ihr mitleidig den Arm.

Eine Stunde später wurde Jasmine müde und brach in Tränen aus. „Ich kann das nicht, Will! Ich kann nicht! Es ist zu hart."

Er nahm ihre Hand. „Hey, du bist stark. Du kannst das." Es war ja auch nicht so, als hätte sie jetzt noch eine Wahl. Das Baby war fast da.

Sie wandte den Blick ab. „Nein, ich kann nicht."

Er drehte ihr Gesicht zu sich, damit er ihr in die Augen sehen konnte. „Du bist meine Kriegsgöttin", sagte er ernst. „Und jetzt möchte ich, dass du so richtig zulangst. Kein Schreien mehr. Konzentrier deine Energie nach innen. Reite diese Welle." Das hatten sie ihnen im Geburtsvorbereitungskurs beigebracht. Dass sie die Wehenwelle reiten sollten.

Sie sah ihn finster an. „Diese Idee mit der Welle war dumm. Es ist mehr, als hätte ich einen verdammten Würgegriff um meinen Uterus."

Er fuhr fort. „Und du drückst unseren Jungen mit einem Kriegsgeschrei nach draußen."

Sie schwieg. Das war gut. Sie konzentrierte sich nach innen. Hoffentlich hörte sie jetzt auf, ihn anzuschreien. Er sah zu, während Jasmine ihn erstaunte. Sie ritt die Wehen, die heftiger und mit immer kürzerem Abstand kamen, ruhig und konzentrierte ihre Atmung, bis sie verkündete: „Ich möchte jetzt pressen."

Zwanzig Minuten später stieß Jasmine einen Kriegsschrei aus, als Ella mit einem Schrei auf die Welt kam, der dem ihrer Mutter Konkurrenz machte. Will warf einen Blick auf seine Tochter und war verliebt. Er sah zu, wie Pam das Baby untersuchte, sie in eine Decke wickelte und sie dann Jasmine reichte. Will wischte sich leise Tränen beiseite, während Jasmine ihre Tochter an sich drückte.

„Ich hatte recht", sagte Jasmine und lächelte ihn an. „Es ist ein Mädchen."

Er streichelte Ellas Wange. „Ich bin so glücklich."

„Ich auch."

Er küsste seine Frau zärtlich, bis Ella um Aufmerksamkeit schrie. „Sie ist ein Feuerwerk wie ihr Mom."

„Sie wird tanzen", sagte Jasmine und legte das Baby an ihre Brust.

Er sah Ella und ihre winzigen kleinen Finger an. „Vielleicht wird sie auch Kieferorthopädin."

„Der Beginn einer großen Tradition", sagte Jasmine grinsend.

Wie sich herausstellte, wurde Ella weder das eine noch das andere. Sie wurde Filmproduzentin – sie schrieb, führte Regie und spielte in all ihren Filmen selbst mit. Und die erste Geschichte, die sie schrieb und in der sie spielte, und das bereits im dritten Schuljahr, war die ihre verrückten Eltern, die des liebten, zu streiten, zu tanzen und zu küssen. Wie jede gute Liebesgeschichte in jedem Spielfilm, den sie je gesehen hatte. Ihre Lehrerin, Mrs. O'Hare, liebte ihn. Jeder liebte ihn, als sie ihn auch bei der Clover Park Elementary Talentshow vorführte, obwohl ihre beiden jüngeren Brüder ihn für eklig und kitschig hielten. Ella wurde bekannt für ihre Filme, in denen es um starke Heldinnen in großen Abenteuern und zärtliche Helden ging, die sie liebten.

Verpassen Sie nicht das nächste Buch der Serie, *Beinahe zusammen*, in dem es um Jasmines Freundin Stephanie geht.

Geisteskraft gegen Muskelkraft in einem epischen Schlagabtausch

Stephanie Moores Freund, dem sexy-süße Mathematiklehrer Dave Olsen, steht „perfektes Ehemannmaterial" auf die Stirn geschrieben. Es gibt nur ein winzig kleines Problem – genau genommen ist sie noch verheiratet. Als sie die Scheidung von ihrem Rockstar-Ehemann verlangt, den sie seit fünf Jahren nicht gesehen hat, taucht er an ihrer Schwelle auf und will eine zweite Chance.

Dave ist so verliebt in Steph, dass er sich sogar schon Verlobungsringe ansieht. Wenn er nur nicht mit dem berühmten Griffin Huntley konkurrieren müsste. Griffin setzt alles daran, Steph zurückzugewinnen, und Dave hat vor, um seine Frau zu kämpfen. Ein Mathematiker gegen einen Rockstar? Statistisch gesehen – ach, zum Teufel damit. Lasset die Spiele beginnen!

Erhalten Sie die neuesten Nachrichten zuerst in Kylies Newsletter! kyliegilmore.com/DEnewsletter

WEITERE BÜCHER VON KYLIE GILMORE

Die Clover Park Serie << Brüder, für die die Familie an erster Stelle steht!

Das Gegenteil von wild (Buch 1)

Daisy schafft alles (Buch 2)

In den Falschen verguckt (Buch 3)

Ein Weihnachtsmann zum Küssen (Buch 4)

Vermieter küsst man nicht (Buch 5)

Nicht mein Romeo (Buch 6)

Bring mich auf Touren (Buch 7)

Clover Park Braut (Buch 7.5)

Gewagte Verlobung (Buch 8)

Retter in der Not (Buch 9)

Eine verführerische Freundschaft (Buch 10)

Ein Geschenk zum Valentinstag (Buch 11)

Raus aus der Tretmühle (Buch 12)

Die Happy End Buchclub Serie << Die Campbell Familie und ein Liebesromanbuchclub prallen aufeinander!

Hollywood Inkognito (Buch 1)

Ärger im Anzug (Buch 2)

Gewagtes Spiel (Buch 3)

Förmliche Vereinbarung (Buch 4)

Wenn der Bad Boy keiner ist (Buch 5)

Ein Störenfried zum Verlieben (Buch 6)

Schicksalsbegegnungen (Buch 7)

Eine Romantische Chance (Buch 8)

Ein sündhafter Flirt (Buch 9)

Ein unbequemer Plan (Buch 10)

Eine Happy End Hochzeit (Buch 11)

Die Rourkes Serie << Prinzen, bei denen man ins Schwärmen gerät, und ebenso fantastische Prinzessinnen

Königlicher Fang (Buch 1)

Königlicher Hottie (Buch 2)

Königlicher Darling (Buch 3)

Königlicher Charmeur (Buch 4)

Königlicher Playboy (Buch 5)

Königlicher Spieler (Buch 6)

Abtrünniger Prinz (Buch 7)

Abtrünniger Gentleman (Buch 8)

Abtrünniges Schlitzohr (Buch 9)

Abtrünniger Engel (Buch 10)

Abtrünniger Fratz (Buch 11)

Abtrünniger Beschützer (Buch 12)

Die Clover Park Charmeure Serie <<süße und sexy Charmeure!

Beinahe drüber weg (Buch 1)

Beinahe zusammen (Buch 2)

Beinahe Schicksal (Buch 3)

Beinahe verliebt (Buch 4)

Beinahe romantisch (Buch 5)

Beinahe frisch verheiratet (Buch 6)

Sehen Sie sich auf meiner Website die aktuelle Liste meiner Bücher an: kyliegilmore.com/deutsch

ÜBER DIE AUTORIN

Kylie Gilmore ist die USA Today Bestsellerautorin der Happy End Buchclub Serie, der Clover Park Serie, der Clover Park Charmeure Serie, der Rourke Serie und Liebe von der Leine gelassen Serie. Sie schreibt unterhaltsame Romanzen, die die LeserInnen zum Lachen und zum Weinen bringen und zu einem Glas Eiswasser greifen lassen.

Kylie lebt mit ihrer Familie, zwei Katzen und einem verrückten Hund in New York. Wenn sie nicht gerade schreibt, Kinder bändigt oder bei Autorenkonferenzen pflichtbewusst Notizen macht, findet man sie beim Stretching – bis ganz nach oben ins oberste Regal, um dort ihren geheimen Schokoladenvorrat zu erreichen.

Melden Sie sich für Kylies Newsletter an, damit Sie keine ihrer Neuerscheinungen verpassen. https://www.kyliegilmore.com/DEnewsletter

Mehr finden Sie auf Kylies Website https://www.kyliegilmore.com/deutsch/

www.ingramcontent.com/pod-product-compliance
Lightning Source LLC
Chambersburg PA
CBHW070650100726
47907CB00007B/2160